Frühjahr 1858: Ein Brief verlässt eine kleine Insel in den Molukken. Sein Ziel ist Südengland, sein Inhalt: ein Aufsatz über den Ursprung der Arten. Kaum ein Jahr später sorgt die Schrift für Aufsehen und wird bekannt als Theorie der Evolution. Doch nicht der Verfasser des Briefes, der Artensammler Alfred Russel Wallace, erntet den Ruhm dafür, sondern sein Empfänger, der Naturforscher Charles Darwin.
Einhundertfünfzig Jahre später stößt der Museumsnachtwächter Albrecht Bromberg auf das Schicksal des vergessenen Wallace. Er begibt sich auf seine Spuren und fasst einen Plan, der endlich denjenigen ins Licht rücken soll, der bisher im Dunkeln war.

ANSELM OELZE, geboren 1986 in Erfurt, studierte Philosophie, Politikwissenschaft und Philosophical Theology in Freiburg und Oxford. Nach seiner Promotion an der Humboldt-Universität zu Berlin forschte und lehrte er an der Universität Helsinki und an der LMU München. Er lebt mit seiner Familie in Leipzig.
»Wallace« ist sein erster Roman.

Anselm Oelze

Wallace

Roman

btb

*Selbstverständlich ist dies
eine wahre Geschichte*

Prolog

*Worin im Frühjahr 1858 auf einer kleinen Insel
in den Molukken ein bärtiger Engländer
das Postschiff erwartet, Kisten mit seltsamem Inhalt
verschifft und einen Brief erhält*

Es war heller Mittag, als die *Koningin der Nederlanden* in die Bucht einlief. Ihre frisch gestrichenen weißen Planken glitzerten unter der grellen Sonne, die seit dem frühen Morgen schon im Zenit stand und zu Füßen des großen Vulkans, dessen grüne Hänge über dem kleinen Eiland aufragten, alles in eine träge, schläfrige Ruhe gezwungen hatte. Nur das unruhige Flirren der Lüfte lag über dem staubigen Hafenort, einer losen Ansammlung palmgedeckter Hütten und hölzerner Unterstände, gesäumt von einer steingestützten, bretterbeschlagenen Mole.

Noch war, dem schrillen Geläut der Schiffsglocke zum Trotz, das der landseitige Wind herantrug, niemand in Unruhe geraten, geschweige denn in Bewegung versetzt worden. Lediglich der hagere, bärtige Engländer schritt zwischen Türmen großer und kleiner Kisten am Anleger auf und ab. Nunmehr seit einer halben Stunde schon wartete er so, seit er den Dampfer vom nördlichen Horizont her hatte herannahen sehen.

Jetzt, da die *Koningin* längsseitig Kurs auf den Quai hielt, nahm er die drahtene Brille von der Nase, rieb sich die kleinen, geröteten Augen und sah blinzelnd dabei zu, wie die großen Schaufelräder des schmalen Schiffes stotternd ihr Rotieren einstellten. Mit der flachen Hand schirmte er den Blick gegen die blendende Weiße der Bootswände ab. Zwischen seinen dünnen Fingern jedoch drangen die Strahlen mühelos hindurch und fielen als weiße Punkte in sein blasses, von den fiebrigen Schüben der letzten Wochen gezeichnetes Gesicht.

Von der Schiffsbrücke ertönten barsche Rufe, Befehle schwirrten durch die Luft, und der malaiische Maat in seiner ockergelben Puffhose schlug so laut und energisch mit dem messingenen Klöppel gegen das glänzende Gehäuse der Glocke, dass es fast aus seiner Aufhängung zu springen drohte.

Am Quai liefen erste Schaulustige und Tagelöhner zusammen. Sie krakeelten und lachten, bis schließlich auch der letzte dösende Molukke im Türrahmen seines Palmverschlags erschien, das Schiff erblickte und gen Anleger trottete.

Zufrieden schaute der Bärtige dem Treiben zu. Er freute sich, dass nun endlich Leben in die schläfrigen Glieder des Örtchens fuhr, wenigstens für eine knappe Stunde. Diese eine Stunde lang würde ihm das Gefühl vergönnt sein, sich am lebhaftesten Ort der Welt und nicht an ihrem gottverlassenen Ende, am Rande dieses Archipels, zu befinden.

Die Finger zwischen die trockenen Lippen gepresst, pfiff er einen plattnasigen Servant herbei, deutete auf die Kisten und bot drei Münzen für ihre Verladung an. Der Plattnasige wollte sich gerade daranmachen, den Lohn um wenigstens zwei Münzen nach oben zu treiben, als ein junger Bursche vom Schiff her auf den Bärtigen zugerannt kam.

»For you, Mister! For you!«, rief der Bursche mit dünnem Stimmchen, einen Packen zusammengeschnürter Briefe schwenkend.

»For you, Mister! For you!«, sagte er noch einmal, während er dem Bärtigen freudestrahlend die Briefe überreichte.

Der Bärtige nahm das Bündel entgegen, kramte eine Münze aus seiner Tasche hervor, gab sie dem Boten und begann, die Schnur von den Umschlägen zu lösen. Schon der Anblick des Absenders auf dem obersten Kuvert ließ seine eben noch trüben Augen leuchten. Aufgeregt rückte er sich die Brille auf der Nase zurecht und studierte eingehend die Poststempel.

Der Plattnasige stand noch immer neben ihm und wartete geduldig. Als er merkte, dass der Bärtige ihn vergessen hatte, begann er zunächst, kurz und zaghaft im Sand zu scharren, dann leerte er ausgiebig und geräuschvoll seine Nasennebenhöhlen. Als auch das nichts half, tippte er ihm mit dem Finger auf die Schulter.

Der Bärtige blickte kurz auf, gab ihm zu verstehen, dass er den Auftrag entweder für drei Münzen annehmen oder ohne eine einzige Münze davonziehen könne, und wandte sich wieder seinen Briefen zu.

Kaum dass der Plattnasige damit begonnen hatte, die erste Kiste die geländerlose Gangway hinaufzuhieven, verfluchte er sich bereits dafür, in den Dienst des dünnen Engländers getreten zu sein. Im Vergleich zur Plackerei, die er damit auf sich nahm, wäre es geradezu erholsam gewesen, am Heck des Schiffes beim Verladen der Säcke mit Gewürznelken zu helfen oder – noch besser – beim Löschen dessen, was die *Koningin* zum Verbleib auf der Insel mit sich geführt hatte, nämlich nichts weiter als einige Kisten schwarz gebrannten

Wacholderschnapses, eine Ziege vom benachbarten Atoll sowie jenen Packen Post, der dem Bärtigen bereits übergeben worden war. Stattdessen mühte er sich nun ab mit schweren, sperrigen Kisten, deren Inhalt er, schon als er vor Tagen davon erfahren, für vollends sinnlos befunden hatte.

Zunächst waren es nur Gerüchte gewesen, die darüber kursierten, was sich in den Kisten des Bärtigen befand. Rostige Werkzeuge, sagten einige, eingelegte Lebensmittel, behaupteten andere. Doch Gewissheit herrschte erst seit dem Moment, als ein inselweit bekannter Obsthändler, dem ein langes, schwarzes Haar aus einem Muttermal über seinem Kinn wuchs, eine unaufschiebbare Notdurftpause des Bärtigen dazu genutzt hatte, die mit Schlössern gesicherten Kisten unter Zuhilfenahme eines mehrfach gebogenen Nagels zu öffnen, um anschließend gegen Zahlung eines kleinen, aber nicht unerheblichen Entgeltes vom Inhalt zu berichten. Dabei weidete er sich genüsslich an der Ungeduld und Neugierde jedes einzelnen Zuhörers und dachte keineswegs daran, sofort seine Erkenntnisse aus dem Innersten der wundersamen Kisten preiszugeben.

Er begann mit einer ausführlichen Erläuterung des sehr speziellen Verschlussmechanismus (der für sich genommen kein sonderlich spezieller war, was dem ungeübten Auge jedoch leicht entgehen konnte), ging von dort zu einer Erörterung von Schlössern und Schlüsseln im Allgemeinen über (was nun tatsächlich für die meisten Umstehenden etwas Neues war, da sie ihre Hütten entweder gar nicht oder nur mit einigen langen Schnüren aus Palmfasern zu verschließen pflegten) und schloss seine Vorrede mit einer geradezu philosophischen Betrachtung über die Geburt des Abschließens aus dem Geiste gegenseitigen Misstrauens. Wie er von dort zum eigentlichen Thema, zum Inhalt der Kisten, gelangen sollte, war nicht nur ihm selbst, sondern auch seinen Zuhörern ein Rätsel, doch überging er dieses Problem schlicht und ergreifend, indem er innehielt, das Haar an seinem Muttermal in die Länge zog, losließ und wartete, bis es sich von alleine in den krausen Ursprungszustand zurückgerollt hatte. Dann begann er, vom Eigentlichen zu erzählen.

»Käfer«, war das erste Wort, das er von sich gab, und »Käfer« lautete auch das zweite. Beim ersten wie auch beim zweiten Wort machte sich eine gewisse Ernüchterung breit, die bei manchen seiner Zuhörer in Enttäuschung umzuschlagen drohte, weshalb er sich bemühte, möglichst schnell ein drittes den beiden ersten folgen zu lassen. Dieses dritte Wort, das mit großer Spannung, mit noch größerer als die beiden vorigen, erwartet wurde, lautete: »Schmetterlinge«.

Käfer und Schmetterlinge, erklärte er, dies seien die Dinge, die in den Kisten zuoberst lägen, jeder Einzelne von ihnen aufgespießt auf eine dünne Nadel (und es war diese Information, die in das Gesicht von wenigstens einigen, die ihm zuhörten, Zufriedenheit zurückkehren ließ), eingepackt in Schachteln und umwickelt mit dünnem Papier, doch nicht etwa nur in einer Größe, Form und Farbe, sondern in allen erdenklichen Farben, Größen und Formen (wobei im Publikum schnell allgemeine Einigkeit darüber herrschte, dass Insekten gleich welcher Form, Farbe und Größe gegrillt und nicht verpackt gehörten).

Danach griff er nochmals nach jenem solitären Haar, das auf seinem Kinn wuchs, zog es erneut in die Länge und teilte mit, wer nun zu hören begehre, was unter den Käfern und Schmetterlingen liege, der dürfe gerne etwas näher treten, jedoch erst nach Zahlung eines angemessenen Aufpreises.

Diesen Zuschlag halte er für mehr als gerechtfertigt, erklärte er, schließlich habe ihn das unbemerkte Vordringen in die eigentlichen Tiefen der Kisten nicht nur besonderes Geschick, sondern auch fast die Freiheit gekostet (was freilich übertrieben war, da der Bärtige in jenem Moment, in dem der Obsthändler in seinen Kisten herumfingerte, noch längst keine Anstalten machte, vom improvisierten Abort, der nur aus einer Grube, einem quer gelegten Bambusrohr und einer bei der Verrichtung des Geschäfts als Halteseil genutzten Liane bestand, zurückzukehren; schon seit Tagen plagte ihn eine gemeine Diarrhö). Aber weil dies den Zuhörern unbekannt war, kramte ein jeder aus der letzten Falte seiner langen, bauschigen Hose eine Münze hervor, entrichtete sie dem Obsthändler, der noch immer mit den Spitzen von Daumen und Zeigefinger das Haar umschloss, und wartete gespannt darauf, zu erfahren, was denn nun wirklich tief drinnen in den Kisten lagerte.

Anders als zuvor ließ der Obsthändler diesmal, als er zu einer Aussage ansetzte, indem er Luft durch seine winzigen Nasenlöcher einsog und den Mund öffnete, das Haar an seinem Kinn nicht los, sondern hielt es mit den Fingern fest umklammert und riss es, mehr unfreiwillig als beabsichtigt, heraus, als ihm das entscheidende Wort entfuhr: »Hühner«. Die Zuhörer wie auch der Obsthändler erschraken bei dieser Äußerung, der Obsthändler, weil ihm plötzlich gewahr wurde, in Zukunft ohne ein einziges Gesichtshaar auskommen zu müssen, und die Zuhörer, weil die Vorstellung in Holzkisten verpackten toten Federviehs sie tief verstörte. Dabei war nicht die Leblosigkeit der Tiere das eigentlich Bestürzende. Vielmehr entsetzte sie die Tatsache, dass man allen Ernstes auf die Idee kommen konnte, Hühner zu töten und in Kisten zu verfrachten. Dies machte nun wirklich gar keinen Sinn. Denn obwohl den meisten Insulanern nicht entgangen war, dass der bärtige Engländer während der ersten Wochen, die er auf der Insel verbracht hatte, vor allem damit beschäftigt gewesen war, Hühner selbst aus den entlegensten Ecken des Eilands herbeizuschaffen, so hatte doch niemand damit gerechnet, dass er sie eines Tages verschiffen würde, anstatt ihre Eier roh zu schlürfen oder ihr Fleisch in einem Nelkensud zu garen.

Doch genau dies war nun einmal die blanke Wahrheit, zumindest sofern man der Schilderung des Obsthändlers Glauben schenkte, der nach Beendigung seines Berichts, das krause Haar zwischen die Finger geklemmt, die einzige Straße des Hafenortes hinuntergelaufen war. Der plattnasige Servant sah keine Veranlassung dafür, die Geschichte des Händlers in Zweifel zu ziehen. Und über das viele Geld, das er dafür aufgewendet hatte, ärgerte er sich weniger als über den läppischen Betrag, den ihm der Bärtige für die Verladung der sinnlosen Fracht bezahlte.

Nachdem er die ersten beiden Kisten unter Deck verstaut hatte, schlenderte er die Gangway hinunter, setzte sich auf einen Stein an der Mole und sah den kreischenden Lachmöwen dabei zu, wie sie über dem Anleger ihre Bahnen zogen, in der Absicht, die lunchenden Matrosen um einige Stücke hellen Hühnerfleischs zu bringen. Am Gipfel des Vulkans zogen einzelne weißgraue Wölkchen auf, blieben hängen, verdichteten sich zu einem Haufen und hüllten die Spitze des Berges in einen dunstigen Schleier.

In einiger Entfernung stand noch immer der Bärtige, die Post in den Händen. Für die mangelnde Arbeitsmoral des Plattnasigen hatte er keinen Blick. Er war allein daran interessiert, so schnell wie möglich zum untersten Umschlag vorzudringen. Anfangs hatte dieser zuoberst gelegen. Doch weil der Bärtige die Besonderheit seines Inhalts bereits erahnte, wollte er es mit der Lektüre so halten, wie er es mit dem Verzehr einer Portion köstlichen Lammfleischs nach monatelanger Diät getan hätte: Er hob sie sich bis zum Schluss auf.

In all den Jahren, die er nun schon unterwegs war, hatte er sich daran gewöhnt, nur alle paar Monate Post aus der Heimat von einem der wenigen Schiffe zu empfangen, die den Archipel durchkreuzten. In der Regel handelte es sich dabei um einige durch die lange Reise arg in Mitleidenschaft gezogene Exemplare englischer Zeitungen, die ihm immerhin einen schwachen Eindruck davon vermittelten, was vor zwei bis drei Monaten zu Hause und im Rest der Welt geschehen war. Weiterhin enthielt das Bündel meist die zum Zeitpunkt ihres Versandes jüngsten Ausgaben verschiedener wissenschaftlicher Journale, deren Ergebnisse im Moment ihres Eintreffens jedoch nicht selten schon wieder überholt waren. Und nicht zuletzt bekam er mit der Post die üblichen Nachrichten von Freunden und Verwandten, die sich nach seinem Befinden und dem Datum seiner geplanten Rückkehr erkundigten. Beide Fragen beantwortete er, mit wechselnder Wortwahl, stets auf die gleiche Weise: Sein Befinden sei, den von Zeit zu Zeit auftretenden Fieberattacken zum Trotz, gut, und wann er zurückkehre, könne er nicht genau sagen, schließlich hänge dies davon ab, wie schnell die Arbeit erledigt sei. Was genau dies eigentlich heißen sollte, dass die Arbeit erledigt sei, wusste er selbst nicht. Doch solange seine Korrespondenten sich mit dieser Antwort zufriedengaben, sah er keinen Grund, nach einer anderen zu suchen.

Mit feuchten Fingern machte er sich daran, den letzten Brief zu öffnen. Das dünne, wellige Papier war noch nicht ganz auseinandergefaltet, da überflog er bereits die ersten Zeilen. Er las den Brief einmal von Anfang bis Ende durch, dann ein weiteres Mal, anschließend wandte er sich vom Anleger ab und lief, so schnell er konnte, den staubigen Weg hinauf zu seiner kärglichen Hütte. Wie die meisten Behausungen der Insel bestand sie aus nichts weiter als aus zusammengebundenen Bambusstäben und Palmwedeln. In Höhe, Länge und Breite maß sie nicht einmal ganz zehn Fuß und ragte, den täglichen Winden ausgesetzt, wie ein schiefer Baum aus dem schmutzigen Sand. Im Türrahmen, der nie eine Tür gesehen hatte, sondern lediglich mit einem dünnen Tuch behängt war, baumelten kopfüber mehrere Vogelbälge. Lange Kolonnen rötlicher Ameisen bemühten sich, diese zu erreichen, scheiterten jedoch weit vor dem Ziel an den eigens für sie aufgehängten Fallen mit Ingwersirup. Vor der Hütte, unter einem löchrigen Sonnensegel, stand ein Tisch, vollgepackt mit Papieren, Skizzen und Büchern. In einem Kasten lagen lange, spitze Pinnnadeln, scharfe, blankgeputzte Skalpelle sowie Garne unterschiedlicher Dicke und Länge.

Der Bärtige setzte sich an den Tisch, schob die Papiere und Bücher beiseite, spitzte eine Feder und begann, ohne sich um den Stand der Verladung seiner Kisten zu scheren, eilends eine Lage leerer Blätter zu beschreiben.

Unterdessen lief am Quai, neben der großen *Koningin*, eine zierliche Piroge ein. An Bord: der Gouverneur der Insel nebst einem blassgesichtigen, dünnhaarigen Begleiter. Ein Maat sprang an Land, nahm ein schmales Reep und wickelte es achtlos um einen der Poller. Der Bauch des kleinen, dicklichen Gouverneurs quoll in speckigen Wülsten aus der beigen Bundhose hervor. Er grinste zufrieden. Über ihm stiegen gräuliche Rauchwölkchen gen Himmel, in seinem Mund steckte eine Blue Sumatra.

Kaum dass die Piroge notdürftig vertäut war, wies er zwei Jungen an, ihn bei den Händen zu packen. Seinen blässlichen Begleiter forderte er auf, am Hinterteil kräftig zu schieben, damit man ihm die Arme nicht ausreiße, und kurz darauf stand er auf festem Boden, klopfte sich keuchend die Falten aus der Hose und verlangte nach einer weiteren Zigarre.

»Kommen Sie, kommen Sie!«, rief er dem Blassen zu und trat forschen Schrittes an eine Gruppe Malaien heran, die am Anleger herumsaßen. Einem kleinen, Betelnuss kauenden Schmächtigen haute er zur Begrüßung so kräftig auf den Rücken, dass dieser sich verschluckte und unter Tränen hustete, während der Gouverneur in schallendes Gelächter ausbrach.

Der Blassgesichtige stand unbeholfen und ängstlich in der Mitte des Bootes, das, um das Gewicht des Gouverneurs erleichtert, kräftig hin und her schaukelte. Immer wieder prallte es an die glitschigen Steine der Mole, und mit jedem Mal löste sich das lieblos um den Poller geworfene Reep ein Stückchen mehr.

»Kommen Sie, kommen Sie!«, rief der Gouverneur erneut, und weil er sich nicht traute, die Geduld des Inselverwalters über Gebühr zu strapazieren, nahm der Blassgesichtige allen Mut zusammen, wartete, bis das Boot so nah wie möglich an die Mole herangetrieben war, machte einen beherzten Sprung, landete mit dem linken Fuß erfolgreich auf dem Anleger, blieb jedoch mit dem rechten an einer der Bohlen hängen.

Mit schmerzverzerrtem Gesicht humpelte er zum Gouverneur, der ihn zu sich heranzog und mit dem Zeigefinger eine große Bahn beschrieb: von den Hütten um den Anleger herum, die Hänge des Vulkans hinauf bis zur wolkenverhangenen Spitze und wieder hinab zum Verschlag des Bärtigen.

Auf der Stirn des Bärtigen glänzten inzwischen deutliche Perlen frischen Schweißes, nur war er so sehr ins Schreiben vertieft, dass er nicht einmal bemerkte, wie einige von ihnen von der Stirn auf die Nase, von der Nase in den Bart und vom Bart aufs Papier tropften.

Ebenso wenig bemerkte er den kleinen Malaien, der sich flinken Schrittes seiner Hütte näherte. Erst als der Insulaner vor ihm stand und zaghaft zunächst, dann immer lauter seinen Namen rief, schaute er nach oben, erkundigte sich, was es gebe, und quittierte leise seufzend die Nachricht, dass der Gouverneur ihn zu sprechen wünsche.

Erstes Kapitel

*In welchem dem Nachtwächter Albrecht Bromberg
ein Buch auf die Füße fällt und die Geschichte
ihren Lauf zu nehmen beginnt*

Selbst die größten Umwälzungen der Geschichte beginnen bekanntlich mit einer Kleinigkeit. Und selbst die kleinste Kleinigkeit ist kaum klein genug, um nicht doch am Ende eine große Wirkung zu zeitigen.

So war es auch an diesem Morgen, als der Nachtwächter Albrecht Bromberg gegen fünf Uhr die Bibliothek des Museums für Natur- und Menschheitsgeschichte betrat. Wie immer schaltete er zunächst das Licht ein. Die Lampen auf den Tischen zuckten und flackerten, bevor sie vollends zu leuchten begannen, so als hätte man sie unsanft aus seligem Schlaf gerissen. Bromberg stöhnte leise, weil wie so oft auf etlichen Plätzen Bücher verstreut lagen, die faule Leser dort zurückgelassen hatten, anstatt sie zu den dafür vorgesehenen Wagen zu bringen. Er ging durch die Reihen, sammelte ein Wörterbuch des Elamitischen, einen Kommentar zum *Codex Iustinianus*, eine Studie zum Eheverständnis Dionysius des Kartäusers, einen Abriss über die Geschichte der Zugvögel Zentralasiens, ein Heft über Dampfmaschinen in Neuengland, eine Synopse der vier Evangelien sowie ein Buch ohne erkennbare Beschriftung ein. Dann bahnte er sich bis unters Kinn beladen einen Weg zwischen den Stühlen und Tischen hindurch.

Kurz vor der Theke – er war nur einen Moment lang unachtsam – blieb sein rechter Fuß unter dem welligen Saum des Läufers hängen, der quer durch den Lesesaal verlief. Bromberg stolperte, taumelte, wollte sich fangen, verlor jedoch den Halt und landete der Länge nach, die schweren Bände in alle Richtungen werfend, auf dem Boden. Fluchend und mit schmerzenden Knien tastete er nach seiner Brille.

Wäre genau in diesem Moment jemand zu ihm getreten, um ihm zu verkünden, dass dieser scheinbar bedeutungslose Stolperer sein Leben, ja nicht nur *sein* Leben, sondern auch das Leben anderer und den Lauf der Dinge insgesamt verändern sollte, er hätte nur verächtlich abgewinkt, wäre aufgestanden und davongegangen.

Seit jeher, das heißt, seit jenem Tag, an dem Bromberg als Nachtwächter im Museum zu arbeiten begonnen hatte, war der Ablauf seines Rundgangs stets der gleiche. Nur selten störte ein unvorhergesehenes Ereignis seinen gewohnten Trott. Vor einer Weile hatte sich ein Marder Zugang zu einem der Kabelschächte verschafft und dadurch einen Feuerwehrgroßeinsatz ausgelöst, weil plötzlich allerorten Rauchmelder Alarm schlugen, aber nirgends ein Brand auszumachen war. Erst als der Marder einige Tage später den verblüfften Museumsdirektor höchstpersönlich morgens in seinem Büro begrüßte und gänzlich unerschrocken an einem Stück Schinkenspeck nagte, das der adipöse Direktor, um der strengen Diät seiner Gattin zu entkommen, in einer Schublade seines Schreibtischs versteckt hatte, war die Ursache des Alarms gefunden, wenngleich der Direktor sich zierte zuzugeben, was den Marder in sein Büro gelockt haben mochte.

Ein anderes Mal hatte sich ein Zehnjähriger unbemerkt von seiner Schulklasse davongestohlen und bis zur Schließung des Gebäudes im Halbdunkel hinter einer Vitrine ausgeharrt. Punkt Mitternacht, als der Lärm der Tagesbesucher längst verklungen war und die Luft vollends rein schien, war er schließlich hervorgekrochen und dem Skelett des großen Brachiosaurus wie Siegfried dem Drachen entgegengetreten, mit dem Ergebnis, dass Bromberg ihn schon kurze Zeit später auf dem wackeligen Kniegelenk des riesigen Sauriers sitzend fand, laut wimmernd wie eine kleine, unerfahrene Katze, die einen hohen Baum zwar zu erklimmen, aber nicht wieder zu verlassen gewusst hatte. Seitdem musste Bromberg jede Nacht, wenn er die Galerie der Giganten betrat und die gewaltige Echse erblickte, daran denken, welch jämmerlichen und belustigenden Anblick zugleich der kleine Junge damals geboten hatte.

Die Galerie mit ihren naturgeschichtlichen Sammlungen, die den westlichen Trakt des Museums vollständig einnahm, war so groß wie das Langhaus einer mächtigen Kathedrale. Auch sonst glich sie in Form und Bauweise, mit ihren wuchtigen Säulen aus Stein, den bunt gegossenen Fenstern aus Bleiglas und dem Kreuzrippengewölbe, wie überhaupt das ganze Gebäude, eher einem Gotteshaus als einem Museum. Als Bromberg vor vielen Jahren zum ersten Mal die imposante Halle betreten hatte, meinte er, auf den Sockeln am Fuße der Säulen die Gesichter von Bibelvätern, Propheten, Kirchenlehrern und Heiligen auszumachen. Bei näherer Betrachtung jedoch stellte sich heraus, dass an ihre Stelle die ehrenwerten Köpfe der weltlichen Wissenschaften und großen Erfindungen getreten waren – Aristoteles, Hippokrates, Euklid, Galileo, Bacon, Newton, Leibniz, Watt, Linnaeus,

Darwin und andere –, die nun mit versteinerten Mienen auf das kunterbunte Sammelsurium blickten.

Unter dem alles überspannenden Glasdach war auf mehreren Etagen ein Panoptikum der Lebewesen versammelt, welche die Natur im Laufe von Jahrmillionen hervorgebracht hatte. In mannshohen Gläsern schwammen giftige Vipern, Nesselquallen und Skorpione. Daneben standen ausgestopfte Sperber, Geier, Finken und Dohlen. Einen halbierten Elefantenschädel hatte man samt Haut und Haaren in Formaldehyd eingelegt. In Vitrinen und Schaukästen steckten die leblosen Leiber unzähliger Fliegen, Libellen, Wespen und Schaben. Unter Vergrößerungsgläsern lagen winzige Pfeilwürmer, Muschellarven und Krebstiere. Die riesigen Knochengerüste der Saurier teilten sich den Raum mit skelettierten Walen, Haien und Delfinen. In den Boden waren steinerne Platten mit fossilen Riesenfarnen eingelassen. An den stählernen Rippen des Daches hingen lebensgroße Nachbildungen von Pelagornis und Archäopteryx.

Brombergs Eindruck, man habe in diesem Dom die gesamte Ladung der Arche Noah versammelt, tat der alte, bucklige Kurator beim ersten Rundgang mit den Worten ab, die überforderten Taxonomen kennten auch nach Jahrhunderten des Sammelns, Vergleichens und Benennens noch nicht einmal ein Zehntel all dessen, was die Erde bevölkere, weshalb wohl noch mehrere Sintfluten vorübergehen müssten, bis auch nur annähernd alle Spezies aus dem Dunkel des Erdreichs, aus dem Dickicht der Wälder und den Untiefen der Ozeane heraufbefördert und so geordnete Zustände wie auf dem biblischen Boot hergestellt wären.

Tatsächlich war es um die Ordnung der Dinge im Hause nicht gerade bestens bestellt. Zwar folgte die Nomenklatur wie üblich dem bewährten Universalschema des Linnaeus, doch abseits dessen herrschte Systematik nur in den Augen des unbedarften Betrachters. In Wahrheit war fast jede Direktorengeneration ihrem eigenen Gutdünken gefolgt, wenn es galt, das Ausgestellte in Reih und Glied zu bringen.

Dem ersten Direktor erschien es einleuchtend, die Lebewesen entsprechend der Schöpfungstage zu arrangieren, und so hatte man zunächst Gräser, Kräuter und Bäume, darnach Wasserwesen, Fische und Vögel, anschließend Vieh, Gewürm und Feldgetier sowie schlussendlich den Menschen ausgestellt. Allerdings monierte der zweite, dass, wenn man der Heiligen Schrift folge, man leicht den gleichen Fehler wie Adam begehe, der nur den Vögeln, den Feldtieren und den Viechern Namen gegeben hatte. Daher schlug er vor, den Aufbau der Welt im Großen zum Aufbau des Hauses im Kleinen zu machen, ergo im Untergeschoss die Bewohner des Wassers und des Bodens zu präsentieren, zu ebener Erde sämtliche Tiere des Landes und auf den Emporen darüber, was in Sträuchern, Bäumen und Lüften fleuchte, damit nichts übersehen und vergessen werde.

Dem dritten gefiel diese Anordnung in der Vertikalen, doch überlegte er, ob nicht weniger das Vorkommen als vielmehr der Grad an Perfektion für eine Klassifikation entscheidend sei. Er begann, die Lebensformen wie auf einer Stufenleiter aufzustellen. Allerdings blieben seine Bemühungen auf halbem Wege stecken, weil unter den Helfern ein Streit entbrannte, welchen Merkmalen und Eigenschaften bei der Einteilung mehr Gewicht zukommen solle als anderen. Die Honigbiene, so argumentierten einige, beweise mit ihrem formvollendeten Bau hexagonaler Waben doch ebenso viel mathematischen Verstand wie der Mensch. Und der

Luchs, meinten andere, übertreffe den Menschen an Sehsinn, weshalb man unmöglich behaupten könne, es sei der Mensch als Krone der Schöpfung längst ausgemacht.

Der sechste Direktor (Nummer 4 und 5 waren, gezeichnet von den Querelen ihres Vorgängers, angstvoll vor jeglicher Initiative zurückgeschreckt) fühlte sich zum flammenden Verfechter der geologischen Zeiteinteilung in Äonen, Ären, Perioden, Epochen und Alter berufen. Daher spielte es für ihn keine Rolle, ob ein Lebewesen der Schrift nach am zweiten oder dritten Tage erschaffen worden war, ob es zu Wasser, zu Land oder zu Luft lebte, ob es besser oder schlechter rechnen und sehen konnte. Was zählte, war sein erdgeschichtliches Erscheinen. Funde des Kambriums und Ordoviziums mussten in möglichst großer Entfernung von den Exponaten aus Jura und Kreide aufgestellt werden, weshalb er seinen verdutzten Sammlungsverwaltern auftrug, Jüngeres von Älterem zu trennen, woraufhin seine Ägide den Spöttern nach als Kataklysmus in die Annalen des Museums einging.

Auch sein Nachfolger sorgte nicht minder für geschäftiges Treiben, indem er beschloss, gebührendes Augenmerk auf die geographische Herkunft der Lebewesen zu legen. Es sei nicht nur das Wann, sondern auch das Wo des Auftretens von entscheidendem Wert, wenn nicht sogar am wichtigsten, betonte er und erklärte, versteinerte Gürteltiere aus der Pampa Südamerikas dürften nicht neben den mit Holzwolle gefüllten Orang-Utans Südostasiens landen. Seine Ordnung folgte nicht nur den natürlichen Grenzen der Kontinente, sondern sie berücksichtigte auch, ob ein Tier etwa am nördlichen oder südlichen Ufer des Amazonasstroms gefunden worden war. Dies könne, so erklärte er unermüdlich, einen erheblichen Unterschied bedeuten, jedenfalls wenn man den Worten eines findigen Sammlers aus dem brasilianischen Urwald Glauben schenken wolle, dessen Erkenntnisse ihm kürzlich zugetragen worden waren.

Der zehnte Direktor stimmte mit seinem Vorvorvorgänger darin überein, dass die Ergebnisse biogeographischer Forschungen gar nicht genug gewürdigt werden könnten. Und dennoch, dennoch, sagte er, entbinde dies nicht von der wissenschaftlichen Pflicht, die Lebewesen, wie schon so lange üblich, in Reiche, Stämme, Klassen, Ordnungen, Familien, Gattungen und Arten, ja, wenn nötig, auch in feinere Taxa wie Überklassen und Unterklassen oder Teilordnungen einzusortieren. Schließlich gewähre nur dieses System ein lückenloses, einheitliches Erfassen aller Organismen, das nicht zuletzt die Grade der Verwandtschaft berücksichtige, was keinem Betrachter der Sammlung vorenthalten werden dürfe. Seine Nachfolger widersprachen in diesem Punkt nicht, und dennoch seufzten sie jedes Mal, wenn sich aufgrund einer Verfeinerung der wissenschaftlichen Methoden herausstellte, dass unzählige Exemplare dem falschen Taxon zugeordnet worden waren, wenn plötzlich eine neue Art oder eine neue Unterart zutage trat und somit dem Stammbaum des Lebens weitere, komplizierte Verästelungen hinzugefügt werden mussten. So hatten also die hehren Bemühungen um Übersicht und Ordnung über all die Jahre hinweg ein prächtiges Chaos hinterlassen, und es war fortan jedem Besucher selbst anheimgestellt, Ordnung zu sehen, wo er Ordnung sehen wollte, ungeachtet dessen, ob andere dort ebenfalls Ordnung oder aber nichts als Unordnung ausmachten.

Auch im östlichen Trakt des Museums, der der Menschheitsgeschichte gewidmet war, kämpfte man damit, der Überfülle von Objekten Herr zu werden. Ihre Aufbewahrung,

Pflege und Auswertung bereiteten so manches Mal Probleme. Allerdings gab es im Vergleich zum Westteil nur selten Diskussionen darüber, wie die Ausstellungsstücke anzuordnen seien. Denn anders als die Geschichte der Natur, schien die Geschichte der Menschheit eine fortschreitende Entwicklung zu beschreiben. Während die Affen seit Jahrmillionen auf den Bäumen hockten, war der Mensch in den aufrechten Gang gewechselt, hatte anschließend das Rad, später sogar Flugobjekte erfunden und sich allmählich über die ganze Erdkugel verteilt, um sie sich Jahrtausende später endlich dem göttlichen Auftrag gemäß vollends untertan zu machen.

Gewiss verwarf nicht jede Menschheitsgeneration die Erfindungen und Entdeckungen der vorigen. Das Rad, das Feuer, das Geld – sie alle waren nach wie vor in Gebrauch und ein Ende ihrer Nutzung nicht absehbar. Dennoch war es üblich, vermeintlich nutzlos Gewordenes und Überholtes dem allgemeinen Vergessen anheimzugeben. Daher ließ sich im Museum nicht nur die zunehmende Verfeinerung des Rades von einem holprigen, rumpelnden Stein hin zum aalglatten Kautschukreifen begutachten, sondern es war auch, und vor allem, eine letzte Ruhestätte des Verworfenen. Nur ein besonders tiefsinniger, schwärmerischer Geist vermochte in den belächelten Rauchzeichen des Urmenschen den Vorgänger papierloser Kommunikation oder im brüchigen Faustkeil den Archetypus des Sturmgewehrs zu sehen.

Bromberg hatte gar nicht erst damit begonnen, eine besonders innige Beziehung zu den gehorteten Objekten aufzubauen. Für ihn waren sämtliche Exponate gleichermaßen Dinge, die es zu bewachen und zu schützen galt – mehr aber auch nicht.

Jede Nacht durchschritt er wenigstens einmal alle Flügel

des Gebäudes, um nach dem Rechten zu sehen. Dazwischen hielt er sich im Wesentlichen mit drei Dingen auf, die ihm dabei helfen sollten, der nächtlichen Routine und der Ödnis des Museums zu entkommen. Das erste war die Pflege seiner Epiphyten, die über die Jahre zu einer prächtigen Sammlung herangewachsen waren und die selbst den gewieftesten Botanikern des Museums einigen Respekt abnötigten. Seine Zöglinge hießen *Argentea*, *Balbisiana* oder *Dorothea*, und weil sie in der freien Natur auf den Ästen großer Urwaldbäume wuchsen, die Bromberg ihnen im Museum nicht bieten konnte, hatte er für jede Einzelne von ihnen liebevoll ein kleines Drahtgestell gebastelt, in dem sie nun von der Decke der Portiersloge baumelten. Manchmal betrachtete er sie nur von Weitem, manchmal nahm er sie behutsam in die Hand und ab und zu streichelte er ihnen mit dem Finger vorsichtig über die Blätter.

Die zweite Ablenkung, die er pflegte, bestand im Lösen von Kreuzworträtseln. Doch löste er die Rätsel nicht, wie gewöhnliche Menschen es taten, mit einem Stift auf den Seiten einer Illustrierten, sondern im Kopf. Dabei war diese Technik weniger aus eigenem Antrieb als vielmehr aus der Not geboren. In einer der ersten Nächte im Museum nämlich hatte Bromberg unbedarft die Hefte vom Tisch der Portiersloge genommen und jedes freie Kästchen ausgefüllt, ohne zu ahnen, dass dies in einen handfesten Streit mit seinem Kollegen münden würde, dem die Hefte gehörten. Seitdem hütete er sich tunlichst, weiteren Anlass für Unmut zu bieten, und füllte die Kreuzworträtsel zwar aus, jedoch ohne auch nur den Hauch einer Spur zu hinterlassen. Des Öfteren entstanden dabei wahre Ungetüme von Wortgerüsten, die so groß wurden, dass sie über seinen Kopf hinauszuwachsen drohten, doch sah er mit der Zeit auch den alles entscheidenden Vorteil dieser Art des Rätsellösens: Sie kam ohne das lästige Durchstreichen, Überschreiben oder Radieren falscher Worte aus. Stattdessen ließ Bromberg jedes Wort, das nicht passen wollte, einfach fallen und machte damit Platz für ein neues, das dann im besten Falle das richtige darstellte. Hatte er das Rätsel gelöst und im Kopf die Buchstaben aus den nummerierten Kästchen in die Zeile mit dem Lösungswort eingetragen, rief er bei der sogenannten Gewinn-Hotline an, um die Lösung durchzugeben. In der Regel, so sein Gefühl, verhallten seine Worte ungehört in der Leitung. Nur ein einziges Mal war er mit einem Preis bedacht worden: einem Kugelschreiber mit der Aufschrift *Rätsel dich reich!*

Wenn nicht bereits ein Großteil der Nacht mit Epiphytenpflege und Kreuzworträtsellösen vergangen war, widmete sich Bromberg einem dritten Ablenkungsmanöver. Ähnlich wie beim Rätseln bemühte er sich auch bei dieser Beschäftigung, möglichst keine Spuren zu hinterlassen, allerdings nicht, weil er den Unmut, sondern in diesem Fall sogar das völlige Unverständnis vonseiten seiner Kollegen fürchtete. Mithilfe eines Wörterbuchs und einer Grammatik legte er nämlich endlose Listen mit Vokabeln und detaillierte Aufzeichnungen zu diversen Regeln des Mordwinischen an, einer Sprache, die er bei der ersten Begegnung in Form eines kleinen Büchleins mit Volkssagen für die Erfindung eines verrückten Schriftstellers gehalten hatte. Nach einigem Nachforschen aber hatte er sie als die Sprache der Bewohner einer kleinen autonomen Republik namens Mordwinien, einige hundert Kilometer südöstlich von Moskau, eingeklemmt zwischen mehreren Oblasten, unweit der Wolga, identifizieren können. Weder der eine noch der andere der beiden Hauptdialekte des Mordwinischen verfügten, wie Bromberg bald herausfand, über das Wörtchen »haben«. Und weil es ihm so natürlich schien, dieses oder jenes Ding zu haben, wollte er herausfinden, wie es sich anfühlte, wenn die Dinge nicht mehr zu haben waren, sondern nur noch bei einem sein konnten. Trotz intensiver Bemühungen musste er jedoch schon bald feststellen, dass sich gefühlsmäßig kein Unterschied zwischen diesen Zuständen einstellen wollte. Spätestens mit der ersten Grippe, die ihn eines Nachts im Museum heimsuchte, sah er ein, dass es völlig gleich war, ob man eine Grippe sprachlich haben konnte oder ob sie nur bei einem war. Nichtsdestotrotz setzte er seine Lektionen unvermindert fort und entschuldigte dies damit, dass man das meiste im Leben tue, ohne zu wissen, ob es irgendwann für irgendetwas gut sein würde.

Dass die Nächte trotz dieser Beschäftigungen manchmal unerträglich lang wurden, konnte Bromberg nicht verhehlen. Nicht selten blickte er auf die Zeiger der großen Uhr und sehnte das Ende seiner Schicht herbei. Gleichwohl hasste er seinen Beruf nicht. Und wenn er gefragt worden wäre, ob er glücklich sei, hätte er geantwortet, dass er nicht wisse, was das sein solle, Glück. Mit seinem Leben, wie es war, hatte er sich arrangiert, und er war froh, wenn er nicht unnötig behelligt wurde.

Schlag drei Uhr trat er nach draußen vor das Portal des Museums, um eine Pfeife zu rauchen. Sein punktgenaues Erscheinen war kein Zufall, sondern nur ein weiterer Ausdruck des selbst auferlegten Rigorismus, der es ihm ermöglichte, in seiner drögen Tätigkeit Erfüllung zu finden. Es verschaffte ihm jede Nacht eine gewisse Genugtuung, wenn er nicht um zwei

Minuten vor oder um drei Minuten nach, sondern um Punkt zehn Uhr in der Pförtnerloge zur Ablösung erschien, wenn er nicht um fünf Minuten nach oder um zehn Minuten vor, sondern um Punkt drei Uhr die Pfeife zu stopfen begann. Zwar befiel ihn beim immer gleichen Verrichten der Dinge manchmal das ungute Gefühl, im Laufe der Jahre zu einem hoffnungslosen Pedanten verkommen zu sein, doch tröstete er sich mit dem Gedanken, es habe außer ihm selbst wenigstens sonst niemand darunter zu leiden.

Draußen vor dem Museum streckte er die Arme von sich und atmete in tiefen Zügen die klare Luft der Nacht ein. Er mochte die Stunden zwischen dem letzten und dem ersten Lärm. Auf der Straße vor dem Museum war meistens alles ruhig, nur ab und an rauschte ein Taxi vorbei oder ein Fahrradfahrer schlingerte betrunken der Nachtruhe entgegen. Brombergs Schicht endete jeweils um halb sieben Uhr morgens, und die Pause, die er sich um drei Uhr gönnen durfte, betrug exakt eine halbe Stunde. Neben dem Rauchen der Pfeife nutzte er diese Zeit dafür, sich über dem Lüftungsgitter die Beine zu wärmen und mit dem Landstreicher Henri Clochard eine Art einfachen Roulettes zu spielen.

Bromberg wusste nicht, wie Henri eigentlich hieß, ja, ob er überhaupt einen richtigen Namen hatte. Henri Clochard nannte er ihn, weil er stets eine Flasche Wein bei sich trug und ein Glas, in das er den Wein füllte, wann immer er sich irgendwo niederlegte oder setzte. Früher hatte Bromberg Henri hin und wieder in einer der Toiletten im Erdgeschoss des Museums gefunden. Durch ein nicht ganz sorgfältig geschlossenes Fenster hatte er sich Zugang verschafft und dann warm und zufrieden in einer der Kabinen gelegen, auf dem Spülkasten über sich das Weinglas, allein sein lautes, schnarrendes Röcheln verriet ihn jedes Mal. Inzwischen boten ihm die Toiletten kein ruhiges Versteck für die Nacht mehr. Wenn er nun bepackt mit klimpernden Tüten herantrabte, forderte er Bromberg immer schon von Weitem dazu auf, eine Münze aus der Tasche zu ziehen. Bromberg warf die Münze in die Luft, Henri prognostizierte, auf welcher Seite sie landen würde, und wenn die Voraussage richtig war, durfte er die Münze behalten, andernfalls ging sie wieder an Bromberg zurück. Seit ihrer ersten Begegnung schon spielten sie dieses Spiel, und weil die Gewinnchancen für alle Beteiligten bei genau fünfzig Prozent lagen, hielten sie den Deal beide für mehr als fair. Wenn Henri gewann, rief er jedes Mal lauthals und siegestrunken, er würde gewiss nicht wiederkommen, schließlich sei er nun ein gemachter Mann und könne sich mit seinem Reichtum zur Ruhe setzen. Bisher aber war noch keine Nacht vergangen, nach der er nicht doch wieder aufgetaucht war, und Bromberg wollte der Letzte sein, der ihm dies verübelte, hellte doch das kurze Spiel mit Henri stets seine Stimmung auf, bevor er ins Museum zurückmusste.

Die Runde nach dem Pfeifenrauchen galt in jeder Nacht der Inspektion der Bibliothek. Auch in dieser Nacht wäre sie von Bromberg ohne große Umstände absolviert worden, hätte nicht der wellige Läufer des Lesesaals ihn zu Fall gebracht. So stand er nun unter der hohen Kuppel, befühlte seine schmerzenden Knie, ärgerte sich über sich selbst und seine Unachtsamkeit, noch viel mehr aber über die Existenz des Läufers.

Er bückte sich, um eines der Bücher aufzuheben, die bei seinem Sturz in alle Richtungen geflogen waren, und hielt inne, als ihn die Blicke der beiden Männer trafen. Der jüngere von beiden stand, den rechten Arm in die Hüfte, die linke

Hand auf die Stuhllehne gelegt, mit leicht geöffneten Beinen neben seinem älteren, bärtigen Begleiter. Seine Haltung war ruhig, sein Blick konzentriert. Das rechte Knie des Bärtigen ruhte auf dem samtigen Polster, seine rechte Hand hielt, in akkurater Spiegelung der Pose des Jüngeren, die Lehne, die linke war in die Hüfte gestützt. Beide Männer waren von hagerer Gestalt, trugen leuchtend weiße Hosen über schwarzen, frisch gewichsten Schuhen. Von ihren Schultern hingen dunkle, schmal geschnittene Mäntel fast wie Kittel, darunter schauten feine, einreihige Westen mit breitem Revers und weißen Hemden hervor.

Den Hals des Jüngeren zierte eine schwarze Schleife, seine Wangen und sein Kinn waren glatt rasiert, nur auf der Oberlippe hatte er feinsäuberlich einen schmalen Streifen stehen lassen, der ihm etwas Schmieriges verlieh. Der Hals des Älteren war nicht zu sehen, stattdessen kräuselte sich sein voller Bart nach allen Seiten. Auf der Nase saß eine kleine Nickelbrille, auf dem Kopf ein rundlicher Bowlerhut mit gebogener Krempe. Die Kopfbedeckung des Jüngeren bestand nicht aus einem Hut, sondern einer Art Mütze, die ihm etwas Lächerliches verlieh. Sie besaß keine Krempe und war so gestaucht, als hätte ihm jemand eine übergezogen. Ihm selbst schien dies nichts anzuhaben, nur die Augen des Bärtigen neben ihm funkelten schelmisch, seine Lippen umspielte ein wissendes Schmunzeln.

Auch Bromberg schmunzelte er an, aber Bromberg war nicht nach Schmunzeln zumute. Seine Knie schmerzten noch immer, und das Einzige, was er wünschte, war, die Bibliothek so schnell wie möglich zu verlassen, um die letzten Stunden seiner Schicht so ungestört wie möglich zuzubringen. Deshalb klappte er, ohne die beiden Männer eines weiteren Blickes zu würdigen, das Buch zu, sammelte auch die übrigen Bücher ein und brachte sie zur Theke. Anschließend ließ er seinen Blick ein letztes Mal durch den großen Saal schweifen. Dann schaltete er das Licht aus.

Zweites Kapitel

Worin der junge Bärtige in Amazonien einen Sandfloh aus seinem Fuß entfernt, ein Krokodil verspeist, auf Eingeborene trifft und sich im Urwald verläuft

Es war der fünfundzwanzigste Dezember. Schon früh am Morgen lag drückende Schwüle über dem Fluss. Schwere Wolken standen zu großen Haufen aufgetürmt am Horizont und verhinderten das Entweichen der heißen Luftmassen. Lautlos und gleichmäßig glitt das Kanu durchs Wasser. Scharf wie eine Schere durchschnitt der Bug die spiegelnde Oberfläche. Links und rechts schlugen kleine flache Wellen gegen die Bootswände, zu beiden Seiten des Flusses erhob sich dichter, grüner Urwald. Über allem lagen das übliche Surren und Zirpen der Insekten, die Stimmen der Vögel drangen aus den Bäumen, von Zeit zu Zeit ertönte der Ruf eines Affen.

Im Bug des Kanus räkelte sich, halb sitzend, halb liegend, den Rücken gegen Kisten und Käfige gelehnt, der junge Bärtige. Verträumt schaute er aufs Wasser. Alle paar Schläge hielt er, zur stillen Belustigung des paddelnden Indianers im Heck, seine Hand hinein und freute sich, wenn die Wellen gegen seinen Unterarm plätscherten. Die hochgekrempelten Ärmel seines fleckigen weißen Hemdes waren bis zu den Schultern durchnässt, und wie einen kühlenden Umschlag presste er sie dann und wann gegen die erhitzte Stirn. Seine Gedanken kreisten zunächst um die dunkle Färbung des Wassers, gingen mit Blick auf die Wolkentürme zu einem möglichen Wetterumschwung über und verharrten für einen Moment bei der Frage, welche Pläne ein solcher Umschwung vereiteln und wie einer solchen Vereitelung am günstigsten beizukommen wäre. Dann kehrten sie schließlich wieder zum Ausgangspunkt zurück, nämlich zur vagen Idee einer Systematik amazonischer Flüsse, die ihn seit Tagen beschäftigte. Vielleicht war es möglich, die Flüsse nicht wie üblich nach Länge oder Breite, Wassertiefe oder Fließgeschwindigkeit, sondern nach ihren Farben zu ordnen. Denn während sämtliche Karten sie im selben Ton, einem matten Braun, verzeichneten, war ihre Erscheinung in der Wirklichkeit eine andere. Die Färbung reichte von schlammigem Olivgrün über milchiges Weiß und kristallenes Blau bis hin zu tiefer Schwärze. Woher die unterschiedlichen Farbtöne rührten, ließ sich bestenfalls vermuten, doch war die Beantwortung dieser Frage für eine erste grobe Einteilung kaum von Belang.

Vom Heck aus beobachtete der paddelnde Indianer seinen nachdenklichen Passagier und begann, durch die Lücke zwischen seinen Schneidezähnen eine muntere Melodie zu pfeifen. Der junge Bärtige hörte ihm zu und lächelte, bis er plötzlich ein starkes Ziehen in der Magengegend verspürte. Offensichtlich hatte sich das Frühstücksomelett vom Morgen, das der Indianer aus den noch körperwarmen Eiern einiger Schildkröten zubereitet hatte, auf ungünstigste Weise über den Fisch vom Vorabenddinner gelegt. Wobei das flaue Unwohlsein wohl weniger am Zusammentreffen dieser beiden Speisen lag als vielmehr an der Beilage des Abendessens: kleinen, erdofengerösteten Würmern, die als äußerst bekömmliche Delikatesse angepriesen worden waren. Doch nun zwickte und stach es überall im Bauch, so als seien die

Würmer zu neuem Leben erwacht und mit der häuslichen Einrichtung in den Innereien befasst.

Durch die Konzentration auf die Vorgänge in seinem Körper spürte er nun auch den Sandfloh unter seinem Zehennagel wieder. Seit Tagen, wenn nicht gar seit Wochen schon, nistete das Tierchen dort, hatte jedoch bisher unbehelligt seine Tätigkeit verrichten können, weil der junge Bärtige selbst mit zu vielen Arbeiten beschäftigt war. Nun aber machte sich der ungebetene Bewohner im Zeh ganz deutlich bemerkbar, und es gab nur eine Möglichkeit, dem Jucken und Brennen ein Ende zu bereiten.

Er zog seinen Stiefel aus, streifte die Socke ab und kramte eine Nadel sowie ein billiges Fläschchen Aguardente aus der Tasche hervor. Er tunkte die Nadel hinein, legte den Fuß aufs Knie, inspizierte die kleine Öffnung in der Haut unterhalb des Nagels, aus der rundlich weiß ein Teil des Flohabdomens ragte, und begann mit der Operation. Zunächst war nichts zu spüren, vielleicht ließ sich die Sache ja sogar ganz ohne Schmerzen über die Bühne bringen, doch sofort, als die Spitze der Nadel die Hornschicht durchbohrte und ins Fleisch eindrang, fuhr ihm der Schmerz bis in den Nacken. Kurz hielt er inne und wischte sich den Schweiß von der Stirn. Die Nadel wanderte langsam weiter, traf auf ein erstes Blutgefäß, durchstach es, bohrte weiter, allein der Floh bewegte sich keinen Millimeter, sosehr die Nadelspitze auch stocherte.

Das Sandflohweibchen war nicht der erste unerwünschte Gast, der aus der Haut entfernt werden musste. Kaum ein Tag verging, ohne dass sich Egel und andere Plagen an privatesten Stellen einnisteten. Trotzdem blieben Schmerz und Qualen bei jedem Mal die gleichen, und von Gewöhnung konnte keine Rede sein. Am einfachsten wäre es gewesen, den Floh mit den bloßen Fingern beim Hinterteil zu packen, herauszuziehen und knackend zwischen Daumen und Zeigefinger zu zerdrücken. Doch da die Finger zu groß und der Flohhintern zu klein waren, blieb dem jungen Bärtigen nichts anderes übrig, als mit dem gleichen Werkzeug im eigenen Fleisch herumzupulen, mit dem er sonst die Körper von Käfern, Schmetterlingen und Hautflüglern aufspießte.

Erneut traf die Nadel eine äußerst empfindliche Stelle im Zeh. Obwohl er sich darum bemühte, so tapfer und gleichgültig wie möglich zu sein, schossen ihm die Tränen in die Augen. Durch den wässrigen Schleier hindurch grinste der fette Körper des Flohweibchens. Es hatte in den vergangenen Tagen einen stattlichen Gang in die Nagelhaut hineingegraben. Während er mit der Nadel das kleine Tier traktierte, versuchte er, der gedanklichen Betäubung wegen ein wenig zu sinnieren. Ob dem alten Carolus Linnaeus die Idee zur Einordnung dieses *Tunga penetrans* in die Gattung der *Tunga*, die Familie der *Tungidae*, die Ordnung der *Siphonaptera* und die Klasse der *Insecta* wohl bei der Entfernung eines solchen Parasiten aus seinem eigenen Fleisch gekommen war? Dies setzte freilich voraus, dass der alte Schwede die äquatorialen Gegenden selbst bereist haben musste, was reichlich unwahrscheinlich erschien, war doch der einzige Reisebericht, der von dem bekannten Dozenten der Dokimastik und dem Erfinder des Systems der Natur existierte, die Schilderung einer Exkursion nach Lappland, wo Flöhe bekanntlich vor Eiseskälte erstarrten und Sand, so überhaupt vorhanden, unter dichtem Schnee verborgen war. Vermutlich also rührte Linnaeus' Kenntnis allein von den Erzählungen europäischer Abenteurer her, schließlich waren ihre Tagebücher voll von schaurigen Geschichten über die zerfressenen, eitrig geschwollenen Füße der Bewohner Südamerikas, die zu lange damit gewartet hatten, die Flöhe aus den Sohlen zu entfernen.

Die Nadelspitze war jetzt bis unter den Kopf des Flohkörpers vorgedrungen. Nun hieß es, sie im richtigen Winkel anzusetzen, innezuhalten und zu drücken, um den weißen Klumpen in hohem Bogen herauszukatapultieren. Erneut biss er die Zähne zusammen und prüfte den Widerstand der Nadel. Die Spitze saß gut, er zählte bis drei und setzte an, zu drücken.

Der ohrenbetäubende Knall des Schusses fuhr ihm bis ins Mark. Vor Schreck ließ er die Nadel fallen und blickte nach hinten ins Heck. Der Indianer kauerte mit angelegter Flinte auf seinem Platz und starrte aufs Wasser. In etlichen Fuß Entfernung ragten die schuppigen Gliedmaßen eines Alligators aus dem Wasser, umspielt von der sanften Strömung des Flusses. Der Indianer ließ das Gewehr sinken, nahm das Paddel zur Hand und fuhr an den leblos dahintreibenden Körper heran. Der junge Bärtige richtete sich auf, wartete, bis das Kanu längs zum Alligator lag, dann lehnte er sich über die Seitenwand hinaus und packte mit beiden Händen den bezackten Schwanz, der aus dem Fluss stand. Die Haut der Echse fühlte sich kalt an, er griff fester zu und wollte ziehen, als der Schwanz plötzlich in Bewegung geriet und um sich schlug. Seine Füße verloren den Halt, sein Kopf wurde unter Wasser gedrückt, ein harter Schlag traf seinen Nacken, dann hörte er noch, gedämpft vom Rauschen des Flusses, wie drei Schüsse durch die Luft ins Wasser jagten, bevor es ihn benommen nach unten zog.

Aus der Küche drang das Klappern von Geschirr. Der Geruch von frisch gebratenem Fleisch lag in der Luft. Wie immer am Weihnachtstag rannte Fanny mit einem Berg Teller und einem Turm aus Schüsseln von der Küche ins Esszimmer, vom Esszimmer in die Diele, von der Diele in die Küche und von dort wieder ins Esszimmer, während ihre Mutter, ohne auch nur das geringste Anzeichen von Eile oder Gereiztheit zu zeigen, an der Küchenhexe stand, mit dem Schürhaken die Glut verteilte und einen Herdring herausnahm, um die Soße für den Braten zuzubereiten. Neben dem Esstisch baute Thomas seine Kamera auf und rollte mit den Augen, jedes Mal wenn Fanny den Raum durchquerte.

»Alfred, ich liebe sie ja, deine Schwester«, sagte er. »Aber manchmal, da kommt sie mir mit ihrer Ungeduld und Hektik vor wie eine Fünfjährige. Und das Letzte, was mir jetzt noch fehlt, ist, dass sie mir den teuren Apparat von der Halterung reißt.«

Vorsichtig schraubte er den schwarzen, topfgroßen Kasten auf das Stativ mit den ausziehbaren Holzbeinen. Dann setzte er die Kassette ein und legte ein schwarzes Tuch über den Kasten. Fanny durchquerte erneut das Esszimmer und warf einen abfälligen Blick auf die Apparatur. Thomas hatte eigens einen Kredit für die Anschaffung aufgenommen. Aber immer dann, wenn jemand über den hohen Preis der Ausrüstung erschrak, erklärte er, er werde das Geld mit einem kleinen Ladengeschäft für Photographie – ein bisher kaum erschlossener Markt mit enormem Wachstumspotenzial! – schon bald wieder eingespielt haben. Wenn die Londoner erst einmal begriffen hätten, dass ein Foto von der Familie, vom Jagen in den Wäldern oder vom Besuch des Jahrmarkts an der Themse in keinem ordentlichen Haushalt fehlen durfte, würden sie alle zu ihm kommen – alle! –, und sie würden ihm die belichteten Kollodium-Nassplatten aus der Hand reißen, noch bevor er sie in der Dunkelkammer mit Eisensulfatlösung übergossen und entwickelt haben würde. Mit ein wenig Übung und Geschick würde er es schon bald so weit bringen wie die wenigen Experten auf dem Gebiet, die wogende Menschenmengen, schäumende Ozeanwellen, galoppierende Pferde, ja sogar blitzschnelle Gewehrkugeln einzufangen vermochten. Wer wünschte sich denn nicht, in einer so schnelllebigen Zeit wie dieser, die Zeit selbst anzuhalten und einen Moment lang einzufrieren?

Aus der Küche trat Mutter ins Esszimmer, in den Händen eine große Platte mit zartrosafarbenem Roastbeef, außen knusprig braun, innen schön saftig und hier und da blutig. Hinterdrein stolperte Fanny mit einer Schüssel Möhrengemüse und einem Teller Yorkshire Puddings. Sie platzierten alles auf dem Tisch, rückten Teller und Besteck zurecht und baten darum, Platz zu nehmen, bevor sie sich selbst hinsetzten. Thomas blieb stehen, hantierte mit der Kamera, verschwand unter dem schwarzen Tuch und wollte bereits den Zeigefinger heben und zum Stillhalten auffordern, als Mutter sich plötzlich umblickte. Ihr Blick fiel auf den leeren Stuhl ihr gegenüber, und der junge Bärtige spürte, wie ihm die Brust eng wurde. Auch Fanny starrte auf den unbesetzten Platz neben ihm, und in ihre Augen trat ein unruhiges Zucken. Thomas stand noch immer vom Tuch bedeckt hinter der Kamera.

»Wo ist Herbert?«, fragte Mutter.

Niemand antwortete.

Thomas kam unter dem Tuch hervorgekrochen und schaute ihn an.

»Alfred?«, fragte er.

Alle schauten jetzt auf ihn. Die Blicke wanderten zwischen ihm und dem leeren Platz hin und her, er sagte nichts, nur sein Atem wurde immer schwerer.

»Alfred?«, fragte nun auch Mutter, aber anders als bei Thomas lag bei ihr bereits ein ängstliches Beben in der Stimme.

Fanny wurde blasser. Sie war ohnehin schon eine empfindliche Natur, aber die plötzliche Unruhe der sonst so gefassten Mutter übertrug sich auf sie wie eine schnell ansteckende Krankheit. Sie riss nervös an der Serviette herum und tupfte sich die Stirn.

»Alfred, wo ist Herbert?«, fragte Mutter und versuchte, die Fassung zu bewahren.

Er saß auf seinem Stuhl und schaute sie an. Das Seil um seine Brust zog sich immer enger.

»Wo ist Herbert, Alfred?«, rief Fanny, und ihre Stimme klang jetzt schmerzhaft hoch.

Beide, Fanny und Mutter, riefen nun im Chor: »Wo ist er denn? Alfred, sag doch etwas! Wo ist er?«

Er saß da, wie erstarrt auf seinem Stuhl, das Seil so festgezurrt um seine Brust, dass es ihn fast erstickte, und wollte, mit dem bisschen Luft, das ihm noch blieb, antworten. Allein, es funktionierte nicht.

Er wollte ihnen sagen, was passiert war, wollte es erklären, wollte sich erklären, schließlich konnte er ja nichts dafür. Nein! Er konnte nichts dafür! Aber sosehr er auch versuchte, sich ihnen mitzuteilen, seine Lippen, seine Zunge, seinen Kehlkopf bewegte, es kam nichts dabei heraus. Keinen einzigen Ton, nicht den leisesten Hauch eines Lauts brachte er hervor. Seine Stimme war völlig verschwunden. Alle Anstrengungen, sich verständlich zu machen, schienen vergebens. Um ihn herum waren nur noch das Geschrei und die Rufe von Mutter und Fanny und inzwischen auch von Thomas: »Alfred! Alfred! Wo ist Herbert?«

Er fuhr erschrocken auf, als der Indianer ihn sachte an der Schulter berührte. In der Hand hielt er ein fetttriefendes Stück gebratenen Fleischs. Der junge Bärtige richtete sich langsam auf, schaute sich um, spürte die brennende Sonne auf seiner Stirn und den nassen Sand in seinem Rücken. Er brauchte einen Moment, um zu sich zu kommen.

In einigen Fuß Entfernung lag aufgeschlitzt der ausgeweidete Alligator. Der Schwanz der Echse wirkte plötzlich kümmerlich und wehrlos. Aus seinem Inneren quoll eine bräunlich-ölige Flüssigkeit. Der Fluss strömte schweigend vor sich hin, so als wäre nichts geschehen. Langsam kehrte die Erinnerung zurück. Der Körper des Alligators war so von Schrotkugeln durchlöchert, dass er sich fragte, wie der Indianer ihn unbeschadet aus dem Wasser hatte retten können. Angestrengt überlegte er, was »unbeschadet« auf Portugiesisch hieß. Meistens nämlich funktionierte es recht gut, die wenigen Brocken Portugiesisch, die er beherrschte, mit jenem melodiösen Singsang und dem geheimnisvollen Wispern der Indianersprachen zu intonieren. Zwar hatte das Ergebnis nur in den wenigsten Fällen etwas mit dem offiziellen Vokabular der *Lingua geral* zu tun, der behelfsmäßigen Sprache, die die Jesuiten zur Verständigung mit den Eingeborenen aus dem Portugiesischen sowie dem Hauptdialekt der Tupi entwickelt hatten, aber dennoch konnte er sich häufig damit durchschlagen. Freilich funktionierte dieses Vorgehen nur für allereinfachste Alltagssituationen, und selbst in diesen stieß er immer wieder an seine Grenzen.

Schmerzhaft bewusst war ihm das zuletzt vor seiner Bekanntschaft mit dem Indianer im Flusshafen von Barra geworden. Sein ursprünglicher Plan lautete: Zwei Tage Post und allgemeine Besorgungen erledigen, zwei Tage Ausschau nach einem ortskundigen Begleiter für die folgende Fluss- und Walderkundung halten, zwei Tage gemeinsam die Reise vorbereiten. Doch wie so oft hatte er diesen Plan unter Ausschluss der Wirklichkeit gemacht.

Barra war ein staubiger Marktflecken am Ostufer des Rio Negro. Die Straßen waren schnurgerade, aber ungepflastert und von riesigen, rötlichen Erdbuckeln übersät. Die Einwohnerschaft bestand zu einem Teil aus weißen eingewanderten Europäern und mehr oder minder hellhäutigen Mestizen, zu einem anderen Teil aus rotbraunen Indianern. Unter diese mischten sich als tiefschwarze Punkte entlassene oder entlaufene Sklaven. Trotz aller Unterschiede einten sie die Beweggründe, aus denen sie nach Barra gekommen waren: Sie wollten hier, mitten im Regenwald, am Zusammenfluss von Amazonas und Rio Negro, fernab der Küste des Atlantiks, das große Glück finden. Jedoch gefunden hatte es noch keiner von ihnen, und so saßen sie nun alle zusammen in dieser öden Stadt, trieben ein wenig Handel, spielten und tranken und warteten auf den Tag, an dem ihnen das Glück doch noch begegnete.

Der junge Bärtige hatte geglaubt, sich diese Situation zunutze machen zu können. Jeden Vormittag ging er die lange Hauptstraße hinunter, schaute nach links und nach rechts, und sprach die jungen Männer an, die vor den Trinkstuben lungerten und auf eine sinnvolle Beschäftigung zu warten schienen. Mit den wenigen Wörtern, die ihm zur Verfügung standen (Erkundung, Wald, Fluss, Kanu, Sammeln, acht

Wochen), erklärte er, eine solche Beschäftigung bieten zu können. Doch schon nach wenigen Tagen merkte er, damit keinen Erfolg zu haben. Meist verstanden die jungen Männer gar nicht, was er überhaupt von ihnen wollte. Und je angestrengter und wortreicher er sich bemühte, desto weniger Verständnis kam dabei herum. »Kanu, Kanu, Fluss, Fluss«, riefen sie ihm zu und zeigten mit den Fingern in Richtung Hafen. Und wenn dann doch einmal jemand verstand, worauf er eigentlich abzielte, begriff derjenige nicht, wie man ausgerechnet solch eine Absicht haben konnte: Wald, acht Wochen, sammeln? Einige junge Männer, insbesondere ehemalige Sklaven, liefen sogar vor dem jungen Bärtigen davon, weil sie meinten, in Wirklichkeit keinen Artensammler (was sollte das überhaupt sein?), sondern einen Plantagenbesitzer vor sich zu haben, der unter dem Deckmantel des Naturinteresses nach ihrer Freiheit trachtete.

Nach zwei Wochen vergeblichen Wartens meldete sich ein junger, kräftiger Mann. Das Anliegen habe sich in der Stadt herumgesprochen, erklärte er und versicherte, den jungen Bärtigen begleiten zu wollen. Freudig, den nahenden Aufbruch bereits vor Augen, wies er den Mann in die täglichen Aufgaben ein. Er zahlte einen anständigen Vorschuss und wartete am nächsten Morgen in aller Frühe mit gepackten Sachen am Fluss. Tatsächlich erschien der Angeworbene im Hafen, brachte jedoch die kühnsten Ausreden hervor, weshalb ihm eine Mitfahrt nun doch unmöglich sei. Und dieses Schauspiel wiederholte sich in den folgenden drei Wochen mit drei weiteren angeblich willigen Helfern. Einer trat seinen Dienst gar nicht erst an und blieb spurlos verschwunden. Ein anderer wartete nicht allein am Boot, sondern stand plötzlich in Begleitung von zwei Frauen und fünf Kindern da, die, wie er erklärte, wennschon, dennschon, unbedingt mit auf die Reise kommen müssten. Der Dritte schließlich wandelte die Lohnanzahlung bereits am Vorabend der geplanten Abreise vollständig in Cachaça um und lag, als der junge Bärtige bei Sonnenaufgang im Hafen erschien, völlig delirierend im Boot, unfähig, auch nur einen Finger zu rühren. Nach über einem Monat hatte er also noch immer keinen Helfer gefunden, und er beschloss, die nächsten Wochen in das Studium der *Lingua geral* zu investieren, um sich endlich schneller und besser verständlich machen zu können.

Doch allzu weit kam er damit nicht. Schon zwei Tage nach seinem Beschluss tauchte ein junger Indianer bei ihm auf. Er schickte ihn weg, weil er glaubte, nur einen weiteren Nutznießer vor sich zu haben, der aus seiner Notlage Kapital schlagen wollte. Der Indianer aber ließ sich nicht beirren und besuchte ihn jeden Tag aufs Neue. Erstaunlicherweise stellte er weder irgendwelche Fragen noch irgendwelche Forderungen. Er saß einfach nur da, wartete und lächelte. Am fünften Tag nahm der junge Bärtige ihn mit zum Hafen. Mit ausholenden Gesten, allerlei Handzeichen und laut und deutlich gesprochenen Worten beschrieb er, welche Dinge vor der Abfahrt noch zu besorgen seien: Tee, Kaffee, Zwieback, Maismehl, Zucker, Käse und Reis. Allerdings machte er sich, um ehrlich zu sein, keinerlei Hoffnung, dass der Indianer auch nur eine seiner Gesten, eines seiner Handzeichen oder eines seiner Worte verstand.

Umso überraschter war er, als er den Indianer am nächsten Morgen abreisefertig im Kanu sitzen fand. Alle Sachen hatte er besorgt, im Boot verstaut und sogar ein bisschen Pökelfleisch als zusätzliche Wegzehrung eingepackt. Der junge

Bärtige lud seine Kisten dazu, stieg ins Boot und freute sich, nun, nach anderthalb Monaten des Wartens, endlich weiter auf dem Rio Negro vorstoßen zu können.

Das Problem mit der Sprache aber war geblieben. Während der Indianer das gebratene Alligatorenfleisch anbot, fielen ihm alle möglichen Wörter ein – *apegáua* für Mann, *jacaré* für Alligator und, wenig brauchbar in diesem Moment, auch *parawá* für Papagei –, aber das gesuchte wollte sich nicht einstellen. Beim Anblick des Fleischstücks verspürte er, wie die Enge in der Brust verflog und Hunger und Appetit in ihm aufstiegen. Dankend nahm er das Fleischstück entgegen, biss hinein und beschloss, die Frage nach den Umständen seiner Rettung auf später zu verschieben.

Schweigend verspeisten sie unter der sengenden Sonne ihren selbsterlegten Lunch. Nach dem Essen belud der Indianer das Kanu, packte eine ordentliche Portion geräucherten Alligators ein, dann stiegen sie ins Boot und beobachteten, wie hungrige Aasfresser über den zerfledderten Körper herfielen, kaum dass sie sich vom Ufer entfernt hatten.

Der junge Bärtige schob seinen Hut so tief wie möglich ins Gesicht und machte es sich im Bug bequem. Der Indianer saß ruhig im Heck des Bootes und paddelte. Er betrachtete das lange glänzende Rohr mit dem dicken Holzende, das nun dicht neben dem jungen Bärtigen lag. Schon weit vor den Ereignissen des heutigen Vormittags hatte dieses Rohr, das der junge Bärtige immer nur »die Flinte« nannte, die Neugierde des Indianers geweckt. Anfänglich hatte er sie für nichts weiter als eine etwas größere und glänzendere Variante jener hölzernen Blasrohre gehalten, wie er sie neben Pfeil und Bogen zur Jagd im Wald, vor allem auf Vögel und kleinere Affen, verwendete. Dafür mussten stets zunächst bestimmte

Lianen geschnitten werden. Ihre Blätter und Rinden ergaben eingekocht einen dicklichen, dunkelgrünen Sud. Den Sud füllte man in kleine, verschließbare Kalebassen, hängte sie sich über die Schultern und ging in den Wald. Sobald man ein Äffchen erblickte, blieb man stehen, öffnete das Gefäß, tunkte einen Pfeil in den Sud, schob ihn ins Blasrohr, setzte das Rohr an den Mund und ließ, in dem Moment, in dem das Äffchen in Ruhe an einem Blatt oder einer Frucht nagte und sich ganz in Sicherheit wähnte, den Pfeil mit einem leisen »Pfft« herausschießen. Meist schrie das Äffchen erschrocken auf, kletterte quiekend und panisch den Baum hinauf. Manchmal zog sich ein Tier sogar geschickt den Pfeil aus der Haut, doch stets wirkte das Gift zu schnell. Seine Krallen ließen mit einem Mal alle Kräfte fahren, lösten sich vom Stamm, und das Äffchen plumpste einem direkt vor die Füße.

Das glänzende Rohr des jungen Bärtigen erfüllte, so hatte die genaue Beobachtung des Indianers ergeben, einen ähnlichen Zweck, wenn auch mit einem völlig anderen Vorgehen (vom Ergebnis ganz zu schweigen). Statt eines Suds aus Lianenblättern und -rinden benutzte er für die Jagd mit dem Rohr winzige schwarze Kügelchen. Diese gab er am einen Ende, am dickeren, dort, wo sich auch das Holzstück befand, in eine Öffnung. Dann verschloss er diese, legte das hölzerne Ende an die Schulter und zielte mit dem anderen auf das zu erlegende Tier. Anstatt mit dem Mund zu pusten, zog er mit dem Finger an einer Art Stöckchen, und wenn er dies tat, schossen anstelle eines Pfeils die Kügelchen heraus. Sie flogen so schnell, dass sie kaum zu sehen waren. Zu hören waren sie dafür umso mehr. Die Lautstärke der Kugeln war jedoch zugleich der große Nachteil an der Sache. Denn in dem Moment, in dem das Stöckchen zurückgezogen wurde und die Kügelchen nach draußen schossen, knallte es so sehr, dass jegliche Tiere, egal ob Vögel oder Affen, das Weite suchten. Manchmal wanderte der junge Bärtige ganze Nachmittage lang so durch den Wald, knallte hier und knallte da, ohne ein einziges Tier zu erlegen. Das freilich, so dachte der Indianer, verwunderte nicht weiter. Vielmehr fügte es sich gut in die Reihe all der anderen Merkwürdigkeiten, die ihm an dem jungen Bärtigen täglich begegneten: Einerseits mahnte der stets zum Aufbruch oder zur Eile. Andererseits blieb er auf seinen Gängen durch den Wald alle paar Schritte stehen, schaute nach oben in die Bäume oder nach unten auf den Boden. Einerseits fing er während ihrer langen Bootsfahrten zahlreiche Fische. Andererseits durfte keiner von ihnen verspeist werden, bevor er sie nicht gezeichnet hatte. Einerseits wusch er jeden Abend seinen hellen Leinenanzug, andererseits machte er ihn am nächsten Morgen schon bei den ersten Handgriffen wieder dreckig.

Was jedoch die Jagd mit der Flinte betraf, so war der Indianer während wochenlanger sorgsamer Beobachtung schließlich zu der Überzeugung gelangt, dass sie einen entscheidenden Vorteil bot. Da die Kugeln bei aller Winzigkeit hart und in ihrer Wucht groß waren, viel härter und kräftiger als die Spitze eines Pfeils, musste es möglich sein, mit dem Rohr ohne Mühe und ganz allein so mächtige Tiere wie Alligatoren zu erlegen. Normalerweise bedurfte es dafür aller Männer eines Dorfes. Mit Pfeilen, Bögen und Speeren bewaffnet hielten sie vom Boot aus Ausschau nach dunklen Augenpaaren, die aus dem Wasser lugten. Wenn sie ein Paar erspähten, kreisten sie es vorsichtig mit ihren Booten ein und fuhren immer näher heran. Schließlich gab einer von ihnen ein Zeichen, und sie durchbohrten mit so vielen Spitzen wie möglich den fettgepolsterten Panzer. Oft schlug das Tier mit dem Schwanz um sich, schoss mit aufgerissenem Maul und blitzenden Krallen aus dem Wasser, hieb nach allem, was es kriegen konnte, und brachte die Boote bedrohlich ins Wanken. Nur mit vereinten Kräften konnten die Männer die gewaltige Echse bändigen, und selbst das gelang nicht immer. Ein älterer Onkel des Indianers war bei einer solchen Jagd ums Leben gekommen. Der Alligator hatte, noch bevor die Speerspitzen in sein Herz vorgedrungen waren, die Wade des Onkels erwischt, ihn ins Wasser gezogen und hin und her geschleudert. Und obwohl die anderen das Tier schließlich erlegten und den Onkel aus dem Wasser zogen, war er noch am Ufer des Flusses verstorben, während das Blut in breiten Bahnen aus seinem grausig zerrissenen Unterschenkel floss.

Mit einem Rohr wie dem des jungen Bärtigen jedoch schien diese Gefahr gebannt. Jedenfalls war der Indianer bis zum heutigen Vormittag in diesem Glauben gewesen. Man brauchte bloß die Kügelchen einfüllen und an der richtigen Stelle ziehen.

Auf den lauten Knall danach war er gefasst gewesen. Den harten Schlag, den die Flinte ihm versetzte, aber hatte er nicht erwartet. Doch kaum dass er sich wieder aufgerichtet hatte, suchte er den Fluss ab und freute sich zu sehen, wie der Alligator, halb zur Seite gekippt, zwei Beine nach oben gestreckt, im Wasser trieb. Vorsichtig und langsam war er dem Tier näher gekommen. Mit dem Paddel wollte er prüfen, ob der ledrige schwimmende Leib auch tatsächlich ohne Leben war. Doch ehe er sich versah, hatte der junge Bärtige schon den Schwanz des Krokodils gegriffen, sich an die zuckende, zackige Peitsche geklammert und den Indianer im schaukelnden Boot zurückgelassen.

Wie erstarrt saß er da. An die Wasseroberfläche trieben kleine Blasen. Kreisend entfernten sich einige Wellen. Unter Wasser schien sich ein Kampf abzuspielen, und ohne langes Nachdenken legte er die Flinte erneut an und feuerte, so häufig und lange und gut er nur konnte, ins Wasser, bis keine einzige Kugel mehr übrig war.

Nach langem Knallen war es plötzlich still. Der Fluss hatte sich beruhigt, das Kanu driftete ein wenig Richtung Böschung. An der Stelle, an der noch eben die Kugeln gehagelt hatten, ragten alle vier Gliedmaßen des Krokodils aus dem Wasser. Der helle Bauch war durchlöchert. Nur vom jungen Bärtigen war nichts zu sehen.

Durch die trübe Farbe des Flusses hindurch versuchte der Indianer etwas zu erkennen. Mit dem Kanu fuhr er an das reglose Krokodil heran. Doch je länger es still blieb, desto mehr stieg die dunkle Ahnung in ihm auf, den jungen Bärtigen getötet zu haben. Er stocherte mit dem Paddel im Wasser herum, in der Hoffnung, auf einen weichen Körper zu stoßen, doch nirgends war etwas zu finden, als plötzlich, kaum drei oder vier Bootslängen entfernt, der Fluss den Körper des jungen Bärtigen an Land spülte. Wie morsches, ausgewaschenes Treibholz lag er da, und noch während der Indianer, das Krokodil im Schlepptau, ans Ufer fuhr, sah er die Brust des jungen Bärtigen sich heben und senken. Er zog, so weit es ging, das Krokodil an Land und legte sich dazu. Und so lagen sie dort eine ganze Weile: das tote Krokodil, der nasse junge Bärtige und er.

Am Horizont drückten noch immer die hohen Wolkenhaufen auf die niedrigeren Luftschichten. Der junge Bärtige wurde mit einem Mal unruhig, als der Indianer das Kanu um eine Biegung lenkte. Er richtete sich auf, bedeutete, etwas langsamer zu fahren, nahm sein Fernrohr zur Hand und war, weil ihn schon seit einer Weile die Frage umtrieb, wo sie heute Nacht kampieren würden, nicht unerfreut über das, was er sah.

In kaum einer Viertelmeile Entfernung war der dichte Wald am Ufer unterbrochen. Oberhalb eines flach abfallenden Uferstrandes lag ein kreisrunder Platz. Um den Platz herum gruppierten sich in loser Anordnung vier auf Pfähle gebaute Häuser. Davor hockten Frauen, manche von ihnen mit Säuglingen vor der Brust, und kochten über rauchenden Feuerstellen. In der Mitte des Platzes, den die Häuser umgaben, ragte eine schlanke, hochgewachsene Palme in den Himmel. Fast an ihrer höchsten Stelle, knapp unterhalb der Krone, klemmte, die Beine fest um den Stamm geschlungen, ein kleiner Mann mit einer Machete. Mit kräftigen Hieben trennte er buschige Palmwedel ab. Am Fuß der Palme stand eine Horde nackter Kinder und nahm jeden Wedel, der von oben herabgeflogen kam, johlend in Empfang.

Als das Kanu knirschend auf den Uferstrand auffuhr, entstieg zunächst der junge Bärtige dem Boot. Es war nicht das erste Mal, dass er an einer kleinen Siedlung wie dieser anlandete. Meist boten sie nicht nur Schutz für die Nacht, sondern auch einen bequemen Zugang zum Wald. Dennoch scheute er bei jedem Mal aufs Neue die Blicke, die seine Ankunft auf sich zog. Der kleine Mann in der Palmkrone hörte auf, Wedel abzuhauen, und starrte ihn an. Die Kinder wurden still und schauten zu ihm. Die Frauen an den Feuerstellen blickten verstohlen herüber, dann kicherten sie. Er, der die nackten, schutzlosen Indianer um einen, wenn nicht gar zwei Fuß überragte, der angezogen und bewaffnet vor ihnen stand, spürte all die Blicke auf sich, merkte, wie er errötete, und wollte am liebsten ins Boot zurücksteigen.

Immer fühlte er sich dabei so wie an jenem sonnigen Märztag in seiner Kindheit. Er musste um die acht oder neun Jahre alt gewesen sein. Fanny spielte mit zwei Freundinnen Ballwerfen auf der Wiese hinter dem Haus. George, der Nachbarsjunge, und er saßen angelnd am Teich. George lugte unentwegt zu den drei Mädchen herüber. Ihn selbst hingegen interessierten die Mädchen nicht. Wobei, die eine Freundin von Fanny, die zarte, hübsche Ann, interessierte ihn schon. Dennoch wollte er sein Interesse nicht so unverhohlen zur Schau stellen, wie George es tat. Wann immer die Mädchen ihnen keine Aufmerksamkeit schenkten, pfiff dieser auf zwei Fingern, schnitt Grimassen oder turnte auf dem Steg herum. Er dagegen versuchte, sich stets unauffällig im Hintergrund zu halten. Bis plötzlich der Ball von der Wiese herübergeflogen kam und neben ihnen im Wasser landete. George schimpfte und pöbelte. Er aber blieb ganz ruhig, legte die Angel beiseite, krempelte die Ärmel nach oben und kniete sich auf den Steg. Seine Fingerspitzen berührten das nasse Leder, doch der Ball glitschte davon. Er krempelte die Ärmel noch etwas höher, beugte sich noch etwas weiter nach vorne, streckte seine Finger noch etwas mehr, bekam den Ball tatsächlich zu greifen und wollte bereits »Ich hab ihn!« rufen, als er das Gleichgewicht verlor und kopfüber, mit einem lauten Platsch im Wasser landete.

George lachte, er aber zappelte, ruderte verzweifelt mit den Armen – er konnte doch nicht schwimmen! – und versuchte unentwegt, mit seinen langen, schlaksigen Beinen, die ihm nicht gehorchen wollten – immer wenn sie sollten, taten sie das nicht! –, Halt am Boden zu finden. Die Mädchen standen erschrocken am Ufer und schrien. Georges Mutter, eine feiste Frau mit streng nach hinten gebundenen Haaren, kam aus dem Haus gerannt, lief auf den Steg, packte ihn am Kragen und hievte ihn aus dem Wasser. Schimpfend zog sie ihn ins Haus, riss ihm die klatschnasse Kleidung vom Körper und ging davon. Splitternackt und frierend stand er da. George kam leise herein, hinter ihm linsten die Mädchen durch den Türspalt. Eine Kakerlake lief über den Boden und verschwand unter einem Reisigbündel neben dem Herd. Als Georges Mutter zurück in die Küche kam, steckte sie ihn, nackt und zitternd wie er war, in eine viel zu lange Hose und einen viel zu weiten Pullover. Dann schickte sie ihn nach draußen zum Aufwärmen in die Sonne. Er setzte sich auf eine Bank vor dem Haus, die Mädchen schauten noch immer zu ihm herüber.

Seit diesem Tag irritierten ihn die Blicke anderer Menschen, insbesondere die Blicke von Frauen. Das Gefühl von Scham überkam ihn selbst in den Momenten, in denen er sich keiner Sache zu schämen brauchte: wenn ihn ein Lehrer lobte; wenn er einen Fremden nach dem Weg fragen musste; wenn er in einen Wartesaal voller Unbekannter kam. Auch jetzt, mitten im Urwald, verspürte er dieses Unbehagen. Wie er da stand, vor den Indianern, die ihn anstarrten und ihre Blicke nicht abwenden wollten von seinem Anzug, seinem Hut, seiner Brille, seinem Bart und seinen Lederschuhen. Und auch wenn er hoffte, die Nacht im Schutz des Dorfes anstatt mitten im Wald zu verbringen, wünschte er sich für den Moment vor allem, den neugierigen Augen zu entfliehen.

Der kleine Mann klemmte noch immer oben in der Palme. Er rief dem Indianer im Boot etwas zu. Ohne ein einziges Wort zu verstehen, lauschte der junge Bärtige ihrem Gespräch, das mal schrill und hoch, mal dunkel und knarzend klang. Umringt von den Kindern räumte er seine Kisten an Land. Ein kleines, langhaariges Mädchen befühlte zaghaft den groben Stoff seiner Hose, ein anderes grub, während er sich nach unten beugte, vorsichtig ihr dünnes Händchen in das haarige Knäuel unter seinem Kinn.

Der Indianer deutete an, sie seien für die Nacht im Dorf und schon gleich in einer der Pfahlhütten zum Essen willkommen. Der junge Bärtige bedankte sich mit einem Nicken bei dem kleinen Mann in der Palme, lehnte aber die Einladung zum Essen ab und bat darum, das gemeinsame Mahl auf später zu verschieben. Mit Fingerzeig auf die sinkende Sonne hängte er sich Tasche und Flinte über die Schulter, nahm das Schmetterlingsnetz in die Hand und lief, von den Kindern begleitet, den flachen Strand hinauf. Er ging an den tuschelnden Frauen vorbei, zwischen Pflanzungen von Bananen, Maniok, Mais, Yamswurzeln, Ananas, Guaven, Süßkartoffeln, Paprika und Zuckerrohr hindurch, über einen engen Pfad aus der Helligkeit der Lichtung in die Dunkelheit des Waldes hinein.

Schon nach wenigen Schritten waren die Geräusche des Dorfes verklungen. Es roch modrig, nach feuchten Blättern und welkem Laub. In der Luft lag das metallene Schnarren der Zikaden. Er erinnerte sich noch gut daran, wie er nach seiner Ankunft in Brasilien zum ersten Mal den Urwald betreten hatte. Der Himmel an jenem Tag war weniger klar als erhofft gewesen. Doch schon lange vor der Einfahrt in die mächtige Amazonasmündung konnte er durch die diesige Luft hindurch den Wald vom Schiff aus sehen. Die nervöse Aufregung, die er bei diesem Anblick empfand, erfüllte ihn mit Stolz, verband sie ihn doch mit jener langen Reihe europäischer Tropenreisender, die schon vor ihm diese Gegenden erkundet hatten. Wie bei jenen, so entstammte auch seine Vorstellung vom amazonischen Dickicht maßgeblich den Schilderungen der einschlägigen Reiseberichte. Dort bot sich der Regenwald als eine einzige Explosion von Formen und Farben dar. Auf jedem Ast saßen rot leuchtende Bromelien und gelbschnabelige Tukane. In den Baumkronen tollten kreischend kleine Affen umher. Durch die Luft flatterten rosafarbene Schmetterlinge. Auf dem Boden schlängelten sich giftige Nattern, hinter jedem Baumstamm lugte ein Jaguar hervor. Die Reisenden übertrafen sich gegenseitig mit abenteuerlichen Geschichten, und im Kopf der phantasiebegabten Leser fügten sich ihre Worte zu einem bildgewaltigen, farbenprächtigen Panorama. Es war eine Ansicht, die schon beim bloßen Betrachten vor dem inneren Auge die tiefe Sehnsucht weckte, selbst den Tropenanzug überzustreifen und auf Erkundung zu gehen.

Und dann hatte der junge Bärtige tatsächlich zum ersten Mal dagestanden, im Wald, und sich nicht mehr nur mit papiernen Berichten zufrieden geben müssen. Er war hinausgetreten aus der Welt der Phantasie, hinein in die warme, dunstig-feuchte Tropenluft, und war bereit, alles mit eigenen Sinnen zu erfahren. Doch was er vorfand, entsprach so ganz und gar nicht den Erwartungen. Unter dem dichten Blätterdach der Bäume war es dunkler und nasser als unter der trockenen Sonne des Flusses. Das hohe Zirpen der Grillen erfüllte die Luft und mischte sich mit dem rhythmischen Trommeln der Wassertropfen. Die breiten, überirdischen Wurzeln der Bäume waren glitschig, ebenso der von großem, braun-schwarz gefärbtem Laub bedeckte Boden. Zwischen graumelierten Stämmen hingen taustarke, stachelige Schlingpflanzen von den Ästen und verschwanden im Erdreich zwischen den weit ausladenden Fächern der Farne. Unter den dicht verzweigten Baumkronen war kaum ein Flecken Himmel auszumachen. Nur hier und da verirrte sich ein Lichtstrahl in die tropfende, zirpende Dunkelheit. Alles atmete und lebte, aber sosehr er auch schaute, nirgends sah er die bunt leuchtenden Bromelien, die breitschnabeligen Tukane und die vielförmig gemusterten Jaguare. Stattdessen bewegte er sich durch ein fades, gleichförmiges Meer von Grüntönen. Gewiss, im Auge des arrivierten Malers oder des gewieften Botanikers mochten diese Töne in all ihren Abstufungen und Nuancen eine tiefere Bedeutung entwickeln. Das Laubgrün der luftigen Baumblätter war ein anderes als das Grasgrün der bodennahen Farne; das Tannengrün der Schlingpflanzen ein anderes als das Oliv der schulterhohen Sträucher. Im Blick des unbedarften Laien aber verschwammen sie zu einer einzigen monochromen Masse. Dieses Einerlei in seine vermeintlich vielfältigen Bestandteile zu zerlegen und hier und da farbenprächtige Einzelstücke zu erspähen, erforderte Scharfsinn, Ausdauer und Forscherwillen.

Natürlich hatten auch schon in der Vergangenheit Reisende der äquinoktialen Gegenden versucht, den überbordenden Gemälden der Imagination ein realistischeres Bild entgegenzusetzen. Der nüchterne, an den messbaren Größen orientierte und auf die Methoden von Trigonometrie und Barometrie gegründete Bericht eines Alexander von Humboldt etwa war in dieser Hinsicht als positives Beispiel zu nennen. Doch durch die dichte Folge der Ereignisse waren, wie die meisten Reiseschilderungen, auch diejenigen Humboldts nicht davor gefeit, den Eindruck zu erwecken, man erlebe im Wald in einer einzigen Sekunde das, was sich in Wirklichkeit in einem Zeitraum von Stunden, Tagen oder gar Monaten ereignete. Und was daraus dann früher oder später unter der Feder eines erfolgslüsternen Schriftstellers werden musste, war gar nicht erst auszudenken. Leute wie Humboldt und nicht zuletzt er selbst konnten daher nur wünschen, von übertriebenen Verfremdungen bis auf Weiteres verschont zu bleiben.

An einem morschen Baumstumpf blieb er stehen und stocherte mit der Spitze seines Keschers die faulige Rinde vom Stamm. Ein Heer von Käfern stob in alle Richtungen. Wie ein Feldmarschall beugte er sich über das zerfledderte Schlachtfeld, um die flüchtigen Truppenteile genauer zu inspizieren. Wie immer waren es zu viele, um sie mit einem Mal zu erfassen. Ihr Gewusel aber belegte einmal mehr jene Lektion, die er rasch im Wald hatte lernen müssen: Wer schnelle Erfolge im Auffinden tierischer Waldbewohner feiern wollte, durfte sich nicht auf Augenhöhe umsehen. Die meisten größeren Tiere suchten das Weite, sobald sie einen Menschen bemerkten. Und ohnehin kamen sie für gewöhnlich nur im fahlen Licht der Dämmerung oder im schützenden Dunkel der Nacht aus ihren Verstecken. Zu Füßen jedoch, im Boden unter den eigenen Sohlen sowie im knöchelhohen Unterholz, wohnten sie zuhauf. Während jede Pflanze unter Aufbietung sämtlicher Kräfte nach oben strebte, hin zum Licht und zur Luft des Himmels, fand unter Tage, in einer Schicht, kaum mehr als eine Handlänge tief, ein wahres Festbankett statt. Das opulente Menü setzte sich aus den abgestorbenen Resten dessen zusammen, was von oben herabfiel. Würmer, Larven, Käfer und Schnecken waren nur einige der zahlreichen Gäste, und sie machten sich so lange über die reich gedeckte Tafel her, bis irgendjemand es wagte, ihr Mahl zu stören.

Mit der Hand fegte der junge Bärtige einige Käfer in ein Glasröhrchen. Meist ergab das abendliche Aufspießen, Sortieren und Bestimmen eine ordentliche Anzahl unterschiedlicher Arten. Dabei kümmerte es ihn wenig, ob schon zuvor Exemplare derselben Art in den wattegepolsterten Schachteln gelandet waren. Der Hunger nach exotischen Tieren in den europäischen Metropolen und darüber hinaus war inzwischen dermaßen groß, dass selbst das schnöde Exemplar einer gewöhnlichen Eintagsfliege – sofern nicht an der eigenen Fensterscheibe erschlagen, sondern von einem Sammler wie ihm in entfernten Gegenden gefangen, aufgespießt und holzgerahmt – es vermochte, einen Hauch von weiter Welt in ein muffiges Arbeitszimmer oder die Säle eines Museums zu bringen. Manchmal schien es ihm, als greife in Paris, London und Berlin, ähnlich dem kalifornischen Goldrausch, immer mehr eine ganz bestimmte Form der Sehnsucht um sich: Die Sehnsucht, etwas zu besitzen, das den eigentümlichen Duft von Welterfahrenheit und Gelehrsamkeit versprühte. Wie auch immer es sich damit verhielt, es ließ sich jedenfalls ganz passabel davon leben, am anderen Ende der Welt zu hocken und kleine Tierchen aus dem dreckigen Erdreich heraufzubefördern.

Die Sonne war inzwischen tiefer gesunken und stand nun fast auf Höhe der Baumkronen. Immer wieder endete der schmale Pfad an unüberwindlichen Mauern aus Schlingpflanzen und Gestrüpp. Nach einer Weile Fußmarsch mischte sich ein Geräusch unter das Surren der Insekten. Es hörte sich an wie das Rauschen eines Baches.

Er verließ den Weg, rutschte rechterhand einen kleinen Abhang hinunter, blieb mit der Tasche an den dornigen Wurzeln einer Palme hängen, zerkratzte sich beim Versuch, das

Trageband aus den Dornen zu befreien, die Hände, rutschte immer weiter und weiter nach unten, bis der Hang mit einem Mal abbrach und im glitzernden Lauf eines schmalen Flüsschens endete.

Er strahlte vor Freude, als er das klare Wasser erblickte. Nach Wochen der Fahrt auf dem schlammverwühlten Fluss hatte er schon lange kein solches Wasser mehr gesehen. Von der Abendsonne beschienen floss es zwischen weiß gewaschenen Steinen hindurch, bildete an den Rändern des Abhangs helle Wirbel und lief, nur wenige Fuß entfernt, in ein schultertiefes Becken von der Größe einer Badewanne.

Obwohl er sah, dass die Sonne niedrig stand, und obwohl er wusste, dass sie schon bald hinter den Baumkronen verschwunden sein würde, legte er seine Tasche, die Flinte und den Kescher ab, zog sich die Kleider aus und stieg hinein. Er blieb eine Weile sitzen, wusch sich Arme und Beine, Gesicht und Nacken und tauchte zuletzt mit dem Kopf unter Wasser. Dann stieg er glücklich und zufrieden hinaus und legte sich zum Trocknen auf den letzten von der sinkenden Sonne beschienenen Stein. Er schloss die Augen, hörte zwischen all den Geräuschen des Waldes auf seinen Atem und spürte, wie ein leichter Wind durch seinen Bart fuhr.

Im Esszimmer zu Hause würde das Weihnachtsmahl inzwischen verspeist sein. Auf den Tellern nur noch Reste der kräftigen Soße, in der das saftige Roastbeef gelegen hatte, ein paar Krümel Yorkshire Pudding und einige Kleckse Möhrengemüse. Schon allein bei dem Gedanken an die Runde am Tisch, spürte er sofort wieder die schnürende Enge in der Brust, mit der er am Mittag erwacht war. Mutter würde, beschienen vom flackernden Licht schrumpfender Kerzen, dasitzen, stumm auf ihren Teller starren und dann und wann einen Seufzer von sich geben. Und irgendwann, wenn Fanny und Thomas weinselig vor sich hin dösten, würde sie fragen, was Alfred und Herbert jetzt wohl gerade machten. Sie erwartete keine Antwort auf diese Frage, und dennoch würde Thomas versuchen, ihr eine zu geben. Vielleicht würde er sogar behaupten, dass sie beide mit Sicherheit gerade an einem lieblichen Flusslauf lagen, um sie herum das sanfte Rauschen des Wassers, das Surren der Insekten, der Wind in den Bäumen und die letzten wärmenden Strahlen der Sonne.

Der junge Bärtige mochte sich geradezu freuen über diese Antwort und all dem beipflichten, was darin stimmte. Jedoch wusste er allein um den Fehler, den fatalen Fehler in der Geschichte. Und hätte er sich nicht seit Monaten davor gedrückt, etwas Briefpapier und eine Feder zur Hand zu nehmen und aufzuschreiben, was geschehen war, dann hätte er nun vielleicht nicht mit so beengter Brust daliegen müssen und grübeln, wie den anderen dieser Fehler, vielmehr diese Fehlstelle, beizubringen war.

Ihm selbst war die ganze Sache ebenfalls nur durch einen Brief zugetragen worden, genauer gesagt, durch zwei Briefe. Und als hätte das Schicksal gemeint, das wochenlange Warten auf einen geeigneten Begleiter sei noch nicht Probe genug, waren ihm beide Briefe Mitte September, während des Aufenthalts in Barra, zugegangen. Sie stammten von einem gewissen Dr. Miller, einem Amerikaner, den er nicht kannte, über dessen Nachricht er sich aber freute, weil er neben ein paar netten Zeilen vor allem Grüße von Herbert sandte. Anstatt weiter flussaufwärts auf dem Amazonas Richtung Rio Negro mitzufahren, war Herbert vor einem Jahr in Pará geblieben, wo er ein paar Geschäftsbeziehungen mit Brasilianern und ausgewanderten Landsmännern aufzubauen hoffte.

Dieser Plan war, so Dr. Miller, bis vor wenigen Wochen tatsächlich aufgegangen. Herbert hatte allerlei Kontakte geknüpft, Freundschaften geschlossen und Verträge unterzeichnet, und er schien bester Dinge angesichts des Erreichten. Er hatte bereits eine Passage für ein Schiff am ersten Juni zurück nach England gelöst und die Abreise vorbereitet. Bis er wenige Tage vor der Abfahrt (Dr. Miller sprach im Brief von einer Woche) plötzlich mit hohem Fieber, Schüttelfrost und Gliederschmerzen aufwachte. Der ortsansässige Arzt wurde gerufen, verordnete ein paar kühle Wickel, ausreichend Flüssigkeit sowie strenge Bettruhe und erklärte, es handele sich vermutlich nur um eine ordentliche, aber harmlose Grippe. Tatsächlich fiel nach einigen Tagen das Fieber, und ebendies hatte Dr. Miller im Auftrag Herberts mit den besten Grüßen berichtet.

Allerdings war da noch der zweite Brief. Geschrieben und abgeschickt keine anderthalb Wochen nach dem ersten, nahm er mit wenigen Zeilen jegliche Hoffnung auf Herberts Wohlergehen. Dem Bericht Dr. Millers zufolge war das Fieber kurz nach dem Versand des ersten Briefes mit voller Wucht zurückgekehrt. Es hatte Herbert erneut ans Bett gefesselt, und die Miene des herbeigeeilten Arztes verfinsterte sich, als er den Puls des Patienten fühlte. Das Herz schlug kaum mehr als fünfzigmal pro Minute. Einige Tage später begann Herbert, über heftige Bauchkrämpfe zu klagen, er schlang sich vor Schmerzen die Arme um den Unterleib und wälzte sich im Bett hin und her. Der Arzt besuchte ihn zwar jeden Tag, schien aber, so Dr. Miller, nur noch die Schmerzen lindern zu wollen, anstatt ernsthaft gegen ihre Ursachen anzukämpfen. Längst nämlich war klar, um welche Art von Fieber es sich handelte. Es war nicht die Begleiterscheinung einer gewöhnlichen Erkältung, wie man sie im üblichen Falle wegsteckte, sondern jene Art des Gelben Fiebers, wie es immer wieder in diesen Breiten grassierte und europäische Besucher meist ärger befiel als die Einheimischen. Die letzte, schreckliche Gewissheit brachte das Bluten, das eines Nachts begann. Herbert lief ein feiner Strom zunächst nur aus der Nase, dann aus dem Mund, schließlich sogar aus den Augen. Auch sein Kot war blutig, sein Urin flockig weiß gefärbt. Seine Lider fingen an, unkontrolliert zu zucken, er redete nur noch in Silben und Brocken, die kaum jemand verstand, sein ganzer Körper war ein einziges Zittern. Einen ganzen Tag und eine ganze Nacht lang lag er so da, die Decken rot verschmiert, den Blick verdreht, bis er am Morgen des achten Juni, einem wunderschönen, sonnigen Tag mit strahlend blauem Himmel, im Dunkel des Hauses von Dr. Miller verstarb.

So fand sich nun der junge Bärtige unter den säuselnden Bäumen wieder, vor ihm der rauschende Bach, aber neben ihm kein Herbert. Anders als erwartet, hatte ihn der Tod seines Bruders nicht in lähmend-schwere Trauer gestürzt. Schon bei der Lektüre des zweiten Briefes von Dr. Miller war er angesichts der Nachricht von Herberts Tod merkwürdig ruhig geblieben. Er war zum Hafen gegangen, hatte aufs Wasser geschaut und versucht, zu weinen. Aber sosehr er sich auch mühte, keine einzige Träne wollte ihren Weg nach draußen finden. Die Unfähigkeit zu trauern beunruhigte ihn fast noch mehr als die Todesnachricht selber, weil ihn das Gefühl beschlich, Herbert, den eigenen, jüngsten Bruder, nicht genug geliebt zu haben.

Schlimmer noch als dieser Gedanke aber quälte ihn die Frage, wie er das Geschehene seiner Mutter, seiner Schwester und seinem Schwager beibringen sollte. Vor allem Mutter würde kaum verstehen, warum Herbert eines solchen Todes hatte sterben müssen. Gewiss, sie hatte in ihrem Leben schon etliche Kinder kommen und gehen sehen: William (mit sechsunddreißig durch eine Lungenentzündung nach einer langen Bahnfahrt in einem zugig-feuchten Waggon der dritten Klasse); Eliza (mit einundzwanzig durch die Schwindsucht); Mary Anne (mit acht Jahren), Emma (mit fünf Monaten) und Elizabeth (mit sieben Monaten); alle drei aus unbekannter Ursache gestorben. John, einer der wenigen verbliebenen Söhne, war nach Kalifornien ausgewandert. Auch Fanny, die älteste noch lebende Tochter, hatte es zwischenzeitlich nach Amerika verschlagen, doch vor einigen Jahren war sie zurückgekehrt, um Mutter nicht länger alleine zu lassen. Trotzdem würde die Nachricht von Herberts Tod Mutter einen heftigen Schlag versetzen, einen Schlag, von dem sie sich vielleicht nicht mehr erholen würde, schließlich war Herbert nicht irgendein Kind, sondern ihr jüngster Sohn und dadurch bedacht mit einem ganz besonderen Platz in ihrem altersschwachen Herzen.

Hinzu kam, dass sie schon bei der Abreise Herberts nicht verstanden hatte, warum er unbedingt seinem älteren Bruder in die Regenwälder Brasiliens folgen musste. Wieso um alles in der Welt gab man einen halbwegs gut bezahlten Job als Landvermesser auf, um im Urwald wilde Tiere zu sammeln? Wieso gab man sich nicht zufrieden mit dem, was man zu Hause hatte? Selbst wenn die Sache Geld einbrachte, musste sich doch auch auf anderen, weniger riskanten Wegen und in weniger gefährlichen Gegenden dieser Welt Geld verdienen lassen!

Der junge Bärtige verstand diese Fragen mehr als gut.

Nicht nur deshalb, weil er wusste, dass dies nun einmal die typischen Fragen einer fürsorgenden Mutter waren. Er verstand sie vielmehr auch, weil sie ihm selbst an so manchen Tagen durch den Kopf gingen. Warum nur tat man sich das an? Das allmorgendliche taufeuchte Aufwachen noch vor Anbruch der Dämmerung; das hastige Schlürfen einer Tasse ungenießbar bitteren Kaffees; das Erlegen eines Dutzends Vögel im ersten Morgenlicht; die mückenverseuchten Vormittagsmärsche mit geschundenen Füßen durch rutschigen Morast; die sonnenverbrannten Kanufahrten in der Hitze des Tages; das mühsame Finden und Einrichten eines neuen Lagers für die Nacht; die nicht selten von fiebrigen Anfällen unterbrochene Erkundung der unbekannten Umgebung; das Sammeln und Jagen von Insekten, Vögeln und Säugetieren; das Sortieren, Aufpinnen, Ausnehmen und Aufhängen nach der Rückkehr ins Lager und vor dem Abendessen beim Untergang der Sonne; das Bestimmen, Skizzieren, Beschriften, Briefeschreiben und Notieren im funzeligen Kerzenschimmer, der nur die Motten anzog und damit noch mehr Arbeit herbeischaffte; der unruhige, bei jeder Drehung von Schmerzen begleitete Schlaf in einer schaukelnden Hängematte bis zum vorzeitigen Aufwachen im Morgengrauen, das jedes Mal nur einen neuen Beginn dieses ewigen Ablaufs verkündete.

All das hatte er sich vor der Abfahrt aus England im bequemen Stuhl der Bibliothek reichlich aufregender vorgestellt. Im Freien aber, wo es, abgesehen von ein paar Eingeborenen, Mestizen, Missionaren, Landbesitzern, Auswanderern und Geschäftemachern niemanden gab, der einem helfen konnte, nahm sich die Sache anders aus. Und auch wenn das Verschiffen und Verkaufen des Gesammelten durchaus Geld einbrachte: Es war noch längst nicht ausgemacht, dass die mühsame Arbeit auch jenseits des Finanziellen, im Bereich der Wissenschaft, Früchte abwerfen würde.

Die Sonne war nun hinter den Bäumen verschwunden, die Luft merklich abgekühlt. Der junge Bärtige richtete sich auf, blickte zur Seite und sah, dass ein Schmetterling direkt neben ihm auf dem Stein Platz genommen hatte. Die handtellergroßen Flügel leuchteten kobaltblau, die langen Fühler ragten still in die Luft, der schmale Rüssel tastete über den steinigen Untergrund. Zeichnung und Form des Falters ließen keinen Zweifel zu: Er gehörte zur Familie der *Nymphalidae*, zur Unterfamilie der *Morphinae* und zur Gattung *Morpho*. Doch wie so oft war es schwierig zu sagen, ob es sich um den Vertreter einer neuen oder einer schon bekannten Art, einen *Morpho menelaus* oder einen *Morpho helenor*, oder aber nur um die Varietät einer Art handelte. Denn stets stellte sich die Frage: Wo hörte eine Varietät auf, wo fing eine Art an? Manchmal konnte bereits eine geringe Abweichung in der Anzahl der weißen Punkte auf den schwarzen Rändern der Flügel den entscheidenden taxonomischen Unterschied ausmachen. Ein Unterschied jedoch, der erst durch genauen Vergleich mit anderen, ähnlichen Exemplaren sichtbar wurde. Und selbst wenn die Frage der Einordnung irgendwann beantwortet war: Es blieb noch immer offen, weshalb ein so samtglänzendes, feingliedriges Lebewesen überhaupt in den Tiefen des Dschungels, fernab jeglicher menschlicher Bewunderungskraft, ein Auskommen hatte. Wieso setzte die Natur in einer so undurchdringlichen Gegend wie dieser eine dermaßen verschwenderische Schönheit ein? Wieso brachte sie, wenn es stimmte, was die meisten Gelehrten behaupteten, dass nämlich eine jede Lebensform passgenau für einen

Lebensraum geschaffen worden war, an einem einzigen Ort solch unzählbare Vielfalt hervor?

Der Falter war, abgesehen von den Bewegungen seines Rüssels, noch immer regungslos. Der junge Bärtige beugte sich vorsichtig nach vorne, zog das Schmetterlingsnetz zu sich heran und setzte sich langsam auf. Dann schwang er den Kescher durch die Luft, drehte die Öffnung nach unten und ließ das Netz auf den Stein sausen. Der Reif knallte auf den Felsen, die Gaze senkte sich, er fasste auf das Netz, spürte aber nichts als kalten, harten Untergrund und sah, als er aufblickte, wie das Tier nur wenige Fuß über seinem Kopf in Schleifen umherflatterte.

Splitternackt, wie er war, sprang er auf, umfasste den Kescher mit beiden Händen und schwang ihn erneut durch die Luft. Der Stab wirbelte pfeifend herum, das Netz blähte sich auf, seine Kreise folgten den Bahnen des Falters, aber wie nah er auch kam und wie geschickt er sich auch anstellte, der Schmetterling war stets einen Flügelschlag voraus.

Mit einem Satz hechtete der junge Bärtige in den Fluss, jagte dem blauen Ding hinterher, rannte durchs Wasser, hüpfte über spiegelglatte Steine und scharfkantige Felsen. Zweige und Blätter schlugen in sein Gesicht, doch er rannte immer weiter, die Augen allein auf den Schmetterling gerichtet. Mal flog das Tier dicht über dem Boden, mal hoch oben unter den Ästen, vom Flusslauf hinein ins Dickicht des Waldes.

Der junge Bärtige rannte und sprang, den Kescher fest umklammert, während die Sonne hinter dem Horizont verschwand. Dunkelheit legte sich über alles, kroch zwischen die Zweige und bis in die Blätter, doch der junge Bärtige lief immer weiter und weiter, und erst, als er die eigene Hand vor

Augen kaum mehr sehen konnte, blieb er stehen, hörte seinen rasselnden Atem, fühlte das Schlagen seines Pulses, spürte, wie ihm der kalte Schweiß den Rücken hinunterrann, und begriff, verloren zu haben.

Drittes Kapitel

Worin Albrecht Bromberg die Elias-Birnstiel-Gesellschaft besucht und über Geld und Intelligenz diskutiert

Nach jener Nacht im Museum ging Brombergs Leben seinen gewohnten Gang. Jeden Morgen begab er sich in eine Kellerkneipe, um dem Stammtisch der Elias-Birnstiel-Gesellschaft beizuwohnen. Schon vor dem Betreten der Kneipe konnte er durch die knietiefen Fenster am Boden den buschigen Haarschopf von Theodor Renzel sehen. Der Übersetzer hatte die Gesellschaft einst ins Leben gerufen und in einem langen, ausführlichen Vortrag erklärt, es gebe für ihre Runde von Nachtarbeitern keinen geeigneteren Paten als Elias Birnstiel, handelte es sich bei ihm schließlich um den Verfasser sogenannter *Lucubrationes*. Was genau es damit auf sich hatte, das verstand außer Renzel niemand so recht, doch hatte sich auch keiner der anderen wirklich dafür interessiert.

Die anderen waren, ähnlich wie Bromberg und Renzel, allesamt Männer im Alter zwischen Ende vierzig und Anfang fünfzig, also jenem Alter, in dem man, wie sie sagten, entweder schon etwas erreicht hat im Leben oder eben nicht. Und wenn nicht, so durfte es als zunehmend unwahrscheinlich gelten, dass man noch etwas erreichen würde. Am weitesten von ihnen gebracht hatte es ihrer Meinung nach ein kleiner Mann mit Brille und Spitzbart namens Di Stefano.

Diesen Mann bewunderten die restlichen Mitglieder der Gesellschaft für sein medizinisches Können. Dabei wusste keiner, dass Di Stefano schon seit gut zwei Jahren nicht mehr als Neurochirurg praktizierte. In seinen klinischen Forschungen hatte er sich so lange und eingehend mit der Creutzfeldt-Jakob-Krankheit befasst, dass ihn irgendwann das ungute Gefühl beschlich, auch in seinem Hirn hätten sich Prionproteine abnormal gefaltet und in den Nervenzellen Klumpen gebildet. Je öfter er in die Schausammlung der Klinik gegangen war, um die eingelegten und wie Schwämme durchlöcherten Gehirne infizierter Patienten anzusehen, desto schlimmer war es für ihn geworden. Und obwohl sämtliche Scans seines eigenen Gehirns keinerlei Auffälligkeiten zeigten, hatte er sich vor gut zwei Jahren still und heimlich bis auf Weiteres beurlauben lassen, um nicht völlig dem Wahnsinn zu verfallen. Seine Besuche bei der Elias-Birnstiel-Gesellschaft aber behielt er bei, und stets gab er vor, gerade von der Nachtschicht aus dem Krankenhaus zu kommen.

Bei den anderen beiden Mitgliedern handelte es sich um den gebürtigen Russen Alexej, der als Croupier im städtischen Casino arbeitete, und den meist Zeitung lesenden Severin, der die Nächte an den Förderbändern eines Paketzentrums zubrachte. Wie bei Bromberg, Renzel und Di Stefano waren über die Jahre auch ihre Gesichter blasser, die Ringe unter ihren Augen größer und die Haare auf dem Kopf weniger geworden.

Als Bromberg an diesem Morgen die Stufen der Kneipe hinabstieg, winkte Alexej schon zu ihm herüber. Wie immer saßen sie am einzigen Tisch, an dem die Stühle nicht hochgestellt waren, und wie immer trug Alexej eine schwarze

Weste über einem weißen Hemd mit goldenen Manschettenknöpfen.

»Du kannst dir nicht vorstellen«, rief er aufgebracht, als Bromberg an den Tisch trat, »was ist passiert heute in Casino.«

Bromberg begrüßte zunächst Severin, der nicht von seiner Zeitung aufblickte, dann Renzel, und eigentlich wollte er sich zunächst erkundigen, wo Di Stefano steckte, doch Alexej fuhr einfach fort.

»Kannst du nicht vorstellen: Kam heute Mann in Casino und hat ge…«

»… nun, nicht sofort alles verraten, Alexej«, fiel Renzel ihm ins Wort und machte eine einladende Geste in Richtung Bromberg. »Take a seat, Bromberg, und dann kann Alexej noch mal in Ruhe seine Geschichte erzählen.«

Wie Alexej trug auch Renzel einen Anzug, aber die Ellbogen seines Sakkos glänzten nicht mehr so samtig und neu wie die von Alexejs Jackett. Seine Jacke war um wenigstens eine Schulterbreite zu groß, das Hemd hing ihm aus der Hose und gab den Blick auf seinen Bauchnabel frei. Die Krawatte war eher umgelegt als umgebunden, und das Einstecktüchlein in der Brusttasche glich in Form und Erscheinung einer zerknüllten Serviette.

Bromberg nahm einen Stuhl von einem der Tische und setzte sich neben Renzel.

»So, nun kann Alexej noch mal von vorne erzählen, was heute bei ihm passiert ist«, sagte Renzel und zeigte mit dem Finger auf Alexej wie ein Dirigent auf einen Musiker im Orchester kurz vor dem Einsatz.

Alexej strahlte und ließ sich nicht lange bitten. »Also«, hob er an, »war heute Nacht an Pokertisch Mann, hatte ich noch nicht gesehen vorher – und kenne ich normalerweise alle, die hinkommen, und weiß ich auch nicht, wie lange hatte er schon gesessen, jedenfalls, hatte Streit mit andere Spieler an Tisch, weiß ich nicht, worum ging genau, aber ziemlich laut, sodass guckten schon heruber alle Leute von andere Tische, und Mann zetert und meckert und schreit immer andere Mann an gegenuber und ruft ›Betrug, Betrug‹, bis fragt Javier, der hatte Dienst an diese Tisch, ob neue Runde und dann Einsatz, und plotzlich steht Mann auf und greift in Tasche von Jacke und holt raus Geld, ganze Bundel, dicke Bundel, weißt du, diiiicke Bundel. Und dann stoßt er Stuhl weg und geht zu Mann, der sitzt gegenuber, und bleibt stehn und halt Bundel unter Nase und wedelt mit Bundel und brullt: ›Weißt du, wie viel das ist?‹ Und andere Mann schuttelt mit Kopf und sagt nichts, und dann nimmt Mann Schein raus und brullt: ›Und weißt du, wie viel das ist?‹ Und andere Mann nickt und sagt: ›Funfhundert.‹ Und dann Mann knallt Bundel auf Tisch und sagt: ›Ok, und wie viel ist das? Sag mir.‹ Und andere Mann macht erst nichts, und dann Mann brullt wieder: ›Sag mir, sag mir!‹, und dann nimmt Bundel und nimmt Schein raus, einzeln und legt auf Tisch und Mann brullt: ›Zahl, komm, zahl, laut!‹, und andere Mann fangt an zu zahlen und fangt er ganz leise an: ›funfhundert, tausend, tausendfunfhundert, zweitausend‹, und dann Mann wieder: ›Lauter, lauter!‹, und andere Mann zahlt lauter: ›zweitausendfunfhundert, dreitausend, dreitausendfunfhundert, viertausend‹, und hort er erst auf, als er kommt bei zehntausend. Bei zehntausend!«

Alexej blickte in die Runde. Severin war noch immer hinter seiner Zeitung vergraben, Renzel nahm einen Schluck aus seinem Weinglas, und Bromberg schaute ihn gespannt an.

»Und dann?«

»Und dann«, fuhr Alexej fort, »nimmt Mann Funfhunderter und sagt: ›Ok, also, haben wir zwanzig Funfhunderter, und weißt du, was wir werden machen?‹, und schaut an andere Mann, der schon ist ganz bleich und schuttelt mit Kopf. Und dann sagt Mann: ›Weißt du nicht, weißt du nicht, was wir machen werden?‹, und andere Mann schuttelt wieder Kopf, und dann sagt Mann: ›Ich sage dir, was wir machen. Werden wir ...«

Severin ließ plötzlich die Zeitung sinken. »Glaubt es oder glaubt es nicht, aber die Buchhalter liegen über den Rechnungsprüfern.«

Bromberg, Renzel und Alexej schauten zu Severin. »Wovon redest du?«, fragte Renzel.

Severin drehte die Zeitung um und schob sie über den Tisch. Am rechten Rand der Seite war eine Tabelle abgebildet: »Durchschnittlicher IQ ausgewählter Berufsgruppen«. Die Bilanzbuchhalter führten die Liste an (mit einem IQ von 128). Auf sie folgten Rechtsanwälte (ebenfalls 128), Ingenieure (127), Rechnungsprüfer (126), Chemiker (125) und Leitende Angestellte (124). Das Ende bildeten Installateure (93), Landarbeiter (92), Bergleute (91), Friseure (91), Fleischer (90), Bäcker (90) und Maler/Lackierer (88).

Neben der Tabelle stellte eine Glockenkurve die Verteilung der Intelligenz dar: »Knapp siebzig Prozent der Bevölkerung haben einen IQ zwischen 85 und 115«, stand unter der Kurve.

Alexej setzte an, um seine Geschichte zu Ende zu bringen, aber Renzel war schneller.

»Mais c'est vrais, Severin. Da wird der Bock zum Gärtner gemacht. Diejenigen, die eine Bilanz erstellen, sind intelligenter als diejenigen, die sie prüfen.«

Er nahm einen Schluck aus seinem Weinglas.

»Der eigentliche Skandal ist aber: Übersetzer werden gar nicht erst aufgeführt!«

Severin stöhnte. Wieder wollte Alexej ansetzen, aber diesmal kam Bromberg ihm zuvor.

»Wir könnten dich ja zu den Künstlern zählen. Dann stündest du über Musikern, Masseuren, Kaufleuten, Uhrmachern und Zahntechnikern. Und du hättest mit einhundertfünfzehn noch immer einen ganz ansehnlichen IQ.«

»Molto gentile, Bromberg, aber lass mal. Mein Tun ist es gewohnt, stets und ständig unterschätzt zu werden. Wer kennt schon den Übersetzer von irgendetwas? In den Augen der meisten Menschen scheint der Autor die einzig wichtige Person zu sein. Nur wird dabei gerne übersehen: Ohne Übersetzer wäre der Autor nichts. Zumindest außerhalb seines eigenen Sprachraumes. Der Übersetzer ist doch die eigentliche Hebamme eines jeden Werkes. Ein Meister nicht nur der Hermeneutik, sondern vor allem der Mäeutik, wenn ihr versteht, was ich meine. Er ist das, was der Musiker, der Interpret, für den Komponisten ist: derjenige, der das Werk ans Tageslicht bringt!«

Renzel haute mit der Faust auf den Tisch.

»Du meinst ernsthaft«, fragte Bromberg, »der Pianist, der eine von Mozarts Klaviersonaten spielt, sei wichtiger als Wolfgang Amadeus selbst? Was würde der Pianist denn spielen, wenn Mozart keine Sonate für ihn komponiert hätte?«

»Absolut! Er hätte vermutlich nichts zu spielen«, antwortete Renzel. »Aber warum sollte der Komponist bedeutender sein? Was wären denn Mozart und seine Sonaten ohne Interpreten? Doch nichts! Oder nichts als schwarze Punkte auf weißem Papier! Stell dir vor, der Komponist komponiert, aber es gibt keinen, der sein Werk zu Gehör bringt, keinen, der die Noten, die er niederschreibt, in Schallwellen verwandelt. Dann würde er vergebens komponieren, weil niemand seine Musik zu Ohren bekäme. Sie wäre dann genauso viel wert wie die Mona Lisa für Blinde.«

In diesem Moment ging die Tür auf, und Di Stefano kam herein.

»Di Stefano, mein Lieber!«, rief Renzel. »Setz dich zu uns, and tell us what you think about Mozart!«

Di Stefano schaute fragend in die Runde. Alexej eilte ihm zu Hilfe.

»Renzel meint, du sollst sagen, was ist wichtiger: Musiker oder Komponist.«

Di Stefano nahm sich einen Stuhl und hängte seinen Mantel über die Lehne. Seine kleinen Augen flackerten.

»Um ehrlich zu sein, komme ich gerade etwas geschafft aus dem OP. Achtstündige Resektion. Oligoastrozytom. Und auch abgesehen davon habe ich mir noch keine Gedanken über diese Frage gemacht.«

Severin schob ihm die Zeitung herüber und tippte mit dem Finger auf die Tabelle. »Es ist auch nicht so wichtig, was du dazu meinst, denn die ursprüngliche Frage war eine ganz andere. Unser Renzel hat sich nur einmal mehr ganz bescheiden selbst ins Rampenlicht gerückt.«

»Welche Unterstellung, Severin!«, rief Renzel, während Di Stefano die Tabelle mit den Berufsgruppen und den Intelligenzquotienten studierte. »Itzund werden doch schon wieder Ross und Reiter verwechselt. Ich habe lediglich auf das traurige Schattendasein der Übersetzer verwiesen. Darüber kam ich dann auf die Komponisten und ihre Interpreten zu sprechen und war damit exakt beim problematischen Kern der Tabelle. Denn abgesehen von jener auffälligen Rangfolge von Buchhaltern und Rechnungsprüfern, krankt die ganze Zusammenstellung doch vor allem an einer Sache.«

Renzel riss Di Stefano die Zeitung aus den Händen und zeigte mit dem Finger zunächst auf das obere, dann auf das untere Ende der Tabelle.

»Was demonstriert uns denn diese vermeintlich rein deskriptiv-informatorische Liste? Doch wohl nichts anderes als die Tatsache, dass die Herren Buchhalter, Advokaten und Ingenieure sich für etwas Besseres halten als Fernfahrer, Konditoren, Bäcker und Friseure. Sie haben einen höheren IQ, ergo verdienen sie mehr Geld, ergo ist ihre Arbeit wichtiger als die Arbeit der anderen. Jeder, der viel verdient, geht schließlich per *lex naturalis* davon aus, er habe auch tatsächlich verdient, was er verdient. Und alle Menschen sind immer geneigt zu glauben, je mehr sie verdienen, desto mehr seien sie wert. Ich aber frage euch, warum sollte der Bäcker weniger wert sein als der Rechtsanwalt? Beide arbeiten lang und hart. Und drehen wir den Spieß doch einmal um: Was wäre denn der Rechtsanwalt ohne den Bäcker?«

Severin lehnte sich zurück und bedeutete Renzel, ihm die Zeitung zurückzugeben. »Renzel, du musst dich jetzt weder zum Messias noch zum Anwalt des kleinen Mannes aufschwingen. Spendiere unseren Freunden Bromberg und Di Stefano lieber etwas zu trinken.«

Renzel nahm Blickkontakt zum Wirt auf, der gerade den Boden wischte, orderte zwei Biere und wartete, bis die Getränke am Platz waren. Dann wandte er sich wieder an Severin.

»Ich wollte mich«, sagte er, »nicht zu irgendjemandes Anwalt aufschwingen. Alles, was ich sagen wollte, ist: Jeder

Anwalt wäre aufgeschmissen ohne einen Bäcker oder ohne einen Sortierer wie dich. Ein Streik in all euren Paketzentren, und das Land stünde Kopf. Und was sagt wohl der Bäcker zum Anwalt, der ihm eröffnet, er sei um fast ein Drittel schlauer als er? Doch nur: ›Mit Schläue allein können Sie bei mir keine Brötchen kaufen.‹ Mit anderen Worten: Ohne Brötchen vom Bäcker würde selbst der beste Anwalt verhungern. Ich weiß, ich weiß. Jetzt werdet ihr sagen, der Anwalt könne seine Brötchen ja auch selber backen, das stimmt. Aber wenn er das tun müsste, bliebe ihm weniger Zeit zum Anwaltieren, und dann wäre es schon bald vorbei mit seiner Kanzlei. Und wenn ich noch eine Sache loswerden darf: Der Hund der Ungerechtigkeit liegt doch schon in den Genen begraben, denn der Bäcker kann qua Intelligenzquotient ja gar nicht anders, als Bäcker zu werden!«

Einen Moment lang herrschte Schweigen in der Runde.

»Kann also Genie nichts dafür, Genie zu sein?«, fragte Alexej schließlich, und Renzel wollte bereits zu einer Antwort ansetzen, aber Severin funkte dazwischen.

»Man merkt, du hast eindeutig zu wenig Geld in deinem Leben ge…«

»Nicht jetzt Ende von Geschichte verraten!«, rief Alexej aufgebracht. »Soll ich erzahlen?«

»Gleich«, beruhigte ihn Severin. »Erst einmal muss ich Renzel noch ein wenig in die Schranken weisen. Es ist ja löblich, dass du das Schwert für unsereins erheben möchtest. Meinem Empfinden nach ist das aber gar nicht nötig. Denn auch wenn ich mit meiner Arbeit nur einen Bruchteil dessen verdiene, was zum Beispiel ein Arzt wie unser großer Di Stefano bekommt, halte ich die Bezahlung für gerecht. Schließlich hat er im Gegensatz zu mir jahrelang studiert, und nun rettet er jede Nacht Leben. Ich hingegen rette allenfalls mal ein Paket.«

Di Stefano errötete leicht und winkte ab. »Diese Einschätzung ist sehr charmant von dir, Severin. Dennoch finde ich nicht ganz uninteressant, was Renzel gerade gesagt hat. Keine Sorge, ich werde euch jetzt nicht mit dem alten Hut, der Frage: ›Was ist stärker bei der Herausbildung des Individuums, seiner Persönlichkeit und seiner Fähigkeiten – die Umwelt oder die Gene?‹, langweilen, zumal auf diese Frage die unterschiedlichsten Antworten gegeben werden. Einige meiner Kollegen, die sich besser mit Psychologie und Genetik auskennen, als ich es tue, behaupten jedenfalls, in Sachen Intelligenz lasse sich die Abhängigkeit von der Umwelt auf fünfzehn bis zwanzig IQ-Punkte eingrenzen.«

»Moment«, meldete sich Renzel zu Wort. »Ça veut dire, der Sohn oder die Tochter eines Bäckers mit seinen, wie viel IQ-Punkte waren es noch mal …?«

»Neunzig.«

»… mit seinen neunzig IQ-Punkten kann also maximal auf den IQ eines Werkzeugmachers mit einhundertfünf oder den eines Uhrmachers mit einhundertzehn Punkten kommen?«

»Als praktizierender und forschender Arzt, der sich den Prinzipien der Wissenschaftlichkeit verpflichtet fühlt, werde ich mich nicht zu einer definitiven Antwort hinreißen lassen«, sagte Di Stefano. »Erst recht nicht, weil die Intelligenzforschung, wie bereits gesagt, nun wirklich nicht mein Gebiet ist. Ich kümmere mich eher um den korrekten Sitz der Kabel. Um die Hardware, wenn du so möchtest. Aber, ja, völlig auszuschließen ist es nicht, dass die Herkunft …«

»… aber dann ist ja absolut korrekt, was ich sagte!«, rief Renzel. »Ob jemand ein genialer Maler, ein großer Erfinder oder ein reicher Anwalt wird, hängt davon ab, ob er gute Gene besitzt und als Kind nicht zu heiß gebadet wurde!« Renzels Kopf war rot geworden. Er schob sein Weinglas so aufgeregt hin und her, dass der Wein in alle Richtungen schwappte.

Bromberg zog ein Taschentuch aus der Hose und wischte die Flecken auf. Von den Rändern des Tuches wanderte der Wein in die Mitte und färbte den Zellstoff lila.

»Essen!«, rief Alexej plötzlich in die Stille hinein.

Die anderen schauten verwundert zu ihm herüber.

»Seit wann gibt es hier etwas zu essen?«, fragte Di Stefano.

»Nein«, sagte Alexej. »Ich meine Mann aus Kasino.«

Di Stefano gab zu verstehen, dass er nicht wisse, wovon die Rede sei, und Alexej nahm sich einen Moment Zeit, um ihn ins Bild zu setzen. Als er am entscheidenden Punkt angelangt war, sagte Di Stefano: »Und dann haben die beiden Männer also zusammen gegessen?«

»Njet, njet!«, rief Alexej. »Meine ich: Ja, ja, haben sie gegessen! Aber haben sie gegessen Geld, weil der Mann andere Mann hat gedroht, weiß ich nicht genau, wie und warum, jedenfalls hat er zerrissen Scheine in Halften und Viertel, und dann sie haben gegessen. Zehntausend gegessen.«

»Und dann?«, fragte Di Stefano.

»Nicht und dann! Ist gegangen!«, antwortete Alexej. »Weg. Weiß ich nicht mal, wer ist das. Aber was ich weiß, dass er hat gegessen zehn Funfhunderter und dann ist gegangen.«

Wieder herrschte einen Moment lang Stille. Severin faltete seine Zeitung zusammen.

»Das ist keine schlechte Idee«, sagte er, während er sich erhob und einen Schein auf den Tisch legte.

»Der hier ist entweder für unser aller Getränke oder aber für unseren lieben Renzel allein. Nur für den Fall, dass auch er einmal Geld essen mag. Wenn er doch schon nicht so viel davon verdient, wie er eigentlich verdiente.«

Renzel strich sich seine zerknitterte Krawatte glatt und murrte. Dann standen auch er und die anderen auf, stellten die Stühle auf den Tisch und verabschiedeten sich.

Als sie nach draußen traten, wurden sie von der Morgensonne beschienen. Ein untrügliches Zeichen dafür, dass es Zeit war, ins Bett zu gehen. Auch Bromberg machte sich auf den Weg nach Hause. Und weil dieser Morgen nicht anders zu sein schien als andere Morgen, bot sich für ihn kein Grund zu der Annahme, dass auf diesen Morgen nicht wie immer ein gewöhnlicher Tag, auf den Tag ein gewöhnlicher Abend und auf den Abend eine gewöhnliche Nacht folgen würde.

Viertes Kapitel

Worin der junge Bärtige von Brasilien zurück nach England reist und dabei ein großes Unglück erlebt

Die Wasser des Atlantiks waren still. So still, dass der junge Bärtige hätte argwöhnisch werden müssen. Schließlich hatte ihn das Leben schon in früher Kindheit gelehrt, dass die Gefahr immer dann am größten war, wenn man sich am meisten in Sicherheit wähnte.

Damals, beim Umzug von Usk nach Hertford, sie waren bereits einen ganzen Nachmittag und einen halben Vormittag lang gereist – in einer klapprigen, alten Pferdekutsche mit einem stiernackigen, wortkargen Kutscher, dem die strähnigen Haare unter dem Hut hervorquollen –, hielten sie plötzlich an. Sie seien nun in Newnham on Severn, erklärte der Kutscher, und müssten den Fluss, der vor ihnen liege, allein überqueren. Tatsächlich war durch das Fenster ein breiter Streifen Wasser auszumachen. Vater stieg aus, stemmte die Hände in die Hüften und verkündete in einem so salbungsvollen Ton, als handele es sich um den Jordan, dies sei der Severn, der längste Fluss des Vereinigten Königreiches. Da der Fluss zur Linken wie auch zur Rechten eine scharfe Biegung machte, war die Länge nicht einzuschätzen. Die Breite aber war nicht nur mit Kinderaugen besehen beeindruckend und kaum zu vergleichen mit derjenigen des schmalen Flüsschens, das durch Usk floss.

Drüben auf der anderen Seite, erklärte Vater, liege *The Old Passage*, ein kleines, traditionsreiches Inn. Dabei wies er mit dem Finger auf einen unbestimmten Punkt in der Ferne. Wenn sie die Überfahrt lebend überstünden, schob er hinterher, wollten sie sich dort zum Lunch das Roastbeef schmecken lassen. Alle wussten, dass Vater nicht nur Roastbeef liebte, sondern auch gerne Scherze auf Kosten anderer machte und in den Kindern mit ihren empfindsamen Seelen dafür besonders dankbare Abnehmer fand.

Der schmale Segler, in den sie steigen mussten, war kaum groß genug für eine vierköpfige Familie. Sie aber waren sieben: Vater, Mutter, William, Eliza, Fanny, John und er. Dazu kam noch ein breiter, knapp sechzehnjähriger Bursche, der sich, von den Eltern und den älteren Geschwistern belächelt, von den jüngeren Kindern, von John und ihm, aber bewundert, mit »Sir Captain« anreden ließ.

Sie quetschten sich also zu acht in das winzige Bötchen, John und er in heller Begeisterung ganz vorne in die Spitze. Sir Captain löste den Strick, mit dem die Jolle am Ufer vertäut war, setzte die Segel und lenkte das Boot behutsam aufs Wasser hinaus. Die Häuser von Newnham wurden immer kleiner, das andere Ufer rückte langsam näher, und alle betrachteten das sich blähende Segel. Auf dem Ufer des Usk River hatten sie Boote wie dieses allenfalls vorbeitreiben sehen. Nun aber saßen sie selbst in einem solchen Boot, und mit der Sonne im Nacken und dem Wind im Gesicht konnte es direkt Freude bereiten. Die Wellen plätscherten gegen den Bug, die Wasser des Severn kräuselten sich leicht, als spielten sie miteinander Haschen, und alle genossen die Aussicht.

Ungefähr in der Mitte des Flusses jedoch fing das Segel an, unruhig zu flattern. Es knallte und schnalzte, als sei es durch irgendetwas wirsch und arbeitsunwillig geworden. Das Boot schien wie gebremst. Sir Captain schaute ernst, legte die Hand aufs Steuerruder, zog erst an einer, dann an einer anderen Leine, drehte den Kopf hin und her, stand auf und setzte sich wieder. Das Segel beruhigte sich.

Keine Minute später aber packte eine Böe das Boot, es kippte bedrohlich zur Seite, und Sir Captain herrschte sie an, sie sollten sich alle steuerbord lehnen, was die Älteren auch taten, aber wo, bitte schön, war steuerbord für einen Fünfjährigen, der gerade zum ersten Mal von zu Hause fortfuhr, noch nie in einer Jolle gesessen hatte und schon reichlich Mühe hatte zu verstehen, warum seine Mutter, wenn sie ihm gegenüberstand und ihre Hand hob, behauptete, es handele sich um ihre linke, wo er doch auf der gleichen Seite seine rechte in die Luft streckte?

So schnell wie das Segel herumgesaust kam, konnte er gar nicht gucken, und hätte Vater ihn nicht umgestoßen, hätte der Mastbaum ihn mit voller Wucht an der Brust erwischt und aus dem Boot geworfen, hinein in das kalte, dunkle Wasser des Flusses. Durch Vaters Stoß landete er unsanft mit den Knien auf dem Boden, mit dem Gesicht in Mutters Schoß, wo er, sein Herz schlug bis zum Hals, starr vor Schreck liegen blieb, weil er seinen kleinen Körper bereits in den Fluten hatte untergehen sehen.

Vielleicht aber war es gerade dieser Ausgang der Geschichte, der nun, mehr als zwei Jahrzehnte später, mitten auf dem Atlantik keinen Argwohn in ihm aufkommen ließ. Denn trotz des Schrecks galt: Es war ja noch einmal alles gut gegangen. Nur ahnte er an diesem Tag, es war der sechste August, nicht, dass es im Leben auch einmal anders kommen würde. Stattdessen schaute er hinaus auf das große Meer, das ihn umgab, und ließ in seinem Kopf die Wochen, die er nun schon an Bord der *Helen* verbracht hatte, vorbeiziehen.

Die *Helen* war ein schönes Schiff. Sie hatte sich im Hafen von Pará grazil an die Reede geschmiegt, ihre zwei schlanken Masten ragten hoch in den Himmel auf, die weißen Segel schimmerten in der Sonne. Der Kapitän und Besitzer, ein gewisser John Turner, hatte die Abfahrt für den kommenden Montagmorgen festgesetzt und auf die Frage, ob sich noch eine Passage für einen Landsmann erwerben ließe, der zwar schmal gebaut ist, dafür aber mit allerhand Kisten und Tieren reist, geantwortet, auf die paar Sachen mehr oder weniger komme es nun auch nicht mehr an.

Tatsächlich stach die *Helen* am besagten Montag, dem zwölften Juli 1852, in See. Die Palmen auf den Straßen Parás wiegten sich zum Abschied im Wind. Die Früchte an den Mangobäumen leuchteten wie kleine Lampions, doch es dauerte nicht lange, und sie verschwammen mit den weiß getünchten Hausfassaden zu einem grauen Streifen. Nach kaum mehr einer halben Stunde verschwanden auch die im Morgenlicht gold glänzenden Turmspitzen der Kathedrale hinter dem Horizont.

Oben an Deck des Schiffes, in einer windstillen Einbuchtung unterhalb der Brücke, saß der junge Bärtige an einem von den Matrosen eigens für ihn errichteten Tisch aus vier übereinandergestapelten Kisten und zwei darübergelegten Brettern. Unter ihm im Bauch der *Helen* lagerten einhundertzwanzig Tonnen Kautschuk, mehrere Tonnen Kokos, Annattosamen und Piassavafasern sowie etliche bauchige Fässer mit Copaivabalsam. Dazwischen quetschten sich seine Kisten, bis oben hin gefüllt mit Tausenden von Dingen, die er in den letzten Jahren gesammelt hatte. Der Großteil der Tiere war längst tot und in Holzwolle verpackt. Zwanzig Exemplare aber, darunter drei flauschige junge Wollaffen der Gattung *Lagothrix* und ein älterer Hellroter Ara mit rot, gelb und blau leuchtenden Federn, hatte er lebend an Bord gebracht, und sie weilten nun neben ihm an Deck. Die drei Äffchen turnten in ihrem Käfig herum. Der Papagei, den er noch kurz vor der Abreise für eine nicht unerhebliche Summe als angeblich klügsten Ara Brasiliens von einem zahnlosen Kaufmann erworben hatte, saß mit gesenktem Kopf auf einer Stange und krächzte unentwegt und heiser: »Tudo bem, tudo bem«.

Auf dem Tisch lagen Skizzen von Fischen, Palmen, Flussverläufen und Höhenzügen, die es zu sortieren galt; daneben mehrere Reisetagebücher und die Listen mit den Archivnummern. Keines seiner Dinge, die im Bauch der *Helen* schlummerten, war unbeschriftet. Jedes einzelne Stück, selbst die kleinste Fliege, trug ein winziges Papierschnipselchen bei sich, auf dem mindestens eine Nummer stand, und diese Nummer fand sich irgendwo auf der Liste wieder und gab Auskunft über alles, was der Fliege im Moment ihres Auffindens an Angaben hatte abgetrotzt werden können: ihre Familie (wenn bekannt), ihre Gattung (wenn bekannt), ihre Art und Unterart (wenn bekannt), ihr Fundort (wenn möglich mit minutengenauem Vermerk von geographischer Länge und Breite) sowie das Datum des Fundtages (das zugleich den Todestag der Fliege markierte). All diese Angaben hieß es nun in eine schöne Ordnung zu bringen. Der junge Bärtige widmete sich dieser Arbeit mit ganzer Hingabe vom ersten Tag der Fahrt an. Wenn es zu windig wurde und die Wellen zu heftig gegen das Schiff schlugen, zog er sich nach unten in seine Kajüte zurück. Wenn die Glocke zum Lunch läutete, begab er sich zu den Matrosen in die Messe und stellte sich ihren neugierigen Fragen: Wozu er all diese Tiere gesammelt habe, weshalb er all diese Skizzen und Listen sortiere und warum er überhaupt von England nach Brasilien gereist sei. Zugegebenermaßen irritierten ihn diese Fragen nicht wenig: Man sammelte Tiere eben, weil man Tiere sammelte, so wie andere Menschen Häuser bauten, um Häuser zu bauen. Aber diese Antwort befriedigte die schmatzenden Matrosen nicht. In einem Haus ließen sich, wenn man nicht gerade zur See fuhr, wenigstens gemütlich die Beine vor dem Kamin ausstrecken. Aber mit einem gesammelten Tier? Was machte man mit einem gesammelten Tier, vielmehr mit Tausenden gesammelten Tieren? Auch als er erklärte, ihn interessiere eben gerade diese Vielfalt, die Vielfalt der Lebewesen auf dieser Erde, ihre Gemeinsamkeiten und Unterschiede, ihr Werden und Vergehen, und es sei doch nun einmal ein sogenannter Zweck an sich, herauszufinden, was es mit dieser ganzen Vielfalt und ihrem Ursprung auf sich habe, belächelten ihn die Matrosen nur, gossen ihm ein Glas Zuckerrohrschnaps ein und forderten ihn auf, lieber noch einmal eine seiner abenteuerlichen Anekdoten zu erzählen. Etwa die von der nackten Jagd nach einem Schmetterling durch den Urwald, an deren Ende ihn sein indianischer Begleiter zitternd und hungrig am Stamm eines Kapokbaumes kauernd gefunden hatte.

An den Abenden lud ihn der Kapitän zum Dinner in die Kapitänsmesse ein. Danach gingen sie gemeinsam an Deck, stellten sich an die Reling, der Kapitän zündete sich bei einem Gläschen Portwein eine Pfeife an und fragte, ob er sich schon auf die Heimat freue (ja), ob er sich bereits überlegt habe, wo genau er unterkommen werde (wohl zunächst im Haus der Schwester und ihres Mannes, wo auch die Mutter wohne) und wann er sich selbst eine Frau suche. Über die letzte Frage hatte der junge Bärtige, ehrlich gesagt, noch nicht nachgedacht. Sie schien ihm auch nicht die entscheidende Frage zu sein. Zumal der Kapitän sie ohnehin nur nutzen wollte, um von den brasilianischen Frauen zu schwärmen, von denen er sich jedes Mal nach der Ankunft in Brasilien oder in einem anderen Hafen Südamerikas eine ausguckte und sie für einen Bruchteil dessen, was er in den Hafenstädten Englands für eine Frau weitaus geringeren Kalibers bezahlen musste, mal ordentlich, wie er sagte, ihrer Bestimmung zuführte. Gespräche dieser Art waren dem jungen Bärtigen bei aller Sympathie für den Kapitän reichlich unangenehm. Denn auch wenn ihm die Gesellschaft etwas grobschlächtiger Menschen im Großen und Ganzen besser gefiel als irgendeine hochtrabende Konversation mit ach so gebildeten Leuten, die nichts lieber taten, als ihr ganzes Wissen vor sich herzutragen, zog er es in Momenten wie diesen vor, etwas ernstere Themen zu verhandeln. Zum Glück kannte sich der Kapitän von Berufs wegen gut mit den Möglichkeiten der nautischen Astronomie aus und teilte die Begeisterung, mit der der junge Bärtige erzählte, sich schon als Jugendlicher, angeregt durch die Lektüre der Schriften Galileis, aus zwei Linsen und einem Aluminiumrohr ein eigenes Teleskop gebaut zu haben, um nächtens den Mond aus der Nähe zu betrachten.

Auch am Abend des fünften Augusts, einem lauen, fast windstillen Abend, die Küste Brasiliens lag ebenso viele Wochen entfernt wie die Küste Englands, gingen sie diesen Gesprächen nach. Sie redeten über die Frauen, die Sterne und die Heimat und darüber, dass das Leben selbst wie eine Seefahrt sei, bei der man im Vorhinein auf der Karte, in der trockenen, windgeschützten Umgebung des Koppeltischs, den idealen Kurs festlegte, dann aber, wenn man in See gestochen war, feststellte, ihn immer wieder den Gegebenheiten anpassen, bisweilen sogar grundlegend ändern zu müssen. Während sie so redeten und die funkelnden Sterne über sich am Nachthimmel betrachteten, unter sich die leise rauschende See, ahnten sie nicht, dass der nächste Tag eine ebensolche grundlegende Änderung mit sich bringen würde.

Am Morgen des sechsten Augusts breitete der junge Bärtige daher wie immer nach dem Morgenmahl seine Unterlagen auf dem Tisch aus. Nichts an diesem Tag schien anders zu sein als sonst. Die Matrosen gingen ihren Verrichtungen nach, rafften Segel, wickelten Taue und putzten die Bohlen, während der Kapitän auf der Brücke auf und ab ging und an seiner Pfeife zog. Nur eines eben fiel auf: Das Meer war an diesem Morgen so still wie nie zuvor. Es schien, als trieben sie nicht mitten im Atlantik, sondern auf einem großen, spiegelglatten See. Die Sonne stand hoch am strahlend blauen Himmel, und schon nach kurzer Zeit entschied der junge Bärtige, hinunter in die schattige Kajüte zu gehen. Dort aber war es kaum besser, im Gegenteil, die Hitze staute sich stickig zwischen den engen Wänden.

Gegen Mittag, er saß inzwischen wieder an Deck und hatte sich den Hut tief ins Gesicht gezogen, sinnierte er, weil er keinen klaren, gelehrten Gedanken fassen konnte, darüber, dass die Strapazen nun bald ein Ende haben würden. Ein paar Wochen noch, wenn überhaupt, und er würde zurück in England sein, würde sich von Mutter oder Fanny ein Spiegelei braten lassen, mit Schinken dazu, und Thomas würde seine Kamera aufbauen und ein Foto schießen von ihm, dem weit gereisten Sammler. Er würde sich baden, die Haare schneiden und den Bart frisieren lassen und dann, in einem frisch gewaschenen Anzug und mit geputzten Schuhen, zum Britischen Museum gehen, wo man ihn bereits erwartete – ihn, der dem Museum gegen gutes Geld mit einem Schlag eine große Sammlung noch nie gesehener Exponate vermachen konnte, die, selbst wenn er einen Großteil davon verkaufte, noch immer groß genug war, um genügend Stücke für die eigenen Forschungen der nächsten Jahre übrig zu lassen.

Der Kapitän drehte eine Runde übers Deck, blieb zunächst bei den kreischenden Molläffchen, dann am Papageienkäfig stehen und steckte seinen Finger durch die Stäbe in den Käfig hinein. Der Papagei krächzte und hackte dem Kapitän in den Finger. Fluchend zog der Kapitän den Finger heraus und besah den kleinen Blutstropfen, der aus seiner Fingerkuppe trat. Der junge Bärtige konnte sich eine gewisse Schadenfreude nicht verkneifen, wurde aber ebenso wie der Kapitän in diesem Moment aufmerksam auf die Matrosen, die sich auf der anderen Seite des Decks über die Planken beugten. Der Kapitän betrachtete den Aufruhr einen Augenblick lang, dann ging er selbst nachsehen, worin der Grund für die Unruhe lag.

Es dauerte keine Minute, bis er zum Tisch des jungen Bärtigen zurückkam und in einem Ton, als seien die Matrosen nur wegen einer außergewöhnlich großen Küchenschabe an Deck zusammengekommen, erklärte, aus dem Frachtraum trete Rauch aus.

Der junge Bärtige schaute zum Kapitän auf. Der aber wartete nicht auf eine Reaktion, sondern lief fort und ließ ihn an Ort und Stelle sitzen. Schon kurz darauf wanderte ein dünner Schwaden Rauch zu ihm herüber, und er brauchte nicht lange, um zu erkennen, wonach er roch: nach verbrennendem Öl und geröstetem Kakao.

Die Matrosen rannten hin und her und riefen wild durcheinander. Einer öffnete auf Geheiß des Kapitäns die Ladeluken, um sich ein genaueres Bild über die Lage im Inneren des Schiffes zu verschaffen. Als das nicht ausreichte, holte ein anderer eine Säge herbei und sägte, ebenfalls auf Befehl des Kapitäns, ein großes Loch ins Deck. Qualm stieg empor, und die Matrosen versuchten, das Loch und die Ladeluken wieder zu verschließen. Doch schon bald stand über dem Deck eine dickliche Wolke. Durch jeden noch so kleinen Spalt kroch Rauch hindurch und ließ das Atmen schwer werden. Wer immer einen Lappen oder einen Fetzen Stoff zur Hand hatte, band ihn ums Gesicht und beeilte sich, Wasser herbeizuschaffen, wovon es schließlich um das Schiff herum genug gab. Aber womit sollte es geschöpft werden, wenn doch gerade einmal vier Eimer zur Verfügung standen: zwei vom Schrubben der Planken, einer vom Kartoffelschälen aus der Kombüse sowie der Nachttopf aus der Kajüte des Kapitäns?

Eine erste Flamme züngelte empor, während der Kapitän die Matrosen dazu antrieb, was immer sie hatten, zum Schöpfen des Wassers zu benutzen, Teller und Tassen und Kellen, und bald stopften sie verzweifelt und mit Tränen vom beißenden Rauch in den Augen feuchte Kleidung in jede Ritze. Die Äffchen im Käfig kreischten und sprangen umher. Verzweifelt versuchten sie, mit ihren kleinen Fingern den dünnen Draht, der die Käfigtür verschloss, zu lösen, während der junge Bärtige noch immer dasaß, stumm und starr, und nicht fassen konnte, was passierte. Um ihn herum rannten panisch die Matrosen, doch ihre Eile ergriff erst in dem Moment auch von ihm Besitz, als der Kapitän wieder neben ihm auftauchte und ihn anherrschte, seinen Platz zu räumen und nicht länger zu warten, sondern das Allernötigste zu raffen – »Das Allernötigste nur!« – und damit an die Reling zum Rettungsboot zu gehen. Der junge Bärtige tat zunächst, wie ihm geheißen, öffnete eine Blechbüchse, legte zwei Reisetagebücher hinein (die anderen lagen unten in der brennenden Kajüte), eine selbst gezeichnete Karte vom Rio Negro (auf der er vor einer halben Stunde noch einige Feinheiten verbessert hatte) sowie einen Stapel mit Skizzen von Fischen und Palmen (diese, weil sie am ehesten in Reichweite waren). Dann überlegte er, was sonst noch in die Büchse passen würde, konnte aber auf die Schnelle nichts entscheiden. Der Papagei in seinem Käfig sah ihn an. Der junge Bärtige überlegte nicht lange und griff mit der anderen Hand nach der Voliere. Er lief zur Reling, wo schon ein Matrose mit einem Tau auf ihn wartete. Der hielt ihn an, die Büchse und den Käfig aus den Händen zu legen, er werde ihm beides gleich ins Boot hinterherwerfen. An einem Seil rutschte er hinab, verbrannte sich dabei die Hände so sehr, dass die Haut Blasen warf. An einer Stelle hing sie sogar in Fetzen herab, aber den Schmerz spürte er gar nicht, auch dann nicht, als Salzwasser in die Wunde drang, während er das von der Sonne ausgetrocknete und dadurch lecke Boot ausschöpfte, weil er so sehr damit zu tun hatte, Halt zu finden in dem kleinen schaukelnden Bötchen, das nun ihnen allen als Zuflucht dienen musste. Einer nach dem anderen quetschte sich hinein, zuletzt der Kapitän. Der brach in lautes Schimpfen aus, als er den Papageienkäfig auf den Knien des jungen Bärtigen erblickte. Schon im nächsten Moment aber musste er Sorge tragen, dass sie vom brennenden Schiffsleib Abstand gewannen. An die höchste Mastspitze klammerten sich nun die Äffchen, die sich inzwischen aus ihrem Verschlag befreit hatten. Sie saßen dort und kreischten jämmerlich, während das Rettungsboot mit den Matrosen, dem Kapitän, dem jungen Bärtigen und dem Papageien immer weiter davontrieb. Alle schwiegen und sahen dabei zu, wie die *Helen*, heute Morgen noch ein herrliches Schiff, in der Mitte auseinanderbrach und flammenzerfressen im Meer versank. Der junge Bärtige blickte in den Himmel, an dem die ersten Sterne zu leuchten begannen, so wie er es gemeinsam mit dem Kapitän an jedem der Abende zuvor von der Reling aus getan hatte. Noch immer regte sich kein Wind über dem Ozean. Noch immer sagte niemand ein Wort. Nur der Papagei krächzte »Tudo bem, tudo bem«.

Neun Nächte und neun Tage lang trieben sie so auf hoher See umher, nichts als Wasser, Weite und Wolken um sie herum. Anfangs übten sie sich noch in Optimismus. Als der Kapitän erklärte, die Entfernung bis zu den Bermudainseln, dem nächstgelegenen Flecken Land, sei auf circa siebenhundert Meilen zu schätzen, stimmten sie zu: Ja, dies sei in der Tat eine Distanz, die sich bei günstiger Strömung und gutem Wind mit dem aufgespannten kleinen Segel, das das Rettungsboot besaß, sowie mit etwas zusätzlichem Rudern in einer Woche bewältigen lassen sollte. Kurzzeitig stellte sich sogar eine gewisse Heiterkeit ein, weil einer der Matrosen, ein runder, gemütlicher Schotte, der schon einmal auf den Bermudas gewesen war, erklärte, diese Inseln seien ein sehr gut gewähltes Ziel, nicht nur wegen der saftigen Kokosnüsse, sondern auch wegen ihres Wahlspruchs, der da lautete: *Quo fata ferunt. Wohin die Schicksale tragen.*

Die Heiterkeit, die Zuversicht und die Hoffnung aber schwanden mit jedem Tag und jeder Nacht, die vergingen, ohne dass die nötige Entfernung in Richtung des Ziels zurückgelegt wurde. Zu allem Überfluss wuchs täglich der

Hunger, denn alles, was sie zum Essen mit sich führten, waren zwei Säcke Brot und Biskuits sowie ein paar Portionen geräucherter Schinken und Käse, die im Wasser, das auf dem Boden des Bootes stand, zu einer klebrigen Masse verschmolzen waren. Auch das große Fass trinkbaren Süßwassers leerte sich schneller als geplant, und die pralle Sonne trug nicht gerade dazu bei, diese wertvolle Reserve zu schonen. Die Lippen wurden immer rissiger, die Haut an den Händen, im Nacken und im Gesicht immer sonnenverbrannter und spröder. Die Gespräche beschränkten sich auf das Nötigste. Ein jeder war mit sich selbst beschäftigt, aß und trank gerade nur so viel, wie ihm unbedingt zustand, half, wenn erforderlich, beim Navigieren des Bootes und sah ansonsten am Tage den fliegenden Fischen, bei Nacht den Sternschnuppen hinterher.

Am fünfzehnten August, dem neunten Tag seit dem Untergang der *Helen*, war die Stimmung auf dem Tiefpunkt angelangt. Vom Schinken war für jeden nur noch eine einzige Scheibe übrig, vom aufgeweichten Brot gab es nur noch ein paar kümmerliche Reste. Im Fass war bereits der Boden zu sehen. Der Kapitän navigierte unkonzentriert und fahrig, die Bermudainseln lagen seiner jüngsten, optimistischsten Berechnung zufolge noch immer gut zweihundert Meilen entfernt. Wenn nun bald kein anderes Schiff ihren Weg kreuze, erklärte er, würden sie es in Anbetracht des Tempos der letzten Woche kaum bis zu den Inseln schaffen. Und wenn überhaupt einige von ihnen überleben wollten, dann nur, indem sie den Papagei schlachteten und den morgendlichen Tau von den Planken leckten.

Mit dieser Aussicht zogen sich alle, den Kopf auf die Knie gesenkt, in ihre eigenen Gedanken zurück. Vermutlich wäre nun tatsächlich eingetreten, was der Kapitän so finster prophezeite, hätte nicht einer von ihnen in ebendiesem Moment dem Drang nachgegeben, sich am Rande des Bootes zu erleichtern, und hätte er dabei nicht um sich geschaut und am Horizont ein schimmerndes Trapez entdeckt. Als er rief, reckten sie alle ihre Köpfe empor, griffen zu den Rudern, und keine Stunde später wurden sie einer nach dem anderen an Bord eines Dreimasters genommen, dessen helles Focksegel um ein Haar ihren Blicken entgangen wäre.

Während Kapitän Turner und seine Matrosen sich über das Essen hermachten, beließ es der junge Bärtige bei einigen großen Schlucken Wasser. Dann begab er sich an die Reling und schaute hinaus aufs Meer.

Vier Jahre war er auf brasilianischem Boden gewesen. Genauer: vier Jahre, einen Monat und siebzehn Tage. Vom sechsundzwanzigsten Mai 1848 bis zum zwölften Juli 1852. Machte, wenn er sich nicht verzählt hatte, den Tag der Abreise eingerechnet, eintausendfünfhundertundneun Tage. Eintausendfünfhundertundneun Tage Sammeln. Selbst wenn die Tage, an denen er nicht hatte sammeln können, abgezogen wurden, waren es noch immer weit über tausend. An vielen dieser Tage hatte er nicht nur fünf oder zehn, sondern in der Regel zwanzig, manchmal sogar dreißig, vierzig oder fünfzig verschiedene Tiere gesammelt, die meisten von ihnen Käfer, gefolgt von Schmetterlingen, Vögeln, Säugern und Reptilien. Noch waren die Listen nicht vollständig ausgezählt, aber die Sammlung belief sich auch der konservativsten Schätzung nach auf gut und gerne fünfundzwanzigtausend Exemplare. Fünfundzwanzigtausend Exemplare, die nach über tausend Tagen Arbeit binnen einer Stunde zu Asche gemacht und binnen einer weiteren Stunde auf den Meeresboden herabgesunken waren. Nichts mehr davon ließ sich noch retten, kein einziger Flügel eines Schmetterlings. Und so würde er zwar heimkehren, doch anstatt mit vollen Kisten und vielen Papieren mit nichts als der Kleidung, die er am Leibe trug, einer kleinen Blechbüchse und einem heiser krächzenden Papageien.

Fünftes Kapitel

Worin Albrecht Bromberg einem der Männer aus der Bibliothek wiederbegegnet und zu viel Gin trinkt

Punkt neun Uhr am Abend, genau eine Stunde vor Beginn seiner Schicht, betrat Bromberg das Caffè Michelangelo. Nach der Elias-Birnstiel-Gesellschaft hatte er einige Stunden geschlafen, am späten Nachmittag ein kärgliches Frühstück zu sich genommen und die folgenden Stunden mit Erledigungen zugebracht.

Nun lehnte er an der holzvertäfelten Theke des kleinen Cafés, lauschte dem Brummen der Kaffeemaschine und schaute an die Decke. Dort hatte Fabrizio, der Inhaber, vor vielen Jahren in wochenlanger Arbeit eine Kopie der *Erschaffung Adams* gemalt. Auch wenn diese es in Qualität und Größe nicht annähernd mit dem Original aufnehmen konnte, war Fabrizio sichtlich stolz darauf, jeden Tag unter dem langen Zeigefinger Gottes in seiner eigenen kleinen Sixtinischen Kapelle zu stehen.

Bromberg betrachtete wie jeden Abend das lange, wallende Gewand Gottvaters und die vielen, wohlgenährten Putten, die ihn umgaben. Zwischendurch sah er Fabrizio dabei zu, wie er Getränke für andere Gäste zubereitete.

Um zehn vor halb zehn hatte sich der Zuckerrest in seiner Tasse mit dem letzten Tropfen Kaffee zu einer bräunlich klebrigen Kruste verbunden. Draußen dunkelte es, die Luft aber war noch immer sommerlich lau. Bromberg legte eine Münze neben die Kasse, verabschiedete sich von Fabrizio und verließ das Café.

Schon nach wenigen Schritten passierte er das einzige Geschäft, das, seit er denken konnte, neben dem Michelangelo in der Straße unverändert existierte: das Antiquariat von Phineas Schulzen. Auch um diese Zeit standen Wühltische und Bananenkisten voller Bücher auf dem Gehweg. Es stapelten sich Reiseführer, Wörterbücher und Lexika neben Kriminalromanen, Bildbänden und Ratgebern. In einer Reihe waren die *Propyläen der Weltgeschichte*, *Tom Sawyers Abenteuer* und eine alte Übersetzung des *Don Quijote* aufgereiht. In einem Kartenständer welkten verblichene Ansichten von den Burgen der Toskana und den Schlössern der Loire.

Bromberg kannte Schulzen schon seit vielen Jahren, aber noch immer war ihm nicht recht klar, wovon er eigentlich lebte und weshalb er überhaupt ein Antiquariat betrieb. An guten wie an schlechten Tagen wetterte der kleine Mann mit den zerzausten Haaren mit Vorliebe gegen die dreiste Brut der lebenden Literaten, die nichts Besseres zu tun hatte, als stets neue Bücher zu produzieren. Dabei gab es doch schon so viele Bücher, ein riesiges Meer an Schriftstücken, das längst über die Ufer des menschlichen Fassungsvermögens getreten war. Und selbst wenn man aus diesem Meer nur diejenigen Werke herausfischte, die bereits bei Erscheinen frenetisch gefeiert wurden, wollte sich keine rechte Verbesserung einstellen, weil, wie Schulzen gerne knurrend bemerkte, inzwischen der Umschlag jedes neu erschienenen Buches voll war mit den Stellungnahmen befreundeter – oder wenn nicht befreundeter, so wenigstens freundlich miteinander bekannt gemachter – Autoren, die sich gegenseitig bescheinigten, außerordentliche Genies zu sein und unübertreffliche Meisterwerke geschrieben zu haben. Die meisten dieser Bücher landeten früher oder später in einer Bananenkiste bei Schulzen, also auf einer wohlsortierten Müllhalde oder, wie er manchmal sagte, in einem gut geführten Gefängnis, wo die Damen und Herren Autoren für ihre Verbrechen an der Leserschaft bestraft wurden.

Wer in Schulzens Laden ein Buch erwerben wollte, war vollständig auf seine Gunst angewiesen. Im Fenster klebte seit Jahr und Tag ein zerrissener Zettel mit der Aufschrift GESCHLOSSEN, auch dann, wenn die Tür des Antiquariats weit offen stand. Schulzen kannte feste Öffnungszeiten ebenso wenig wie den Unterschied zwischen Tag und Nacht. Manchmal saß er von morgens um fünf bis nachts um drei zwischen den Büchern im Schein einer mickrigen Schreibtischlampe. An anderen Tagen wiederum schloss er die Tür nur für eine Stunde am Mittag auf und gleich darauf wieder zu. Die Kunden hatten sich nach ihm zu richten, nicht er nach ihnen. Wer tatsächlich in das dunkle Gewühl des Ladens vorstieß, um ein Buch zu kaufen, musste es Schulzen übergeben und geduldig abwarten, welchen Preis die kritische Prüfung ergab. Meist nahm Schulzen das Buch in die Hand, wog es drei-, viermal stöhnend hin und her, führte es ganz nah an seine Brillengläser heran und verkündete nach einer für den verunsicherten Käufer gefühlten halben Ewigkeit einen Preis. Wem dieser Preis beliebte, den ließ er zahlen. Wem dieser Preis missfiel, den ließ er ziehen. Längst machten in der Stadt Geschichten über sein Eigenbrötlertum die Runde. Der Antiquar sei nicht ganz bei Trost, hieß es, sein Geschäft sei kein Buchladen, sondern eine Altpapiersammlung. Doch trotzdem oder vielmehr gerade deswegen tauchten täglich

Besucher in Schulzens Laden auf. Sie kamen nicht, um ein Buch zu erwerben, sondern allein aus Neugierde auf den Inhaber. Leise und verstohlen schlichen sie vor dem Schaufenster hin und her, wühlten unter vorgetäuschtem Interesse in den Kisten herum und versuchten, einen Blick auf Schulzen zu erhaschen wie auf einen seltenen Blutbrustpavian im Zoo. Der freilich bemerkte die gaffenden Besucher von drinnen ganz genau, sah jedoch nicht ein, sich von ihnen aus der Ruhe bringen zu lassen. Er widmete sich unbeirrt seinem Tagesgeschäft, das wesentlich im Umhertragen und Durchblättern von Büchern bestand. Zwischendurch setzte er sich immer wieder an seinen Schreibtisch, legte die Füße auf den Rand des Sekretärs, ließ die Hosenträger gegen sein zerknittertes Hemd schnipsen und zündete sich einen Zigarillo an. Nicht selten verfing er sich beim Aufstehen in den Kabeln seines uralten Computers, der auf einem Beistelltischchen neben dem Sekretär stand und jedes Mal bedrohlich wackelte, wenn Schulzen zwischen die Strippen geriet.

Bromberg hatte das Schaufenster des Antiquariats schon so gut wie passiert, als er plötzlich anhielt. In der oberen linken Ecke der Auslage stand zwischen einem Faksimiledruck der Luther-Bibel von 1534 und einem Katalog mit den schnellsten Motorrädern des Jahres 1996 der Bärtige aus der Bibliothek. Genau wie in der Nacht trug er eine leuchtend weiße Hose, frisch gewichste schwarze Schuhe und einen langen schwarzen Mantel über einem weißen Hemd und einer einreihigen Weste mit breitem Revers. Sein rechtes Knie ruhte auf dem Samtpolster eines Stuhls, seine rechte Hand umfasste die Lehne. Auf seiner Nase saß noch immer die Nickelbrille, auf seinem Kopf der Bowlerhut mit gebogener Krempe, seine Lippen, so weit sie durch den Bart hindurch zu sehen waren, umspielte nach wie vor ein Schmunzeln. Nur eine einzige Sache fehlte: der jüngere Begleiter mit der demolierten Kopfbedeckung. An der Stelle, wo der Jüngere gestanden hatte, war nun nichts außer der blanken Wand und dem Polsterstuhl zu sehen.

Bromberg schaute auf die Uhr. Es war acht Minuten vor halb zehn. Er betrat den Laden und lief gegen eine dicke Wand aus Zigarillorauch. Vorsichtig rief er ein »Hallo« in den Nebel hinein. Nichts regte sich. Lediglich ein monotones Plätschern war zu hören. Auf einer Bücherkiste neben dem Eingang stand eine handtellergroße Mutter Gottes. Aus ihrer linken Brust trat ein feiner Strahl Milch. Er beschrieb einen sanft geschwungenen Bogen, bevor er von einer Schüssel im Schoß der Maria, gleich neben dem Jesuskind, aufgefangen wurde.

Unentschlossen stand Bromberg da. Noch einmal rief er in den Laden. Wieder war nichts zu hören. Er wollte sich bereits umdrehen und gehen, als aus dem hinteren Teil Geraschel nach vorne drang. Er vernahm ein Husten, dann ein Ächzen, schließlich ein Schlurfen, und mit einem Mal stand Schulzen im Halbdunkel vor ihm und schaute ihn an. Er nuckelte an einem glühenden Zigarillostummel und blickte mürrisch aus dem Nebel in Richtung Tür. Als er Bromberg erkannte, hellte sich seine Miene ein wenig auf.

»Bromberg! Lange nicht gesehen! Komm rein! Was führt dich zu mir? Was kann ich für dich tun?«

Bromberg ging ein paar Schritte in den Laden hinein, bis ein paar Kisten den Weg versperrten. Er wusste in diesem Moment selbst nicht mehr so genau, weshalb er eigentlich hereingekommen war.

»Ich wollte«, stammelte er, während Schulzen ihn erwartungsvoll ansah, »ich wollte im Prinzip nur kurz etwas fragen.«

»Für kurze Fragen von langjährigen Bekannten ist immer Zeit«, sagte Schulzen und lächelte.

Bromberg zeigte zur oberen rechten Ecke der Auslage. »Eigentlich«, sagte er, »eigentlich wollte ich nur kurz fragen, wer der bärtige Mann dort im Schaufenster ist.«

Schulzen räusperte sich und hustete.

»Der zwischen den Motorrädern und der Luther-Bibel? Der mit dem Hut und dem Bart, meinst du den? Den Entdecker des Mechanismus der natürlichen Selektion?«

Bromberg runzelte die Stirn. »Nein, dann meine ich doch jemand anderen. Oder du meinst jemand anderen. Also ich meine, du meinst Charles Darwin. Da weiß ich aber, wie der aussieht. Der steht und hängt überall bei uns im Museum herum. Hat ebenfalls einen Bart, aber schlohweiß und lang, und schmunzelt nicht, sondern schaut meistens etwas ernst. So wie Gott auf dem Fresko drüben im Michelangelo.«

Schulzen grunzte.

»Hatte ich dir schon einmal das Buch von diesem verrückten amerikanischen Arzt gezeigt, der behauptet, das Tuch und die Putten um Gott herum seien der Form des menschlichen Gehirns nachempfunden?«

Bromberg schüttelte den Kopf. Schulzen schlurfte zum Schaufenster.

»Nein? Egal. Viel interessanter ist ohnehin, wie jemand jahrelang in einem Museum für Natur- und Menschheitsgeschichte arbeiten kann, ohne schon einmal etwas vom Entwickler der Evolutionstheorie gehört zu haben.«

Bromberg seufzte leise.

»Aber das habe ich doch gar nicht gesagt. Ich habe nur

gesagt, dass die Evolutionstheorie meines Wissens nach von Charles Darwin entwickelt wurde.«

»Damit liegst du durchaus richtig, Bromberg. Aber vermutlich hast du wie die meisten Menschen die *Entstehung der Arten* nicht gelesen. Sonst wärst du nämlich bereits auf Wallace gestoßen. Gleich auf der ersten Seite der Einleitung.«

Schulzen war kurz davor, das Buch im Schaufenster zu greifen, drehte dann jedoch ab und verschwand wortlos im Halbdunkel. Während Bromberg auf ihn wartete, hörte er Schulzen immer wieder gegen ein Regal oder eine Kiste stoßen und fluchen.

Einige Minuten später tauchte Schulzen wieder auf. In seiner Hand hielt er eine Flasche Gin.

»Verzeih, ich finde das Buch jetzt nicht auf die Schnelle. Aber die hier habe ich gerade gefunden. Einen Gin kann ich dir also schon mal anbieten.«

Bromberg sah auf die Uhr. Sie zeigte kurz nach halb zehn. Flotten Schrittes war es in fünfzehn bis zwanzig Minuten ins Museum zu schaffen.

Schulzen nahm das Gurkenglas, in das er den Zigarillostummel geschnippt hatte, drehte es um, kippte die Asche auf den Boden, und füllte es mit Gin. Aus einer Kiste kramte er ein zweites Glas hervor und legte die Flaschenöffnung an den Rand an.

»Also, was ist? Ein kleiner Schluck zur Feier des Tages?«

Bromberg schaute noch einmal auf die Uhr. Noch nie war er in all den Jahren ins Museum gerannt. Stets war er gemächlichen Schrittes gelaufen. Er war auch noch nie erst kurz vor Beginn seiner Schicht aufgetaucht, geschweige denn zu spät gekommen. Er war Albrecht Bromberg, der Pünktliche, der

Überpünktliche, der seinen Dienst nach Vorschrift um zweiundzwanzig Uhr antrat und ihn nach Vorschrift um sechs Uhr dreißig beendete. Es gab keinen Grund, warum dies heute anders sein sollte. Doch anstatt dankend abzulehnen, merkte er, wie sein Kopf nickte und sein rechter Arm sich nach dem Glas ausstreckte. Er setzte es an die Lippen und kippte den Inhalt nach hinten. Der Gin schmeckte scheußlich, nach beißendem Putzmittel und Zitrone. Bromberg schüttelte sich.

»Hast du kein Tonicwasser dafür? Das ist ja pur ungenießbar!«

Schulzen verschwand erneut im Dunkeln. »Irgendwo hatte ich mal eine *Illustrierte Geschichte des Tonicwassers*«, rief er zu Bromberg nach vorne. »Mit einer sehr schönen Beschreibung jenes Tages im Jahr 1546, an welchem Gonzalo Pizarro hinabsteigt in das Tal von Catamayo. Hinter sich hat er seine Truppen versammelt. Er befiehlt den müden Männern zu rasten und gründet kurzerhand eine Stadt mit dem Namen La Zarza. Dem Ort ist allerdings kein Glück beschieden. Denn erst rafft die Malaria die Hälfte der Einwohner dahin, dann fallen die verbliebenen Bewohner einem Erdbeben zum Opfer. Trotzdem wird die Stadt wieder aufgebaut, weil die europäischen Eroberer nach einigem Suchen und mithilfe eines Dominikanerpaters, der in engem Kontakt mit den Eingeborenen steht, zwar nicht auf ein Mittel gegen Erdbeben, aber immerhin auf eines gegen die Malaria stoßen: einen Strauch, dessen Rinde zu Pulver gemahlen wahre Wunder gegen das Fieber wirkt.«

Bromberg hörte einen Stapel Bücher zu Boden gehen.

»Alles gut!«, rief Schulzen nach vorne. »Das Problem mit der Rinde ist nur, dass sie, egal ob zu einem Pulver gemahlen oder zu einer Paste verkocht, ziemlich scheußlich schmeckt. Jedenfalls bis zu dem Tag, an dem dreihundertundzwölf Jahre später ein findiger Engländer namens Erasmus Bond auf die Idee kommt, das Pulver mit Soda aufzuhübschen und als Tonicwasser zu vermarkten. In Indien lässt er sogar eigens frisch geschlagenes Gletschereis aus dem Himalaya herankarren, das er dann in Agra und Lakhnau den erschöpften britischen Soldaten dazu serviert und so das Leben für alle erträglicher macht.«

Schulzen stand nun wieder vorne im Laden.

»Und?«, fragte Bromberg.

»Was und?«

»Hast du nun einen Schluck Tonicwasser für mich?«

Schulzen grummelte. »Nein, habe ich nicht. Und diese *Illustrierte Geschichte* habe ich auch nicht gefunden. Aber einen Gin könnte ich dir noch anbieten.«

Bromberg dachte an Frietjoff, seinen Kollegen im Museum. Es war nicht mehr viel Zeit bis zum Ende seiner Schicht. Frietjoff würde ganz sicher schon auf ihn warten. Obwohl Bromberg nicht auf die Uhr sah, konnte er spüren, wie die Zeiger sich vorwärtsbewegten. Jetzt sofort das Antiquariat verlassen, ein Taxi anhalten, hineinsteigen und zum Museum fahren, und alles wäre wie immer. Frietjoff würde sich allenfalls ein wenig verwundert darüber zeigen, dass er erst um kurz vor knapp auftauchte. Der übliche Lauf der Dinge aber wäre nur minimal gestört.

»Der Wallace«, sagte Schulzen unvermittelt ins Schweigen hinein, »der hatte übrigens Malaria. Man kann aber von Glück reden, dass er seinem Landsmann mit dem Tonic nicht begegnet ist. Ansonsten hätte er vermutlich niemals die Evolutionstheorie entwickelt. Die entscheidende Entdeckung dafür machte er nämlich auf einer kleinen Insel in den Molukken während einer durchwachten Malariafiebernacht.«

»Jetzt mal langsam«, bremste Bromberg und hielt Schulzen sein Glas hin. »Das geht mir zu schnell. Nun bist du bereits bei seiner angeblichen Entdeckung, dabei warst du ursprünglich bei der Behauptung stehen geblieben, Wallace käme auf Seite eins des erfolgreichsten Buches von Darwin vor.«

»Das habe ich nicht behauptet!«, protestierte Schulzen, während er Bromberg weiteren Gin einschenkte. »Ich habe erklärt, Wallace tauche in der Einleitung der *Entstehung der Arten* auf. Das ist etwas völlig anderes als die Behauptung, er käme in Darwins erfolgreichstem Buch vor.«

Bromberg setzte das Glas an und kippte den Gin, so schnell es ging, nach hinten.

»Wo liegt da jetzt der Unterschied?«, fragte er, nachdem sich seine Kehle einigermaßen vom Brennen erholt hatte. »Den Wallace kennt so gut wie niemand. Darwin und *Die Entstehung der Arten* kennen alle.«

»Mag sein, mag sein«, murmelte Schulzen. »Trotzdem war es nicht sein erfolgreichstes Buch. Jedenfalls nicht zu seinen Lebzeiten.«

Schulzen stellte sein Gurkenglas ab und stieg auf eine Leiter, die vor einem der Regale stand. Oben angekommen, zündete er sich einen neuen Zigarillo an. Er balancierte auf der obersten Stufe der Leiter und suchte, während er den Qualm wie lästige Schmeißfliegen mit den Händen vertrieb, die Regalreihen ab.

»Heureka, Heureka!«, rief er nach einer Weile. »Hier ist es.«

Bromberg trat an die Leiter heran, nahm Schulzen das

Buch ab und betrachtete den Umschlag: Charles Darwin, *Die Bildung der Ackererde durch die Thätigkeit der Würmer, nebst Beobachtungen über deren Lebensgewohnheiten.*

»Das ist aber nicht die *Entstehung der Arten*, Schulzen.«

»Natürlich nicht!«, rief Schulzen von der Leiter herab. »Danach habe ich ja auch gar nicht gesucht.«

Bromberg wendete das Buch in seiner Hand. »Ach komm. Du bist ein belesener Mann, und ich glaube dir vieles, aber das glaube ich dir nicht: dass Darwins erfolgreichstes Buch ein Bändchen über Würmer gewesen sein soll.«

»Glaub es, oder glaub es nicht, mir egal. Schließlich weiß ich ja, dass es so ist. Dieses Buch und kein anderes fand bei seiner Veröffentlichung nicht nur reißenderen Absatz als die *Entstehung der Arten*, sondern sein Thema war auch dasjenige, das Darwin am längsten beschäftigt hat. Den ersten Vortrag über Würmer hat er in den dreißiger Jahren in London gehalten, bei irgendeiner Society, ich erinnere mich nicht mehr genau, bei welcher. Und das Buch ist dann Anfang der Achtziger erschienen, ein gutes halbes Jahr bevor er selbst unter die Würmer ging.«

Schulzen nahm einen großen Schluck Gin, bevor er weiterredete. »Er hat also über mehr als vierzig Jahre hinweg Würmer, vorrangig englische Regenwürmer, beobachtet. Du musst dir vorstellen, manchmal ist er monatelang jede Nacht im Schlafrock und mit einer kleinen Laterne bewaffnet in den kühlen Garten hinausgestiefelt und von dort ins Gewächshaus, wo etliche Töpfe mit Erde und Würmern standen. Dort leuchtete er dann in die Töpfe hinein und schaute, wie die Würmer bei Nacht auf den Einfall künstlichen Lichts reagierten. Manchmal hat er die Töpfe mit ins Haus genommen und aufs Klavier gestellt, um zu testen, ob die Tiere auf Töne und

Vibrationen anspringen. Und er hat sie stundenlang angehaucht, mal vor, mal nach dem Verzehr einer Knoblauchzehe, um zu sehen, inwiefern sie zum Riechen in der Lage sind. Auch die Frage, wie ein Wurm einen Gang gräbt und in welcher Zeit, interessierte ihn. Und wie viel Erde er dabei an die Oberfläche befördert. Jedes Jahr, so hat er errechnet, wandern zehn Tonnen Erdmasse durch so einen kleinen Wurm hindurch. Und jedes Jahr gelangen zehn Tonnen Erde auf diese Weise an die Oberfläche!«

Bromberg nickte und schaute in sein leeres Glas.

»Es heißt, nach Veröffentlichung seines Buches hätte man, wann immer es regnete, die Leute in ihren Vorgärten stehen und Würmer dabei beobachten sehen, wie sie aus ihren Gängen kriechen. Im Palast der königlichen Familie wurde eigens ein Schaubeet eingerichtet, wo die Queen täglich auf der Suche nach Würmern vorbeidefilierte.«

Bromberg merkte, wie ihn der Gin erheiterte.

»Na schön. Dann revidiere ich alles, was ich bisher darüber wusste. Darwin ist also bekannt geworden mit Regenwürmern und der bärtige Herr aus dem Schaufenster mit der Evolution.«

Schulzen lächelte zufrieden und goss Bromberg nach.

»Wobei«, schob Bromberg hinterher, »du mir den Beweis dafür noch immer nicht erbracht hast.«

Schulzen trank seinen Gin aus und seufzte.

»Glaube mir, Bromberg, glaube mir doch einfach. Darwin schreibt von einem Herrn Wallace, der, so sein Wortlaut, wenn ich mich nicht irre, zu fast genau denselben allgemeinen Schlussfolgerungen über die Artenbildung gelangt ist wie er. Sollte ich das Buch noch finden, werde ich es dir gerne beweisen. Bis dahin musst du mit meinen Worten vorliebnehmen. Zumal ja ohnehin viel entscheidender ist, wie es dazu kam, dass Darwin Wallace überhaupt in seiner Einleitung erwähnt.«

Bromberg fiel plötzlich auf, dass er während einer für seine Verhältnisse überdurchschnittlich langen Zeit nicht mehr auf die Uhr geschaut hatte. Der runde Rahmen des Ziffernblatts zeichnete sich deutlich unter seinem Mantelärmel ab. Ein Handgriff nur und die Zeiger wären zu sehen gewesen. Doch der Ärmel blieb unten.

»Na dann mal los«, forderte er Schulzen auf und schenkte sich selbstständig Gin nach. Schulzen ließ sich nicht zweimal bitten.

»Nun, die Situation, zumindest stelle ich sie mir so vor, ist die folgende: Wir schreiben das Frühjahr 1858. Vielleicht ist es auch schon Frühsommer, also Juni anstatt Mai, so genau lässt sich das nicht sagen. Aber das ist eine andere Geschichte. Jedenfalls sitzt Darwin eines Tages in seinem Haus in Downe, im Süden Englands, um sich herum die Regenwürmer und allerlei andere Dinge, mit denen er sich gerade beschäftigt. Wie immer ist er gegen sechs Uhr dreißig aufgestanden, ist eine Runde durch das Wäldchen am Rande seines Grundstücks spaziert, hat gefrühstückt und anschließend, von acht bis zehn, in seinem Sessel im Arbeitszimmer gesessen, wo er üblicherweise auf einem Schreibbrett seine neuesten Gedanken notiert. Es ist zehn Uhr dreißig. Vor einer halben Stunde hat der Postbote pünktlich wie eh und je die Briefe vorbeigebracht. Normalerweise sieht Darwin die Briefe schnell durch, überfliegt die beruflichen Schreiben und die geschäftlichen, nimmt dann die Briefe, die nicht nur an ihn, sondern auch an seine Familie gerichtet sind, und geht damit hinüber in den Salon zu seiner Frau und seinen Kindern. Doch die warten an diesem Tag vergeblich. Auch um Viertel vor elf ist Darwin noch immer nicht aufgetaucht. Emma, seine Frau, wird also unruhig. Sie geht hinüber zum Arbeitszimmer ihres Mannes und klopft vorsichtig an die Tür. Keine Antwort. Sie klopft noch einmal. Als sich wieder nichts regt, öffnet sie die Tür. Darwin sitzt in seinem Sessel, sieht sie an und lächelt. Aber sein Lächeln wirkt aufgesetzt, entstellt, so als sei er nicht ganz bei Sinnen. Sie geht zu ihm, streichelt ihm über die Schulter und fühlt seinen Puls. Er ist stark erhöht, noch stärker als sonst. Seit seiner Rückkehr von der Reise mit der *Beagle*, seit nunmehr über zwanzig Jahren, leidet er nämlich unter undefinierbaren Attacken von Kopfschmerzen, Schweißausbrüchen und Herzrasen.«

Bromberg lachte. »Malaria vielleicht? Wie wäre es mit einem Schuss Tonicwasser?«

Schulzen machte eine wegwischende Handbewegung. »Die Ursache seines Unwohlseins an diesem Vormittag ist die: In seiner Post hat er einen Brief vorgefunden, ein Schreiben von einem gewissen Alfred Russel Wallace. Dieser Wallace ist für ihn kein Unbekannter. Vor längerer Zeit hatten sie zum ersten Mal Kontakt gehabt, weil Wallace ihm auf ein Inserat hin für seine Forschungen in England ein exotisches Huhn von irgendeiner kleinen Insel geschickt hatte. Und vor vier Jahren, oder vielleicht auch vor drei, hatte dann auch sein Freund Joseph Hooker ihn noch einmal auf Wallace aufmerksam gemacht, weil der nämlich einen Aufsatz in den *Annalen für Naturgeschichte* veröffentlicht hatte zu einer Frage, die auch Darwin seit Jahren umtrieb: Wie kommt es zur Entstehung neuer Arten? Der Aufsatz enthielt zwar einige gute Gedanken, nach Meinung seines Freundes sogar ein paar zu viele und zu gute. Dennoch stand darin nichts, was Darwin, der noch keinen einzigen seiner Gedanken zu diesem Thema veröffentlicht hatte, nicht schon wusste.

Mit dem, was er nun an diesem Morgen von Wallace erhalten hat, verhält es sich anders. Ganz anders. Denn das, was da steht, in diesem Brief, das sind nicht irgendwelche Ideen zur Frage der Entstehung der Arten, das ist nicht irgendeine Theorie. Das ist *seine* Theorie! Seine eigene! Es ist genau die Erklärung, an der er seit bald zwei Jahrzehnten gearbeitet und deren Veröffentlichung er immer wieder aufgeschoben hat. Nicht nur, weil er der Sache noch nicht ganz traute, sondern vor allem auch, weil ihn andere Dinge, etwa die Regenwürmer, davon abhielten. Und nun kommt mit einem Mal dieser kleine Sammler an, seit vier Jahren auf Inseln wie Sumatra, Java und Celebes unterwegs, und beschreibt mit ähnlichen, teilweise sogar mit den gleichen Worten, was Darwin sich seit Jahren im Stillen überlegt hatte: Dass nämlich Arten nicht unveränderlich ein für alle Mal geschaffen worden sind, sondern dass die komplexeren von einfacheren Formen abstammen, sich entwickelt haben und noch immer weiter entwickeln. Dass also sämtliche Arten nicht durch einen Schöpfergott, sondern durch ein natürliches Prinzip, einen Mechanismus, geschaffen worden sind und werden: den Mechanismus der natürlichen Selektion.«

Bromberg unterbrach.

»Wallace«, sagte er und bemühte sich dabei, so nüchtern wie möglich zu sprechen, »Wallace ist Darwin also zuvorgekommen?«

»Tja«, erklärte Schulzen. »Genau das ist der Knackpunkt bei der Sache. Denn Wallace' Aufsatz, den Darwin da nun in den Händen hält, ist ja noch nicht veröffentlicht, genauso wenig wie seine eigenen Skizzen und Überlegungen. Das

Rennen ist also gewissermaßen noch offen. Und Sieger in diesem Rennen würde nun der sein, der zuerst an die Öffentlichkeit ginge.«

»Und nun lass mich raten: Darwin ist einfach zuerst an die Öffentlichkeit gegangen?«

»Nein. Viel schlauer. Er lässt an die Öffentlichkeit gehen. Er lässt einige Freunde die Sache regeln. Er schreibt ihnen von Wallace' Brief, und sie überlegen, wie sie am besten vorgehen können, um ihrem verzweifelten Freund zu helfen. Sie tun es wie folgt.«

Bromberg sah sich nach einer Sitzgelegenheit um, doch die Kisten, die neben ihm standen, sahen weder ausreichend bequem noch Vertrauen erweckend stabil aus. Schulzen bemerkte Brombergs Suche, fuhr jedoch fort.

»Sie organisieren eine außerordentliche Versammlung der Linnéschen Gesellschaft in London. Dort präsentieren sie, übrigens in Abwesenheit von Darwin, der bei einem seiner todkranken Kinder zu Hause in Downe sitzt, und auch in Abwesenheit von Wallace, der ja im Malaiischen Archipel weilt und nicht die leiseste Ahnung davon hat, was in England gerade vor sich geht, die Skizzen von Darwin zusammen mit dem Aufsatz von Wallace. Bei dieser Präsentation lassen sie natürlich nicht unerwähnt, dass Darwin schon Jahre vor Wallace auf den gleichen Gedanken gekommen ist, wenngleich er nie etwas dazu veröffentlicht hat. Und so gelingt es ihnen schließlich, Darwin gemeinsam mit Wallace, aber doch ein bisschen eher ins Ziel zu schleusen.«

Schulzen stellte sein Gurkenglas auf eine Kiste und steckte die Hände in die Hosentaschen.

»Aber das macht doch gar keinen Sinn!«, protestierte Bromberg. »Stell dir mal vor, du und ich träten gegeneinander im Wettlaufen an. Du startest dabei etwas eher als ich, ich komme aber trotzdem zeitgleich mit dir ins Ziel. Da käme doch niemand auf die Idee, zu behaupten, du seist der Sieger des Rennens nur aus dem Grunde, dass du eher losgelaufen bist. Das ist doch lächerlich!«

»Reg dich nur auf, Bromberg, aber so war es nun einmal. In der Wissenschaft zählt allein, wer zuerst ins Ziel kommt, indem er zuerst veröffentlicht. Darwins schlaue Freunde haben dafür gesorgt, dass ihm diese Priorität zuteil wird. Und indem er dann ein Jahr später die *Entstehung der Arten* veröffentlicht, macht er seinen Sieg komplett und zementiert ihn für die Ewigkeit. Wallace gewährt er wenigstens besagte Erwähnung in der Einleitung.«

Bromberg spürte mit einem Mal eine Erregung in sich aufsteigen, die er nicht von sich kannte. »Aber es stimmt doch einfach nicht! Darwin ist doch nicht *vor* Wallace im Ziel gewesen! Er ist einfach nur *früher* losgelaufen! Es ist mir schleierhaft, wie jemand, der früher losläuft, aber zeitgleich mit dem Konkurrenten ins Ziel gelangt, am Ende den Sieg davontragen kann! Das geht doch nicht mit rechten Dingen zu! Das muss man doch verhindern!«

Schulzen lachte. »Na, das möchte ich sehen! Wie du das verhinderst! Und sowieso, finde ich, ist die ganze Sache jetzt auch keiner *dermaßen* großen Aufregung wert. Es gibt genug Fälle, in denen ein und dieselbe Entdeckung von zwei verschiedenen Menschen gemacht wurde. Nimm nur die Technik der Infinitesimalrechnung, unabhängig voneinander entwickelt von Leibniz und Newton, wobei Leibniz sein Kalkül zuerst veröffentlichte, sich dann aber später dem Vorwurf ausgesetzt sah, durch einen früheren Austausch bei Newton plagiiert zu haben. Oder die Entwicklung des Prinzips des

Zweiphasenwechselstroms mit rotierendem magnetischen Feld. Zwei Leute, Nikola Tesla und Galileo Ferraris, ein Gedanke. Kurz gesagt: Es lassen sich ohne große Mühe genug Beispiele von unglücklichen Zweiten in der Geschichte finden. Von unglücklichen Zweiten, die eine Entdeckung gemacht haben, damit aber nicht allein waren und früher oder später ihrem Mitentdecker das Feld überlassen mussten. So ist es eben.«

Bromberg schwieg einen Moment. In seinem Kopf drehte der Gin seine Runden.

»Das mit den Zweiten ist mir schon deutlich geworden, Schulzen. Nur, trotz aller Beispiele, die du aufgezählt hast – es ist doch schon erstaunlich, dass zwei Menschen völlig unabhängig voneinander zur gleichen Zeit eine so umfassende, weltverändernde Theorie wie die Evolutionstheorie entwickeln können. Das ist ja doch etwas anderes als …«

»… die Sache mit der Infinitesimalrechnung oder dem Strom? Keineswegs. Denn letzten Endes sind wir Menschen auch nur Computer. Soll heißen: Du fütterst unsere Hirnapparate mit ähnlichen Fragen, lässt uns ähnliche Dinge erleben, konfrontierst uns mit den gleichen Problemen, und am Ende spucken wir dir die gleichen Antworten, Reaktionen und Lösungen aus. Gleicher Input, gleicher Output.«

»Und welche Fragen und Erlebnisse sollen das im Fall von Darwin und Wallace gewesen sein?«

Schulzen atmete tief durch. »Du willst wirklich, dass ich hier die ganze Nacht mit dir zubringe, oder? Musst du heute eigentlich nicht zur Arbeit?«

Bromberg überlegte, wie spät es sein mochte. Viertel nach zehn? Viertel vor elf? Oder sogar noch später? Und was würde gerade im Museum vor sich gehen? Hatte Frietjoff bereits die Personalleitung verständigt? Den Direktor? Oder gar die Polizei? Zu Brombergs Überraschung waren all diese Fragen zwar berechtigt, aber nur in der Welt der Pflicht und der Disziplin. Und als wäre er mit dem Eintreten in Schulzens Antiquariat aus dieser Welt herausgetreten, kamen sie ihm plötzlich nichtig und belanglos vor. Er räusperte sich.

»Ich kann heute etwas, sagen wir mal, nein, lass es mich so sagen: Nun ist es auch zu spät.«

»So, so. Na, wie du meinst.« Schulzen schlurfte nach hinten und angelte eine Flasche Cognac von einem Regalbrett. Dann lief er wieder nach vorne und hielt sie Bromberg vor die Nase.

»Mal was Leichtes zur Abwechslung? Oder bist du jetzt auf den Geschmack gekommen?«

Bromberg betrachtete sein Glas. »Ich bleibe beim Gin, danke.«

Schulzen goss sich einen Cognac ein und Bromberg noch einen Gin. Seine Zunge fühlte sich inzwischen etwas schwer an, wie mit Staub belegt. Im Bauch aber strahlte es angenehm warm, und im Kopf war jenes durchaus wohlige Drehen.

Schulzen trank den Cognac und lächelte zufrieden.

»Habe ich dir eigentlich schon einmal von meiner Tante aus den USA erzählt?«

Bromberg hatte den Mund voll Gin.

»Diese Tante, eine begnadete Cognactrinkerin vor dem Herrn, ist vor Jahrzehnten in die USA ausgewandert, irgendwo in den Osten, ich weiß nicht, wohin genau, aber das ist eigentlich auch egal. Sie wacht jedenfalls eines Morgens auf, geweckt von einem Höllenlärm, so einem hohen, kreischenden Surren, das sie nicht zuordnen kann. Anfangs glaubt sie, ihr großer Kühlschrank mit dem Eisspender außen in der Tür sei mal wieder kaputt. Der spinnt nämlich des Öfteren herum, und sie befürchtet schon, dass sie sich einen neuen kaufen muss, aber als sie in die Küche läuft, sieht sie: Der Kühlschrank ist völlig in Ordnung. Das Geräusch kommt eher von draußen. Also zieht sie die Vorhänge zurück, um zu schauen, ob der Nachbar von nebenan in aller Herrgottsfrühe vielleicht wieder eines seiner benzinbetriebenen neuen Gartenungetüme ausprobiert, einen motorisierten Vertikutierer oder eine Heckenschere oder so etwas. Aber als sie aus dem Fenster blickt, ist der Rasen des Nachbars gar nicht mehr zu sehen. Auch seine Auffahrt und seine Garage sind verschwunden. Das heißt, sie sind natürlich nicht wirklich verschwunden, sondern bedeckt: über und über bedeckt von kleinen schwarzen Insekten mit langen Flügeln und rot leuchtenden Augen. Lauter kleine Teufelchen. Und meine Tante, eine sehr gläubige Frau, beginnt gottserbärmlich zu schreien. Sie schreit etwas von den sieben Plagen und davon, dass der Herr sie nun gestraft habe für die Anschaffung des großen Fernsehers, die zu Lasten des Kirchgelds gegangen ist. Als ihr Mann, geweckt vom Geschrei, die Küche betritt, ist alles, was er sagt: »Nun ist es so weit.« Und während meine Tante ihn ansieht und glaubt, das jüngste Gericht stünde unmittelbar bevor, meint ihr Mann ganz nüchtern, dreizehn Jahre seien vorüber, und die Zikaden seien da.«

»Die Zikaden?«

»Ja, im Osten der USA leben die *Magicicada*, eine Gattung aus der Familie der Singzikaden innerhalb der Ordnung der Rundkopfzikaden. Sie werden auch Periodische Zikaden genannt, denn ihr Erwachsenenalter umfasst nur wenige Wochen. Das Larvenstadium, ihre Kindheits- und Jugendphase, hingegen dauert je nach Varietät dreizehn oder siebzehn

Jahre. Sie verbringen also dreizehn oder siebzehn Jahre in kleinen Nestern unter der Erde. Niemand bekommt etwas von ihnen mit. Es ist so, als existierten sie gar nicht. Und dann, mit einem Mal, das heißt, einmal alle dreizehn oder siebzehn Jahre, werden sie erwachsen, verlassen ihre Erdnester und fallen über alles her, was ihnen in die Quere kommt: Bäume, Sträucher und Autos. Ganze Straßenzüge und Ortschaften sind manchmal bedeckt von diesen Viechern, und sie machen einen solchen Lärm, dass selbst der Straßenverkehr nicht mehr zu hören ist.«

Schulzen nahm einen Schluck Cognac, und Bromberg nutzte die Gelegenheit, ihn zu unterbrechen.

»Das klingt ja wirklich fürchterlich, aber könntest du vielleicht wieder auf Darwin und Wallace …«

»Gleich«, antwortete Schulzen. »Ich bitte noch um einen Moment Geduld. Die Sache mit den Zikaden ist nämlich noch viel verrückter. Es gibt von ihnen nicht einfach nur eine Varietät, die dreizehn Jahre lang im juvenilen Stadium verbleibt, und eine Varietät, die siebzehn Jahre lang im juvenilen Stadium lebt, sondern es gibt wenigstens drei Arten mit jeweils beiden Varietäten. Es haben sich also unabhängig voneinander drei Arten entwickelt, deren Individuen je nach Varietät entweder nur alle dreizehn oder alle siebzehn Jahre erwachsen werden.«

»Schulzen, ich bin schon jetzt gespannt, wohin die Reise geht.«

»Was soll das heißen? Fällt dir denn so gar nichts daran auf?«

Bromberg schnaubte in ein Taschentuch. »Ich überlege gerade, ob ich die Zikaden darum beneiden soll, dass sie so viele Jahre als Kinder unbehelligt unter der Erde verbringen können und sich dem grellen Licht der Welt als Erwachsene nur so kurz aussetzen müssen.«

»Das meine ich nicht, Bromberg. Ich meine, fällt dir etwas an den Zahlen auf?«

»Schulzen, ich kann dir sagen, wo es im Museum zur Toilette geht, wo die Rauchmelder und die Feuerlöscher hängen, wie man am effizientesten ein Kreuzworträtsel löst und womit man Epiphyten pflegt. Wenn nötig, kann ich all das auch irgendwie in Zahlen ausdrücken. Aber wenn du jetzt auf höhere Mathematik hinauswillst, verschone mich bitte. Da bin ich raus.«

»Ich rede nicht von höherer Mathematik. Ich frage mich nur, ob du dich nicht auch darüber wunderst, dass diese Zikaden ausgerechnet alle dreizehn beziehungsweise alle siebzehn Jahre erwachsen werden. Warum nicht alle zehn, alle zwölf oder alle vierzehn Jahre?«

»Schulzen, mich würde jetzt wirklich mehr interessieren, wie Darwin und Wallace als Computer funktionieren.«

»Sofort. Lass mich wenigstens das noch zu Ende bringen. Dreizehn und siebzehn sind bekanntlich Primzahlen. Zahlen, die nur durch eins und sich selbst teilbar sind. Der Vermutung einiger Forscher zufolge liegt nun genau hierin das Erfolgsrezept der Zikaden. Denn indem sie im primzahligen Abstand auftauchen, schlagen sie den meisten ihrer Fressfeinde oder Parasiten ein Schnippchen, verstehst du?«

»Nein, ich muss gestehen, ich verstehe noch nicht ganz.« Bromberg spürte, wie sich ein Kribbeln in seinen Füßen ausbreitete.

»Nun, die Sache ist die: Würden die Zikaden beispielsweise alle zwölf Jahre auftauchen, dann stünden sie in Konkurrenz mit all den Lebewesen, die einen Lebenszyklus von ein, zwei, drei, vier, sechs oder zwölf Jahren haben. Schließlich ist die Zwölf durch alle diese Zahlen teilbar. Wenn eine Art aber lediglich alle dreizehn Jahre an die Oberfläche kommt und durch die Welt schwirrt, hat sie ausschließlich mit denjenigen Lebewesen zu konkurrieren, die entweder jedes Jahr oder ebenfalls alle dreizehn Jahre da sind, denn die Dreizehn als Primzahl ist allein durch sich selbst und durch eins teilbar. Die Zikaden haben sich somit einen Vorteil im Wettbewerb verschafft. Sie stechen einen Großteil ihrer Konkurrenten aus, indem sie nur alle dreizehn oder alle siebzehn Jahre überhaupt in Erscheinung treten. Sie können also besser dem Prinzip begegnen, das überall auf der Welt gilt: Das Anwachsen einer Art führt notwendig zum Schrumpfen einer anderen, wenn diese die gleichen Ressourcen beansprucht. Der Erfolg der einen beruht auf dem Misserfolg der anderen. Das wusste auch schon Wallace. Nur leider hat er die Sache mit den Primzahlen nicht beachtet.«

Schulzen saß gemütlich auf seiner Kiste, goss sich noch einen Cognac ein und griente.

»Wie meinst du?«

»Nun, pass auf. Darwin wird 1809 geboren. Sein Vater ist Arzt. Daher liegt es nahe, seinem Vater nachzufolgen. Er studiert also zunächst Medizin an der Universität Edinburgh. Allerdings wird er damit nicht so recht glücklich, weshalb er mit neunzehn nach Cambridge ins Fach Theologie wechselt. Diesem Studium geht er zumindest vordergründig brav nach, beschäftigt sich aber nebenbei, wann immer es geht, mit anderen Dingen. Er beginnt, sich für Botanik zu interessieren und für Geologie. Immer häufiger streift er durch die Umgebung, um Käfer zu sammeln. Er liest Bücher über Naturphilosophie und den berühmten Bericht

Alexander von Humboldts über die *Reise in die Äquinoktial-Gegenden des neuen Kontinents*. Zu diesem Zeitpunkt ahnt er noch nicht, dass er selbst schon bald in diese Gegenden reisen wird, denn wenige Jahre später gerät er über einige Zufälle und Umwege auf das Vermessungsschiff HMS *Beagle*. Offiziell ist er weder als Theologe noch als Naturforscher dort angestellt. Was er tun soll, ist, die Geologie der bereisten Gebiete zu studieren. Während er sich nun also mit den Veränderungen der Erdoberfläche befasst, finanziert übrigens von seinem Vater, und zahlreiche Fossilien sammelt, stellt er zunehmend die Frage nach dem Entstehen und Vergehen dieser offensichtlich ausgestorbenen Lebewesen. Wann und wie sind sie auf die Erde gekommen? Wann und wieso sind sie wieder verschwunden? Sind sämtliche Arten diesem Wandel unterworfen, und welche Mechanismen regulieren ihn? Die Antwort auf einen Teil dieser Fragen findet er jedoch erst Jahre später, nämlich nach der Lektüre eines Essays von einem gewissen Thomas Malthus. Eigentlich geht es darin um das übermäßige Bevölkerungswachstum. Die menschliche Bevölkerung, behauptet Malthus, könne nicht beliebig anwachsen. Sie könne nicht ad infinitum zunehmen, denn irgendwann würde der Mangel an Platz und Nahrung das Wachstum eindämmen. Schließlich sei das auch im Tierreich so. Genau das lässt Darwin einer Antwort auf die Spur kommen. Wenn alle sich vermehren, aber nicht ins Unendliche wachsen können, müssen so manche sterben und vergehen. Folglich können nur diejenigen bestehen, die für den Kampf um Platz und Nahrung am besten gewappnet sind. Es steht zu vermuten, dass ihm der Gedanke nicht über Nacht kam, denn nach allem, was wir wissen, hält er ihn ausführlich zum ersten Mal 1844 unter dem Stichwort Artentheorie fest, also vierzehn Jahre, bevor er den Aufsatz von Wallace erhält. Und nun darfst du dreimal raten, wie viel jünger als Darwin Wallace war.«

»Vierzehn Jahre?«

»Richtig. Er wird 1823 geboren, also vierzehn Jahre nach Darwin. Und genau wie Darwin kommt er zu seiner Theorie als Autodidakt. Er hat keine professionelle Ausbildung in Zoologie genossen. Er ist ebenso einfach nur ein wacher, neugieriger Zeitgenosse, der Bücher liest und aufmerksam die Welt studiert. Sein Vater ist zwar gelernter Jurist, arbeitet allerdings nicht als solcher, weil er erbt. Das befreit ihn von dem Zwang, Geld zu verdienen. Jedenfalls zunächst. Denn das Geld ist rasch für diese schnelle Vergnügung und jene windige Unternehmung ausgegeben. Und obwohl er schließlich sämtliche Ausgaben kräftig reduziert, einen Umzug vom teuren London ins billige Örtchen Usk in Südostwales verfügt, sein eigenes Bier braut, Holunderschnaps brennt und seine Familie hauptsächlich mit selbstgezogenem Gemüse aus dem Garten ernährt, kommt eine höhere Schulausbildung für keines seiner Kinder infrage, von einem Studium ganz zu schweigen.

Wallace bleibt nichts anderes übrig, als die Dinge so zu nehmen, wie sie nun einmal sind. Mit vierzehn Jahren verlässt er das Haus seiner Eltern und beginnt, sich mit allerlei Jobs durchzuschlagen. Mal arbeitet er als Uhrmachergehilfe, mal als Bauingenieur, mal als Hilfslehrer. Vor allem aber beginnt er, gemeinsam mit seinem Bruder William als Landvermesser umherzuziehen. Der junge Wallace steht also Tag für Tag an der frischen Luft, hantiert mit einem kleinen Taschensextanten, trianguliert, kartographiert, setzt Messpunkte und lässt sich zur Mittagszeit unter einem schattigen Baum das mitgebrachte Käsebrot und eine Flasche Bier schmecken. Angeregt durch die Tätigkeit in der freien Natur beginnt er, sich nebenbei, wann immer es geht, mit ganz anderen Dingen zu beschäftigen. In ihm erwacht ein Interesse für Botanik und für Geologie. Er liest Bücher über Naturphilosophie und den berühmten Bericht Alexander von Humboldts über die *Reise in die Äquinoktial-Gegenden des neuen Kontinents*. Zu diesem Zeitpunkt ahnt er noch nicht, dass er selbst schon bald in diese Gegenden reisen wird ...«

»Schulzen?«

»Ja?«

»Willst du mich jetzt etwa auf die Probe stellen? Meinst du, ich bemerke nicht, dass du mir jetzt die gleichen Sachen wie gerade eben bei ...«

»Es sind nun aber einmal genau die Beschreibungen, die auch auf Wallace zutreffen. Und übrigens fängt er ebenfalls an, Käfer zu sammeln. Dabei ist er für Letzteres zunächst eigentlich gar nicht so sehr zu haben. Er muss von seinem Freund Henry Walter Bates geradezu überredet werden. Der ist nämlich schon länger auf Streifzügen durch die Wiesen seiner Kindheit unterwegs, und eines Tages drängt er Wallace zu einer Wette. Er wettet, an einem Nachmittag dreimal so viele verschiedene Käferarten zu sammeln wie Wallace als blutiger Anfänger. Sollte er es nicht schaffen, spendiert er seinem Freund so viele Runden Ale, wie er nur trinken kann. Wallace schlägt ein, tut es aber vor allem Henry zuliebe, denn von Käfern hat er tatsächlich so gut wie keine Ahnung, und sein Interesse für Ale hält sich ebenso in Grenzen. Umso weniger kann Henry fassen, was am Tag der Wette, einem Samstag im Mai, der Dunst steht noch am Mittag über den Feldern, schließlich passiert. Als er abends zur verabredeten

Zeit vor dem Pub eintrifft, ist sein Kescher gut gefüllt. So gut, dass er sich sicher ist, die Wette gewonnen zu haben. Doch als er Wallace' Netz sieht, bleibt ihm der Mund offen stehen. Überall krabbeln kleine Käfer umher, sogar aus den Taschen seiner Jacke holt er noch welche hervor, und es handelt sich nicht etwa um die gleichen Tiere, sondern um die Vertreter ganz verschiedener Arten. Sein Freund Alfred hat ihn also eiskalt in den Schatten gestellt und tut dabei auch noch so, als wäre nichts gewesen. Die verdienten Pints schlägt er aus, um sich stattdessen das *Handbuch britischer Coleoptera* zu besorgen und gleich am nächsten Tag wieder loszuziehen. Wie du dir denken kannst, macht ihn dieses ganze Sammeln ähnlich sensibel für die Artenfrage, und so stößt er, ohne es zu wissen, ins Revier von Darwin vor.«

Bromberg spürte, wie das Kribbeln in den Füßen plötzlich nachließ und der Gin im Blut seine Richtung änderte. Anstatt weiterhin in die Beine zu sacken, kam er mit voller Wucht im Kopf an. Zunächst als übles Brennen in der Speiseröhre. Dann wie ein kleines grinsendes Männlein, das mit Hammer und Meißel gegen die Innendecke des Schädels pochte. Die Regale, die Kisten und Schulzen begannen sich plötzlich zu drehen. Die kleine Lampe auf dem Sekretär baumelte von der Decke wie eine ferne Sonne. Es roch und schmeckte alles nach einer Zementdecke aus Gin, zwischendrin die Fetzen von Schulzens Erzählung, der sich anhörte wie der Sprecher einer Radioreportage über den vergessenen Naturforscher Alfred Russel Wallace, 1823 bis 1913, Gott hab ihn selig, und der irgendetwas davon erzählte, dass Wallace vor seiner Entdeckung der natürlichen Selektion ja erst einmal noch etwas ganz anderes entdeckt habe, was aber ebenso wie die natürliche Selektion vielleicht niemals von ihm entdeckt worden wäre, wenn sich nicht, ja wenn sich nicht zuvor ganz andere Dinge ereignet hätten. Doch so sehr Bromberg sich auch bemühte, Schulzen zu folgen: Seine Stimme, die Stimme des Radiomoderators, vermischte sich auf einmal mit dem Qualm eines neuerlich angesteckten Zigarillos, und von irgendwo kam plötzlich ein Butterbrot daher, das der Herr vom Radio aß, eine dicke, fette Stulle, bis zum Rand mit Butter beschmiert, eine richtige Buttermauer ragte da in die Höhe, mit einem kleinen Käfer auf der Mauer. Und über den Rand der Mauer kam ein Regenwurm gekrochen und wand sich um den Käfer und baute sich vor ihm auf, vor seinem Geweih und seinem gepanzerten Kopf und seinen kleinen Beinchen, und mit einem knappen Dreh, einem einzigen Ruck seines schleimigen Gliederkörpers, stieß er ihn an, brachte ihn ins Wanken und zog dem Käfer die Füße weg.

Sechstes Kapitel

*In welchem der Bärtige sich dem Schicksal ergibt und
im Sommer 1856 auf eine merkwürdige Insel gelangt*

Regungslos trieb der schneeweiße Schoner auf dem Wasser. Nicht eine Welle lief gegen den schimmernden Bug. Erst als der Anker ausgeworfen und das Beiboot heruntergelassen wurde, rannen ein paar Spritzer salzigen Meerwassers die Außenwand herunter.

Der Bärtige verstaute seine Brille in der Westentasche, kletterte die Strickleiter hinab und stieg ins Beiboot hinein. Es schaukelte unter seinen Tritten, und er hatte Mühe, Halt zu finden. Die javanischen Matrosen auf dem Schoner lachten.

Schon kurz nachdem sie Bali den Rücken zugekehrt hatten, erzählten sie von der gefährlichen Straße von Lombok, die es nun zu durchqueren galt. Nirgendwo sonst sei die Gischt so weiß und schäumend wie hier, raunten sie in ihrem gebrochenen Englisch, und nirgendwo sonst verwandele sich die stille See von einer auf die andere Sekunde in ein tosendes Meer mit Wirbeln und Wogen so gierig und stark, dass selbst die mächtigsten Schiffe in die Tiefe gerissen und in tausend Stücke zerteilt würden.

Natürlich wusste der Bärtige, dass es sich dabei um maßlose Übertreibungen handelte. Trotzdem verspürte er ein gewisses Unbehagen und überlegte, ob es nicht besser gewesen wäre, nach der Rückkehr aus Brasilien zu Hause in London zu bleiben. Doch schon im selben Moment verwarf er diesen Gedanken wieder, weil jene Jahre in England nicht gerade zu denen gehörten, an die er allzu gerne zurückdachte. Dabei war er heimgekehrt in dem festen Willen, den Ratschlag zu befolgen, den ihm sein Vater in der Kindheit immer wieder gegeben hatte: Wer hingefallen sei, solle nicht jammern, sondern aufstehen, sich den Schmutz von den Knien klopfen und weiterlaufen.

Genau so hatte er es getan. Nachdem er am ersten Oktober 1852, nach achtzig Tagen auf See, im Hafen von Deal eingetroffen war, fuhr er mit nichts als der Blechbüchse und dem Papageien in den Händen nach London ins Haus von Fanny und Thomas. Er ließ sich von Mutter ein Bad bereiten und drei Eier braten und verspeiste sie schmatzend neben einer Kerze, die sie im Gedenken an Herbert angezündet hatten. Die anderen standen um ihn herum, glücklich, wenigstens ihn zurück in ihrer Mitte zu sehen. Nach Bad und Essen, die Haare waren kaum getrocknet, die Lippen noch vom Eigelb verschmiert, drückte er Fanny den Papagei in die Hände, setzte sich an den Schreibtisch, öffnete die Blechbüchse und überlegte, was sich mit den wenigen Papieren, die er hatte retten können, würde anfangen lassen.

Die Fischzeichnungen legte er beiseite, weil ihm auf die Schnelle nichts Rechtes dazu einfallen wollte. Die Karte vom Rio Negro – sie war noch lesbar, aber durch die widrige Witterung während der Seereise arg in Mitleidenschaft gezogen worden – übertrug er auf einen großen, sauberen Bogen Papier und schickte ihn am nächsten Tag an die Königliche Gesellschaft für Geographie. Schon wenige Tage später meldete sich der Präsident der Gesellschaft persönlich, gratulierte zur Rückkehr und zur Karte, die, soweit bekannt, die erste vollständige Karte dieses Flusses und seiner Nebenarme darstelle und deshalb nicht genug gewürdigt werden könne. Die Gratulation freute ihn. Es konnte also, wie es schien, doch ein klein wenig Gewinn aus dieser Reise gezogen werden.

In den folgenden Tagen, Wochen und Monaten saß er vom frühen Morgen bis zum späten Abend am Schreibtisch und stellte aus den spärlichen Skizzen und Notizen sowie aus dem, was sein Gedächtnis hergab, ein knappes Büchlein über die Palmbäume Amazoniens und einen umfassenden Bericht über die vier Jahre in Brasilien zusammen.

Den Tag, an dem die Bücher, seine ersten richtigen Bücher, erschienen, empfand er als etwas Besonderes. Dennoch machte er ihn nicht zu einem Begängnis. Vielmehr wartete er gespannt auf das, was in den kommenden Wochen passieren würde. Vielleicht würden die Zeitungen berichten; vielleicht würde der ersten Auflage schon bald eine zweite folgen müssen; vielleicht würden so viele Einladungen zu Empfängen und Vorträgen eingehen, dass er nur die wenigsten davon annehmen konnte. Vielleicht. Doch mit jedem Vormittag, an dem der Postbote nur die üblichen, aus Höflichkeit geschriebenen Briefe mit den pflichtschuldigen Glückwünschen einiger Freunde und Bekannter brachte, wurde klarer, dass sich niemand so recht interessieren wollte für die Früchte seiner Reise. Vor den Fenstern zogen klappernd die Pferdekutschen vorbei. Zeitungsjungen bemühten sich schreiend, die neueste Ausgabe an den Mann zu bringen. Dienstmädchen traten mit leeren Körben aus den Häusern und kehrten mit vollen von ihren Einkäufen zurück. Vornehme Lords und Ladys, die Herren mit Frack und Zylinder, die Damen mit eng geschnittenem Kostüm und breitkrempigem Hut, leisteten den Einladungen zu Lunches und Dinners Folge. Die Arbeiter trotteten morgens mit dunklen Augenringen in die Fabriken. Am Abend kehrten sie erschöpft und dreckig in den Pubs ein und wankten erst zur Sperrstunde wieder heraus. Streunende Hunde und Katzen erschnorrten hier und da ein paar dürftige Happen, dann verzogen sie sich wieder in ihre dunklen Ecken. Kurzum: Die Welt drehte sich, ratterte, rauschte, und niemand nahm von ihm Notiz.

Wie er so dasaß, verloren und unbeachtet, hielt er es in der Tat für keine schlechte Idee, als eines regnerischen Sonntags sein alter Freund George vorschlug, sich am Nachmittag unter die Leute zu mischen. Es könne ja wohl kaum etwas dabei herumkommen, sagte George zu ihm, wenn er nun bis in alle Ewigkeit im Haus seiner Schwester sitzen bliebe und darauf wartete, dass die Welt da draußen an seine Tür klopfte.

Gemeinsam verließen sie das Haus und verbrachten den Rest des Tages in einem Schachclub. Zu den Besuchern des Clubs gehörte ein gewisser Mister Lewis, ein schmallippiger, aber freundlicher Mann, der seit dem plötzlichen Tod seiner Frau vor einem Jahr von einem nervösen Zucken am linken Augenlid befallen war. Seiner geistigen Kraft tat dies keinen Abbruch. Er schlug jeden Gegner, der es im Schach mit ihm aufnahm. Nebenbei erkundigte er sich, mehr aus Höflichkeit denn aus Interesse, aber immerhin, nach den südamerikanischen Erlebnissen des jungen Bärtigen, den George mit betont tiefer Stimme als »einen weit gereisten Freund« vorstellte. Gemeinsam lud er sie für den übernächsten Abend zu sich nach Hause ein. Sein Sohn, erklärte er mit Bedauern, könne leider nicht anwesend sein, studiere er doch seit Michaelmas am Trinity College in Cambridge. Sie müssten also mit seinen beiden Töchtern, Martha, sechsundzwanzig, und Louise, achtundzwanzig, vorliebnehmen.

Beim Abendessen hielten sich die beiden Damen vornehm zurück. Schweigend folgten sie der Konversation der Männer. Die bestand hauptsächlich in Mister Lewis' Bericht über die Studienfortschritte seines Sohnes, begleitet von der andauernden Bitte, man möge ihn umgehend unterbrechen, wenn er die Herrschaften allzu sehr langweile. Nach dem Essen reichten die Töchter auf einem Tablett drei Gläser Whisky und verschwanden. Bei den Essen und Schachrunden in den folgenden Wochen aber waren sie stets aufs Neue zugegen. Auch wenn der junge Bärtige die hartnäckigen Fragen seines Freundes, wie er denn nun die beiden Töchter, egal ob die jüngere oder die ältere, finde, meist ausweichend beantwortete, konnte er insgeheim nicht verhehlen, eine gewisse Sympathie für beide, vor allem aber für die ältere Miss Lewis zu empfinden.

Louise war keine ausgesprochene Schönheit. Doch ihr Gesicht trug feine Züge, und aus ihren Augen sprach eine gewisse Scheu, die dem jungen Bärtigen wie ein Spiegel seiner eigenen Schüchternheit vorkam. Diese war ihm jüngst sogar offiziell von zwei Professoren der Phrenologie bescheinigt worden. Sie hatten im Rahmen einer öffentlichen Vorführung in einem Haus in der Marylebone Street im Beisein zahlreicher Neugieriger auf akribische Weise seinen Kopf vermessen, die Länge des Scheitels, den Abstand zwischen Nasenwurzel und Kinn und sogar die Größe beider Ohrläppchen. Anschließend hatten sie alles miteinander ins Verhältnis gesetzt und erklärt, es seien bei ihm jene Schädelpartien degeneriert, die üblicherweise im Manne für eine Ausprägung des Selbstbewusstseins sorgten. Sein Gesichtsausdruck bei der

Verkündung ihrer Diagnose musste ihnen wohl gezeigt haben, dass diese der Förderung seines Selbstbewusstseins nicht gerade dienlich war. Allerdings versuchten sie ihn zu beruhigen, indem sie erklärten, die Scheu, die er gegenüber fremden Menschen empfinde, werde nachlassen, sobald er mit diesen vertraut geworden sei.

Als Mittel gegen die Schüchternheit verschrieb er sich daher eine Kur in Form von häufigen Besuchen bei Louise. Allein, die erhoffte Wirkung wollte sich nicht einstellen. Anstatt abzunehmen, wuchs die Schüchternheit mit jedem Mal, wenn sie sich sahen, und nach einigen Monaten hatte er das Gefühl, als hätten sie zwischen sich eine veritable Mauer errichtet, die es ihnen geradezu unmöglich machte, sich anzusehen. Je höher die Mauer wurde, desto mehr wuchs zugleich das Verlangen, sie zu überwinden, hinüber auf die andere Seite zu steigen, Louise ungehindert in die Augen zu schauen, ihre Hand zu berühren, länger, als es sich bei den flüchtigen Begrüßungen und Verabschiedungen im Flur des Hauses schickte. Dennoch ging er nicht auf Georges Vorschlag ein, ein Treffen unter vier Augen zu arrangieren. Um leidenschaftsgetriebene Liebeleien, wie George sie zu haben pflegte, sollte es eben gerade nicht gehen. Die arme Louise litt doch schon genug unter dem frühen Tod ihrer Mutter, noch dazu unter der mangelnden Wertschätzung durch ihren Vater. Warum also sollte es nicht endlich einen Mann geben, der ihr diesen Mangel aufwog, der sie aus dem väterlichen Hause herausführte und ihr eine eigene Familie schenkte? Je länger er über diese Frage nachdachte und je weniger er sie abschlägig zu beantworten wusste, umso klarer stand ihm vor Augen, dass es nichts helfen würde, weiter abzuwarten und darauf zu hoffen, dass sich die Dinge den eigenen Wünschen gemäß fügten. Stattdessen musste gehandelt werden.

Eines Morgens setzte er sich hin und schrieb einen Brief an Mister Lewis: Er empfinde »tiefste Zuneigung« zu Louise und wolle trotz des Wissens darum, dass er mit seiner eigenen Persönlichkeit nur »ein bescheidenes Angebot« zu machen habe, um ihre Hand anhalten. Noch am selben Abend bereute er, den Brief geschrieben zu haben. Warum um alles in der Welt sollte Louise die gleichen Gefühle für ihn hegen, die er für sie empfand? Warum sollte sie, selbst wenn es stimmte, dass sie sich die Verbindung mit einem Mann und eine eigene Familie wünschte, ausgerechnet ihn ehelichen? Sosehr ihm diese Fragen den Schlaf raubten, es war zu spät: Der Brief war an den Boten übergeben, der Bote vermutlich längst am Haus von Mister Lewis vorbeigekommen, und vielleicht saß der sogar schon an einer Antwort.

Tatsächlich traf am nächsten Morgen ein Rückschreiben ein. Der Briefträger übergab einen beigen Umschlag. Er war so dünn, dass er unmöglich eine positive Antwort auf die vermessene Frage des Vortags enthalten konnte. Im Falle einer Zusage hätte Mister Lewis doch schließlich ausführlich über die Erwartungen an den zukünftigen Ehemann seiner ältesten Tochter und über seine zeitlichen Vorstellungen für die kommenden Wochen der Hochzeitsvorbereitungen berichten müssen. All das konnte kaum auf eine einzige, kurze Seite passen.

Er wartete mit dem Öffnen des Briefes bis nach dem Mittagessen. Während Mutter und Fanny in der Küche rätselten, weshalb er vom Essen keinen Bissen genommen hatte, zog er am Schreibtisch sitzend die Antwort von Mister Lewis aus dem Umschlag. Er blickte auf die Seite – tatsächlich eine einzige Seite nur – und las den Satz, der dort stand. Es war nur ein einziger, knapper Satz, doch der Inhalt dieses Satzes war dergestalt, dass er ihn beim Lesen einen Laut ausstoßen ließ, der Mutter veranlasste, an der Tür zu klopfen, um zu fragen, ob alles in Ordnung sei. Er stand vom Schreibtisch auf, öffnete die Tür, trat in die Küche und erklärte, ja, es sei alles in Ordnung, in bester Ordnung sogar, nur müssten sie ihn jetzt entschuldigen, denn er habe gerade eine Einladung zum Tee, eine wichtige Einladung zu einem wichtigen Tee erhalten, die er umgehend wahrzunehmen habe und die keinen Aufschub dulde.

Die folgenden Wochen vergingen über unzähligen Vorbereitungen. Entscheidungen über den Zeitpunkt, den Ort, die Gäste und den Ablauf der Hochzeit wollten getroffen, ein zukünftiger Wohnort musste ausgewählt werden. Zwischen all diesen Sorgen und Besorgungen boten sich immer wieder kurze Augenblicke vertrauter Zweisamkeit mit Louise. Noch war die Mauer zwischen ihnen nicht gewichen. Bald aber, bald würde sich ein Tor in der Mauer öffnen. Er würde sie in den Armen halten und so glücklich sein wie schon lange nicht mehr, ja vielleicht so glücklich wie noch nie in seinem Leben. Von ebendieser Gewissheit und Vorfreude beschwingt, betrat er allmorgendlich das Haus von Mister Lewis.

Eines Tages jedoch fand er anstatt Mister Lewis, Martha und Louise nur den Butler vor. Nein, der werte Herr sei nicht zu Hause, erklärte der, ebenso wenig seine beiden Töchter, und er könne auch nicht sagen, wohin sie gefahren und wann sie wieder zu erwarten seien.

Am nächsten Tag (er hatte die ganze Nacht mit dem Zurechtlegen sämtlicher Erklärungen für die unangekündigte Abwesenheit zugebracht) machte er sich nach dem Frühstück erneut auf den Weg. Schon nach wenigen Schritten fing ihn der Postbote ab und überreichte ihm einen Brief. Das Umschlagpapier besaß das gleiche Beige wie der Umschlag mit der Einladung zum Tee. Die Handschrift darauf aber war eine andere. Name und Adresse waren nicht geschrieben mit den ausladenden Schnörkeln von Mister Lewis, sondern in ängstlich-winzigen Buchstaben, von denen jeder einzelne so nah beim anderen stand, dass sie kaum voneinander zu unterscheiden waren. Auch der Brief, den er aus dem Umschlag zog, war in dieser Schrift verfasst, und obwohl es Mühe bereitete, jedes Wort einwandfrei zu entziffern, war die Botschaft unzweideutig: Louise bat darum, die Verlobung zu lösen, die Vorbereitungen für die geplante Hochzeit abzubrechen und ihren gewiss überraschenden und plötzlichen Sinneswandel zu entschuldigen. Sie könne es nicht verantworten, ihren verwitweten Vater und ihre jüngere Schwester zu verlassen. Schon gar nicht für einen Mann wie ihn, der ihr zwar bei sämtlichen Besuchen freundlich zugeneigt gewesen, aber stets auf eine unerklärliche Weise verschlossen geblieben sei. Bis vor Kurzem habe sie sich dazu gezwungen, diese Zurückhaltung als vornehme Diskretion zu verstehen. Nun aber, so schrieb sie, habe sie die wahre Erklärung gefunden: Es ginge ihm in Wirklichkeit gar nicht um sie, um Miss Louise Lewis. Vielmehr gehe es ihm einfach nur darum, irgendeine Frau an seiner Seite zu wissen, ganz egal wie sie hieß, wer sie war und woher sie kam. Oder weshalb sonst habe er dem Bericht einer vertrauenswerten, ja, einer wirklich glaubwürdigen Quelle zufolge schon vor ihrer Bekanntschaft die Nähe der verwitweten Frau eines in Indien an der Malaria gestorbenen Offiziers gesucht? Sie sei eine gutgläubige Seele, die niemandem etwas Böses unterstellen wolle, beteuerte sie, aber dieses Wissen, das bringe sie nun wirklich in eine Lage, aus der sie sich nicht anders zu befreien wisse als durch die oben geäußerte Bitte, um deren baldige Erfüllung sie ihn dringlichst ersuche.

Im ersten Moment nach der Lektüre war er geneigt, den Brief für eine Fälschung zu halten. Für einen schlechten Scherz von George oder sonst irgendjemandem, dem es beliebte, ihm nun, kurz vor der Eheschließung, einen gehörigen Schrecken einzujagen. Aber George, der sofort herbeigeeilt kam, beteuerte, mit dem Brief nichts zu tun zu haben. Woher Louises irrige Annahme, sie sei nicht die erste und einzige Frau in seinem Leben, stamme, müsste sich herausfinden lassen, beteuerte er. Gewiss werde sich alles rasch aufklären und zum Guten wenden. Doch der Eifer und Optimismus, mit dem George zu Werke ging, verwandelte sich in seinem eigenen Herzen binnen kürzester Zeit ins Gegenteil. Eine Nacht lang spazierte er die Straße auf und ab, in den Park hinein und wieder hinaus. Der Morgen hatte die Nacht noch nicht ganz abgelöst, da trat er in die ofenwarme Küche, wo Mutter bereits das Frühstück vorbereitete, und fasste einen Beschluss: Er wollte Louise Lewis, ihre Schwester und ihren Vater und überhaupt alles, was mit dem Haus dieser Familie zu tun hatte, vergessen. Er wollte nicht bitten und nicht betteln, keine Rache nehmen und keinen Groll hegen. Viel lieber wollte er zusehen, dass er sich nun wieder seinen Arbeiten zuwandte. Es war von Anfang an eine schlechte Idee gewesen, die Ruhe des Schreibtischs gegen den Lärm der Salons einzutauschen. Die wahre Bestimmung des wissenschaftlich schöpfenden Geistes erfüllte sich allein in Einsamkeit.

Auf dem Tisch aber, an den er sich nun wieder setzte, herrschte Leere. Nur die Blechbüchse stand in einer Ecke. Die

Papiere darin waren allesamt durchgesehen und verarbeitet. Was also tun, wenn nicht wieder als Landvermesser arbeiten? Schien es nicht unumgänglich, einen erneuten Aufbruch zu wagen?

Noch am selben Tag besprach er sich mit dem Präsidenten der Geographischen Gesellschaft. Wenn er ihm eine Destination empfehlen dürfe, sagte dieser ohne Umschweife und beäugte durch sein Monokel eine große Karte Südostasiens, dann sei es der Archipel Malaysias. Hunderte von Inseln. Viele davon gänzlich unerforscht. Wonach mehr konnte das Herz des versierten Sammlers verlangen?

Die Knie an die Brust gezogen, kauerte der Bärtige im kleinen Beiboot. Ein Anlanden auf Lombok war mit dem großen Segler nicht möglich. Wäre es nach ihm gegangen, hätten sie die Insel ohnehin getrost ignorieren können. Sein Plan war es gewesen, direkt von Singapur aus nach Makassar auf Celebes zu fahren, doch kein Schiff wollte sich für diese Passage finden. Daher blieb nichts anderes übrig, als dem Ratschlag der Einheimischen zu folgen. Sie beteuerten, anstatt in Singapur herumzusitzen, sei es noch immer besser, mit dem nächstbesten Schiff nach Bali zu fahren, von wo aus häufiger ein Segler in Richtung Celebes ablege.

Die Ankunft auf Bali aber verzögerte sich. Aus dem geplanten elften wurde der zwölfte und aus dem zwölften der dreizehnte Juni, und als sie in Bileling auf Bali eintrafen, stand kein Schiff mehr in Richtung Celebes im Hafen. Lediglich der weiße Schoner nach Lombok sollte in zwei Tagen fahren. Dort wiederum mache sicherlich schon bald ein anderes Schiff auf dem Weg nach Celebes Halt, hieß es.

Der Bärtige schenkte den Beteuerungen Glauben. Einmal

mehr jedoch musste er an den trojanischen Prinzen Aeneas und seine Irrfahrten durch die Ägäis denken. In der Schule in Hertford hatte Mister Crutwell, Hinkebein Old Cruttle, wie alle ihn insgeheim nannten, weil er das rechte Bein nachzog (angeblich die Folge eines Unfalls), sie durch das lateinische Original der *Aeneis* getrieben. Wort für Wort, Vers für Vers, Hexameter für Hexameter. Und obwohl über dem Eingang der Schule ebenfalls auf Latein behauptet wurde, es bereite Freude, im Schatten des Akademos zu studieren, hatten sie mit ihren zwölf, dreizehn Jahren wahrlich andere Vorstellungen von Freude gehabt. Es lag doch weitaus mehr Aufregung darin, an den Fluss zum Angeln zu gehen, an der Hauptstraße faulige Äpfel auf die Plandächer vorbeifahrender Fuhrwerke zu werfen oder in den Wäldern umherzustreifen und so zu tun, als lauerten hinter den Gebüschen die Soldaten feindlicher Armeen. Für Mister Crutwell hingegen schien es das Wichtigste auf der Welt, zu wissen, was ein Ablativus absolutus ist und worin der Unterschied zwischen Deponentien und anderen Verben besteht. Jede Stunde ließ er sie aufs Neue die ersten Verse der *Aeneis* rezitieren, und wann immer jemand dabei einen Fehler machte, bekam er den strengen Blick von Mister Crutwell und manchmal sogar den schon vom bloßen Ansehen schmerzhaften Stock zu spüren. Obzwar der Bärtige keine Zeile mehr repetieren konnte, war die Erinnerung an die Moral des Epos lebendig geblieben: Dass nämlich ein Mensch, sosehr er sich auch bemühte, die eigenen Lebensbewegungen zu kontrollieren, letztlich nichts als ein paar armselige Fäden in der Hand hielt.

Selbst sein Agent, der ansonsten stets auf alles vorbereitete Samuel Stevens, der den Verkauf der Dubletten nach Europa besorgte, teilte inzwischen diese Meinung. In einem seiner letzten Briefe hatte er geschrieben, die Angelegenheiten des Lebens schienen einem umso leichter zu entgleiten, je mehr man sie in die Hand zu nehmen versuchte. Anlass für diesen Eindruck boten ihm die jüngsten Scherereien mit dem Import mehrerer Orang-Utan-Häute. Luftdicht in großen Fässern mit Palmschnaps verpackt, hatten die Tiere schon vor über einem Jahr die Reise von Borneo nach England angetreten. Im Hafen von Portsmouth aber wurde ihnen die Einfuhr verweigert. Dies lag nicht etwa daran, dass die gründlichen Beamten Ihrer königlichen Majestät zottelige, in Alkohol eingelegte Affen noch nie zuvor gesehen hatten. In den letzten Jahren waren immer wieder Frachtsendungen mit allerlei exotischen Spezies eingetroffen. Vielmehr unterstellten sie dem armen Stevens den Schmuggel unerlaubter Spirituosen und hielten die Affenhäute nur für einen faulen Vorwand, um die eigentliche Bestimmung des Versands zu vertuschen. Natürlich bestritt Stevens diese Unterstellungen und erklärte, es handele sich bei den ausgenommenen Leibern um die Überreste noch reichlich unerforschter Vertreter aus der Klasse der Säugetiere, der Ordnung der Hochtiere und der Sippe der Orangaffen, die auf den lateinischen Namen *Simia satyrus* hörten. Doch selbst als er den Beamten auseinandersetzte, die verdächtige Flüssigkeit werde Arrak genannt und in den südostasiatischen Ländern vorrangig zur Förderung der Verdauungstätigkeit nach dem Essen getrunken, sei in vorliegendem Falle aber nicht zum Verzehr bestimmt und durch den Transport der Affenreste, durch das Einweichen von Häuten, Haaren und Nägeln, ohnehin völlig ungenießbar geworden, schenkten sie ihm keinen Glauben. So sah er sich genötigt, zum äußersten aller Mittel zu greifen: zu einem fetten Bündel Geldnoten, das er ihnen zusteckte, damit sie die Fracht ungehindert passieren ließen. Doch anstatt das Geld zu nehmen, die Fässer wieder zu verschließen und ohne Beanstandung durchzuwinken, hatten sie Stevens gepackt, abgeführt und, da nichts anderes zur Verfügung stand, in eine Ausnüchterungszelle gesteckt. Den Schnaps aus den Fässern füllten sie vorsorglich um, wie sie sagten, damit er keinen Anreiz zu möglichem Missbrauch durch Dritte biete. Was dies hieß, vernahm Stevens am Abend durch die dünnen Wände seiner feuchten Zelle, durch die er die Zöllner in ihrer Amtsstube betrunken grölen hörte. Die Häute der Orang-Utans vertrockneten derweil, und als er sie Tage später, da er auf Kaution freikam, den leeren Fässern entnahm, sahen sie aus wie eine Sammlung bemitleidenswerter Schrumpfköpfe. Andere Agenten hätten nach dieser Begebenheit ohne Umschweife den Dienst quittiert. Stevens hingegen schrieb seine Erlebnisse auf und schickte sie mit dem nächsten Postdampfer nach Asien zur Erheiterung des Bärtigen, der Tausende Meilen entfernt zwischen Pazifischem und Indischem Ozean umhertrieb.

Mit jedem Ruderschlag des kleinen Javaners, der mit ihm das Beiboot bestiegen hatte, rückte Lombok näher. Auf den ersten Blick unterschied es sich kaum von anderen Inseln im Archipel. An den Hängen eines Vulkans erhoben sich terrassenförmige Reisfelder. Darunter standen, aus dieser Entfernung mit bloßem Auge betrachtet, nurmehr kleine braune Punkte, die Hütten der Einheimischen. Vor den Behausungen ging ein staubiger Streifen aus Schotter und Geröll in einen steilen Strand über. Der Strand jedoch sah, nach allem, was sich erkennen ließ, nicht so langgezogen und friedlich aus wie die Strände anderer Inseln. Stattdessen wirkte er aufgewühlt und schroff. Zwischen spitzen Steinen waren hölzerne Bootsgerippe zu erkennen.

Ein dumpfes Donnern ließ den Bärtigen aufhorchen. Sein Blick wanderte zum Himmel, doch der war so wolkenlos und klar wie beim Ablegen von Bali. Selbst am fernen Horizont, wo das Blau des Himmels mit der Bläue des Meeres verschwamm, stand keine einzige Wolke.

Wieder donnerte es, und wieder klang das Donnern dumpf und unheilvoll. Das Wasser um das Boot herum wirkte noch immer unaufgeregt und ruhig. In der Ferne aber, dort, wo es den Strand der Insel berührte, tanzten kleine Schaumkronen auf den Wellen. Jedes Mal, wenn das Grollen aus der Tiefe ertönte, konnte er sie durch das Fernrohr in die Höhe spritzen sehen. Die Insulaner, deren Umrisse teleskopisch vergrößert klar und deutlich zu erkennen waren, hoben, wenn es donnerte, die Köpfe und schauten hinaus aufs Meer. Sobald der Lärm verebbte, ließen sie die Köpfe wieder sinken und starrten gelangweilt in den Staub.

Der kleine Javaner ruderte nun etwas angestrengter und biss fester auf ein Hölzchen, das er seit dem Zuwasserlassen des Beibootes zwischen den Zähnen hin und her schob. Speichel tropfte von seiner Lippe auf das haarlose Kinn, von dort aus weiter auf seine schmalen, ebenfalls haarlosen Oberschenkel.

Wieder grummelte es in der blauen Tiefe. Die kräuselnden Wellen kamen immer näher. In Kürze würde das Bötchen wie ein Ball von den Wellen umhergeworfen werden. Die Ruder würden abbrechen wie Schwefelhölzer, und von ihnen und dem Boot würde nicht viel mehr übrig bleiben als von den Booten, die am Strand lagen.

Der Bärtige verfolgte den schleimigen Speichel auf dem

Bein des Javaners: Vom Oberschenkel rann er zur Kniescheibe, von der Kniescheibe in die Kniekehle und von dort aus die Wade hinab in Richtung Knöchel.

Plötzlich spürte der Bärtige, wie eine mächtige Welle das Boot erfasste. Er schloss die Augen, zog seine Beine noch stärker an die Brust heran und dankte dem Herrgott, an den er doch eigentlich gar nicht glaubte, für all die schönen Momente, die er hatte erleben dürfen. Ein Ruck erschütterte das ganze Boot. Mit einem Mal ward es still.

Der Bärtige öffnete die Augen, sah, wie das Boot auf dem Strand stand, nur ein paar Wellen umspülten die Außenwand. Das dumpfe Donnergrollen klang, als würde es von einem weit entfernten Ort im Meer herübergetragen. Der kleine Javaner legte, noch immer auf seinem Stöckchen kauend, die Ruder beiseite und half seinem Passagier aus dem Boot. Der Bärtige schaute erleichtert, war doch nichts von dem eingetreten, was er erwartet und befürchtet hatte. Keine Welle war über sie geschwappt, hatte sie mitgerissen, fortgespült, unter Wasser gedrückt und an den Felsen zerschellen lassen. Der Javaner wies auf eine Gruppe schattiger Bäume oberhalb des Strandes, bevor er schnellen Schrittes in einem Bretterverschlag verschwand. Der Bärtige lauschte noch eine Weile dem Donnern nach und schaute aufs Meer. Dann lief er den Strand hinauf, die Hitze des Sandes war selbst durch die Ledersohlen der Stiefel zu spüren, und ließ sich zu Füßen einer Palme nieder. Der Junge musste jeden Moment wieder aus dem Verschlag kommen, um mit dem Boot die Kisten und das Gepäck vom Schoner nachzuholen, der in der Ferne vor Anker lag.

Gegenüber der Palme, unter den weitverzweigten Ästen eines Feigenbaums lagen dicht gedrängt einige Rinder. Mit gelangweilten Schwanzhieben vertrieben sie lästige Fliegen. Ein Händler schob auf einem klapprigen Karren Reissäcke auf den staubigen Platz. Es machte nicht den Eindruck, als gäbe es auf dieser Insel irgendetwas zu entdecken. Warum um alles in der Welt war es nötig gewesen, ausgerechnet auf diesem Flecken Erde zu landen? Natürlich lag die Antwort auf der Hand: Es bestand die Hoffnung, von hier aus schneller nach Makassar zu kommen. Allerdings ließ sich, wenn man es recht bedachte, bei der Beantwortung dieser Frage auch viel weiter zurückgehen. Zum Tod von Mister Burton beispielsweise, dem Senior Partner der hauptstädtischen Uhrmacherfirma, dem Vorgänger von Mister Matthews also, für den er gut zehn Jahre vor dem Aufbruch nach Brasilien in Leighton als Uhrmachergehilfe gearbeitet hatte. Wäre Mister Burton nicht gestorben, hätte es für Mister Matthews keinen Grund gegeben, Leighton zu verlassen, und so auch nicht für ihn. Dann wäre er Uhrmacher in einem kleinen Städtchen geworden, anstatt als Vermesser über die Felder zu ziehen. Doch hätte er in diesem Falle wohl niemals irgendein Interesse fürs Käfersammeln entwickelt, ergo keine Reise nach Brasilien angetreten, somit seine Sammlungen nicht verloren und so weiter und so fort.

Es ließ sich also mit Fug und Recht behaupten, dass der Tod eines ihm unbekannten Menschen seinem Leben eine Richtung gegeben hatte. Mit ebenso viel Recht ließ sich dann aber auch sagen, dass an alledem ein Zimmermann schuld war. Jener Zimmermann nämlich, der dem armen Burton am helllichten Tage und auf offener Straße unbeabsichtigt, doch mit voller Wucht, während einer unvorsichtigen Drehung einen schweren Balken vor die Stirn gerammt hatte, was dazu führte, dass Burton noch am Ort des Geschehens an einer üblen Hirnquetschung verstarb. Und dazu wiederum durfte ergänzt werden, dass die Drehung des Balkens durch den Zimmermann nur deshalb ohne Umsicht erfolgt war, weil dieser am frühen Morgen bereits vier Pints und zwei Whisky zu sich genommen hatte, ein Verhalten, das ihm angesichts einer viel trinkenden Mutter und eines noch viel mehr trinkenden Vaters zwar zur Last gelegt, jedoch kaum vollständig verübelt werden konnte. Warum die Eltern des Zimmermanns Trinker gewesen waren und in Anbetracht ihrer miserablen Lebensumstände überhaupt einen Sohn in die Welt gesetzt hatten? Nun, auch diese Fragen waren berechtigt, und die entsprechenden Antworten konnten als winzige Glieder in einer langen Kette von Ursachen weiteren Aufschluss über das eigene Schicksal geben. Aber weil auf jedes Kettenglied immer noch ein Glied und noch ein Glied zu folgen schien, durfte ebenso gefragt werden, warum es sich lohnen sollte, überhaupt die Frage nach dem Warum zu stellen. Zumal: Lautete die entscheidende Lehre der *Aeneis* nicht, dass das Schicksal nur zu meistern sei durch Ertragen?

Aus einer Palme am anderen Ende fiel ein weißes Bündel auf den Boden und landete im sonnenerhitzten Staub.

Der Bärtige stand auf, überquerte den Platz und erkannte, noch bevor er bei der Palme angekommen war, worum es sich handelte. Doch das, was er sah, vertrug sich so gar nicht mit dem, was er erwartet hatte. Erwartet nämlich hatte er nichts anderes als die stoffumwickelten Habseligkeiten eines Insulaners, der gut getarnt in der Krone saß, um Palmherzen zu schneiden, und der ihm vielleicht sagen konnte, wie oft und von wo genau ein Schiff in Richtung Celebes fuhr. Stattdessen sah er einen Packen aus weißen Federn mit hingestreckten Flügeln, dessen leuchtend gelber Schopf auf dem Kopf ihn unzweideutig als Kakadu verriet.

Der rechte Flügel des Vogels zuckte, die Pupille des linken Auges war nach oben verdreht. Der Bärtige beugte sich über den Schnabel und wusste einen Moment lang nicht, welcher Frage er als erstes nachgehen sollte: Der Frage, weshalb ein Vogel aus einer Palme fiel, oder der Frage, weshalb es sich bei diesem Vogel um einen Kakadu handelte. Denn so nett das Tier mit seinem gelben Helm auch anzusehen war: Es gehörte nicht hierher. Bali, Lomboks nächster Nachbar in der langen Reihe wie an einer Perlschnur aufgereihter Inseln, lag keine dreißig Meilen entfernt. Und nach allem, was bekannt war, und nach allem, was er selbst während seines kurzen Aufenthaltes dort gesehen hatte, gehörte es eindeutig zum Gebiet Asiens. In Asien gab es keine Kakadus. Kakadus lebten ausschließlich in der australischen Region. Und weshalb sollte es auf Lombok anders als auf Bali zugehen?

Der rechte Flügel des Vogels zuckte noch immer. Nur das linke Augenlid hatte sich inzwischen zur Hälfte über die verdrehte Pupille geschoben. Natürlich wurden immer wieder lebende Tiere aus ihrer Heimat erfolgreich in andere Gegenden überführt. Im Falle des Kakadus genügte ja schon ein einziger Händler, der mit ihm und allerhand anderen Waren an einem Markttag nach Lombok gekommen war. Während der Händler irgendeine Rarität an den Mann brachte, mochte der Kakadu mit seinem harten Schnabel das Türchen der Voliere aufgebogen haben und in die Palme geflogen sein.

Aus der Krone waren Flügelschläge und erneutes Gekreische zu hören. Der Bärtige blickte nach oben und sah, wie sich zwei weitere Kakadus mit einer Handvoll turteltaubengroßer dunkler Vögel um den besten Platz an einem klebrig verschmierten Behälter mit Palmsaft stritten. Der süßlich-bittere Geruch des von der Sonne vergorenen Saftes stieg ihm in die Nase. Kein Wunder, dass selbst ein stattlicher Kakadu wie entrückt aus der Krone fiel. Viel interessanter als das aber waren die dunklen Vögel, die aussahen wie *Meliphagidae*, wie Honigfresser. Auch ihre Heimat war sämtlichen vorhandenen Verzeichnissen zur Vogelfauna nach keine Insel Asiens, sondern die Inselwelt Australiens.

Der größte der dunklen Vögel arbeitete sich unter lauten Rufen bis zum Palmsaftbehälter vor, hackte mit dem Schnabel einen Kakadu beiseite und steckte den Kopf bis zum Nackengefieder in den Behälter hinein. Sollten auch diese Vögel genauso wie der Kakadu und seine Artgenossen nach Lombok eingeschleppt worden sein? Wenn ja, so musste der arme Händler die Insel, um einen Großteil seiner gefiederten Waren gebracht, verlassen haben. Oder sollte es niemals einen Händler mit Kakadus und Honigfressern auf Lombok gegeben haben? Sollten die Tiere vielmehr schon lange hier leben, länger als es Menschen und Händler auf der Insel gab? Und sollten sich vielleicht oberhalb des Dorfes, in den Wäldern, noch andere Arten finden lassen, die der australischen Fauna angehörten? Sollte Lombok, diese vermeintlich bedeutungslose Insel, also den westlichen Außenposten der australischen Tierwelt bilden? Und sollte am Ende sogar das geheimnisvolle Donnergrollen des Meeres etwas damit zu tun haben?

Der Kopf des dunklen Vogels tauchte wieder aus dem Behälter auf, die Krallen lösten sich, und die Flügel begannen zu schlagen. Doch anstatt in einem eleganten Bogen auf einen anderen Baum des Platzes zu gleiten, taumelte das Tier durch die Luft, drehte ungelenke Pirouetten und wurde wie ein welkes Blatt umhergewirbelt. Noch während es, eine reichlich schiefe Bahn beschreibend, mit dem Bürzel voran einige Fuß neben dem betrunkenen Kakadu unsanft im Staub landete, konnte der Bärtige mit einem Male nicht anders, als eine tiefe Dankbarkeit dafür zu empfinden, dass die Eltern des Zimmermanns, der Mister Burton vor so vielen Jahren so unglücklich erschlagen hatte, ebenfalls ordentliche Trinker gewesen waren.

Siebtes Kapitel

*Worin Albrecht Bromberg unsanft erwacht
und lernt, dass alles gut ist so, wie es ist*

Als Bromberg die Augen aufmachte, wusste er weder, wie spät es war, noch, wo er sich befand. Dämmerlicht drang in seine Pupillen, im Nacken spürte er einen harten Gegenstand. Seine Beine waren aufgebockt, sein Kopf schmerzte, auch sein Rücken tat weh. Er drehte sich zur Seite, streckte seinen Arm aus und stieß mit dem Ellbogen gegen etwas Hartes, das laut rumpelnd zu Boden fiel.

»Bromberg?«, sagte eine leise Stimme. Bromberg brauchte einen Augenblick, um zu erkennen, dass die Stimme zu Schulzen gehörte. Er wollte selbst etwas sagen, aber seine Zunge klebte am Gaumen fest.

»Wünsche, wohl geruht zu haben«, sagte Schulzen. »Das war ja ein ganz schöner Abgang heute Nacht! Hast mich ordentlich auf Trab gehalten.«

Bromberg merkte erst jetzt, dass Schulzen gerade von draußen hereinkam. Schulzen schloss die Tür, tastete sich im Halbdunkel bis zum hinteren Teil des Ladens vor und knipste das kleine Lämpchen auf seinem Schreibtisch an.

Bromberg richtete sich mühsam auf, blickte auf seine Beine, die auf einer Mauer aus Büchern lagen und sah die Lawine, die neben ihm niedergegangen war. Schulzen schlurfte vom Schreibtisch zu Bromberg herüber und schaute auf ihn herab.

»Darf man behilflich sein, oder beliebt es dem Herrn, noch etwas länger in tieferen Lagen zu verweilen?«

Bromberg versuchte, durch die verklebten Augenlider und im schwachen Licht der Lampe, das kaum bis über den Sekretär hinausreichte, die Uhr an seinem Handgelenk zu erkennen.

»Falls du wissen möchtest, wie spät es ist«, sagte Schulzen, »kann ich es dir gerne sagen. Es ist kurz nach sechs.«

Bromberg erschrak.

»Ja, ich weiß, was du jetzt denkst«, fuhr Schulzen fort. »Du denkst: Warum sitze ich hier auf dem Boden des Antiquariats von Phineas Schulzen und nicht in meiner Pförtnerloge im Museum? Nun, wenn du möchtest, werde ich deinem trägen Gedächtnis gerne auf die Sprünge helfen.«

Bromberg schüttelte den Kopf. An der Stelle, an der bis eben sein Nacken gelegen hatte, blickte er auf den Bärtigen, der noch immer an einen Stuhl gelehnt dastand und schmunzelte.

»Du fragst dich vielleicht auch«, meldete Schulzen sich erneut zu Wort, »weshalb ich dich nicht geweckt habe. Aber ich empfehle dir, diese Frage gar nicht erst zu stellen, denn die Antwort lautete nur: Ich habe dich ja geweckt. Jedenfalls habe ich es versucht. Mehrfach sogar. Aber ohne Erfolg. Du warst wirklich völlig weggetreten, intoxikiert, oder sollte ich sagen ›gintoxikiert‹? Egal. Auf dem Attest, da kann ich dich beruhigen, ist weder von Gin noch von Intoxikation die Rede.«

Bromberg zog die Beine an die Brust heran und legte die Arme auf den Knien ab.

»Wovon redest du?«

Schulzen lief ohne zu antworten zum Schreibtisch zurück,

bückte sich und holte aus einem Regal, in dem neben allerlei Gerümpel ein altes Metronom und ein Nudelsieb standen, eine silberne Campingtasse, in die er drei Löffel Kaffeepulver aus einem Schuhkarton füllte.

»Kaffee?«, fragte er und blickte zu Bromberg.

»Danke, nein. Lieber einen Schluck Wasser. Gerne auch gemeinsam mit einer Antwort auf meine Frage.«

Schulzen kroch unter den Schreibtisch und füllte aus einem Kocher von kleinen Kalkkrumen durchsetztes Wasser in einen Plastikbecher. Dann schaltete er das Gerät an und wartete, bis sich das Wasser leise scheppernd zu erwärmen begann.

»Du bist umgefallen«, sagte er, während er zu Bromberg gelaufen kam und ihm den Plastikbecher reichte. »Einfach umgefallen. Ich wusste am Anfang gar nicht, wie mir geschah. Ich dachte, das bisschen Gin wird ihm doch nicht so zu Kopf gestiegen sein? Dann habe ich dich hier gebettet und ganz nach den Regeln der medizinischen Kunst deinen Puls und deine Atmung überprüft.«

Schulzen wies auf ein fleckiges Heftchen, das hinter Brombergs Rücken lag. *War Department, Basic Field Manual & First Aid for Soldiers, April 7, 1943* stand auf dem Umschlag.

»Ich weiß. Ist ein bisschen in die Jahre gekommen, aber ich habe auf die Schnelle nichts Aktuelleres gefunden. Außerdem hat es hervorragende Dienste geleistet. Man könnte sogar sagen: Es hat dir das Leben gerettet.«

Bromberg hockte noch immer mit den Armen auf die Knie gestützt da und wusste nicht, ob er lachen oder weinen sollte. Er trank etwas Wasser und spürte, wie jeder kalte Schluck durch die Speiseröhre in den Magen rann. Schulzen stapfte in den hinteren Teil des Ladens und verschwand hinter einer

Tür. Es rumpelte kurz, dann kam er wieder hervor und hielt zwei Eier in den Händen.

»Spiegelei zum Wasser?«, fragte er und winkte Bromberg zu. Bromberg verneinte. Unter einem Stapel von Zeitungen zog Schulzen eine Bratpfanne hervor, schmierte sie mit Butter ein, stellte die Pfanne auf eine Kochplatte neben dem Wasserkocher und schaltete die Platte ein, während er das heiße Wasser aus dem Kocher in die Tasse mit dem Kaffeepulver goss. Dann lief er zur Marienfigur neben der Eingangstür und ließ Milch in die Tasse plätschern. Wieder bei Bromberg angekommen zog er ein dünnes, durchscheinendes gelbes Papier aus seiner Jackentasche und hielt es ihm vor die Nase.

»Wie du siehst: Ich habe für alles Sorge getragen.«

Bromberg nahm den Zettel und versuchte zu entziffern, was in unleserlicher Handschrift darauf geschrieben stand: Bromberg, Albrecht, arbeitsunf. b. a. W., Dr. med. Klapperger. Über der Unterschrift prangte ein verwischter Stempel mit unkenntlicher Adresse und Telefonnummer. Schulzen stand über ihm und schlürfte zufrieden den Kaffee aus seiner Campingtasse.

»Sieht täuschend echt aus, nicht wahr? Es hat eine ordentliche Weile gedauert, bis ich den Block mit den Vordrucken gefunden hatte. Aber inzwischen ist das Attest sogar schon bei den zuständigen Stellen.«

Bromberg richtete sich langsam auf und ging in die Hocke, setzte sich aber gleich wieder hin, weil er merkte, wie ihm schwindelig wurde.

»Schulzen. Ich kann nur hoffen, dass das jetzt ein schlechter Scherz ist.« Er wedelte mit dem Zettel und zeigte auf den Stempel und die Unterschrift.

»Abgesehen davon, dass der Herr Doktor Klapperger nicht mehr praktiziert, weil er nicht mehr lebt, wie du ja sicherlich weißt, weil du sonst seinen Nachlass nicht hättest übernehmen können, war er auch nie als Humanmediziner tätig. Der Klapperger war Veterinär. Veterinär! Verstehst du? Meine Nachbarin hat immer ihre Katze zu ihm gebracht. Andere gingen zu ihm wegen ihrer Hunde, Meerschweinchen, Goldfische, Wellensittiche …«

Vom Schreibtisch zog der Geruch verbrannter Butter herüber. Schulzen stellte die Tasse ab und rannte zur Kochplatte mit der Pfanne. In die rauchende, tiefbraune Butter schlug er die beiden Eier hinein. Als er mit dem Kopf wieder über dem Sekretär auftauchte, schaute er mit ruhigem Blick zu Bromberg.

»Ich kann deine Aufregung verstehen, aber lass dir gesagt sein: Dein Kollege im Museum hat es jedenfalls nicht bemerkt.«

»Mein Kollege? Welcher Kollege? Frietjoff?«

»Wie er heißt, weiß ich nicht. Aber er war klein, rundlich und angesichts der nachtschlafenden Zeit, zu der ich bei ihm auftauchte, außerordentlich freundlich.«

»Das freut mich für dich«, sagte Bromberg. »Aber ich frage mich vielmehr: Was wird der Direktor zu diesem Wisch sagen?«

Schulzen nahm die Pfanne von der Platte und schüttelte sie kräftig in der Luft hin und her, bis sich die Eier vom Boden lösten.

»Ach, das wird der Herr Direktor schon verstehen. Ein Attest ist immer noch besser als kein Attest. Und vielleicht interessiert ihn die ganze Sache auch gar nicht mehr nach dem, was heute in der Zeitung steht.« Er stellte die Pfanne mit den Eiern beiseite, nahm die Zeitung, die auf dem Schreibtisch lag, und brachte sie zu Bromberg. Auf der Titelseite prangte das breite Gesicht des Museumsdirektors. Bromberg kannte das Foto. Seiner Meinung nach war der Fotograf nicht erfolgreich gewesen bei dem Versuch, mittels ausgeklügelter Beleuchtung die nagerartigen Züge aus dem Direktorengesicht zu entfernen. Im Artikel neben dem Bild war von einem sinkenden Stern, rückläufigen Besucherzahlen und kommunalen Sparzwängen die Rede.

»Mir scheint, der Mann hat gänzlich andere Sorgen«, rief Schulzen, während er die schwarz umrandeten Eier aus der Pfanne auf einen Pappteller gleiten ließ. Der Geruch ließ Bromberg Magensäure aufstoßen.

Schulzen kramte in der Schublade des Sekretärs und in den Regalen darunter nach Besteck. Als er keines fand, rollte er die Eier mit bloßen Händen zusammen. Dotter lief über sein Kinn und tropfte auf die Papiere auf seinem Tisch, während er das erste Ei in seinen Mund schob. Nachdem er auch das zweite Ei verspeist hatte, wischte er sich zufrieden die Hände an den Hosentaschen ab und lief zur Campingtasse, die noch immer auf dem Bücherstapel neben Bromberg stand. Auf der weißen Milchoberfläche schwammen dunkle Bröckchen von Kaffeepulver. Schulzen rührte mit dem Zeigefinger einmal kräftig durch die Tasse, dann trank er sie in einem Zug aus.

»Würdest du mir denn freundlicherweise schildern, was genau passiert ist heute Nacht?«, fragte Bromberg.

Schulzen wischte sich mit dem Handrücken über die Lippen, dann gab er Bromberg eine Zusammenfassung dessen, was sich zugetragen hatte. Dabei lief er im Laden umher und suchte leere Kisten zusammen.

»Ob ich noch bis zur Linie gekommen bin, weiß ich gar nicht mehr«, rief er aus einer Ecke, aus der er eine verstaubte Kiste hervorzog.

Fahles Morgenlicht fiel durch das Schaufenster neben der Eingangstür und ließ die Bücherstapel wie die Silhouette einer dämmrigen Großstadt hervortreten. Bromberg richtete sich vorsichtig auf und stützte die Hände auf einem Büchertisch ab. Der Schwindel und die Übelkeit ließen nur langsam nach.

»Ich muss gestehen, ich habe heute Morgen Mühe, dir zu folgen«, sagte er. »Aber vielleicht könntest du mir auf die Sprünge helfen?«

Schulzen warf mehrere Kisten in Richtung Eingang. »Wallace hat eine Trennlinie der Arten entdeckt«, antwortete er. »Er setzte von Bali nach Lombok über und stellte fest, dass die Tierwelt auf Lombok nicht wie erwartet zur asiatischen, sondern zur australischen Region gehört. Und je mehr er seinen Weg durchs Archipel fortsetzte, desto mehr konnte er den Verlauf der Linie eingrenzen, die bis heute nach ihm benannt ist. Wenn sein Name also schon nicht mit der großen Theorie der Evolution in Verbindung gebracht wird, dann wenigstens mit einer haardünnen Linie.«

Bromberg sah Schulzen dabei zu, wie er die zu einem Haufen zusammengeschmissenen Kisten in mehrere kleine Türme verwandelte.

»Wirf doch einfach einmal einen Blick in das Buch, das der Anlass für deine ungeplante Übernachtung war.«

Bromberg griff danach und schlug den Bild- und Kartenteil in der Mitte auf. Er blickte auf ein Gewirr kleiner und großer Inseln, deren Namen er noch nie zuvor gehörte hatte: Sanguir, Sarangan, Siao, Gilolo, Bouru, Celebes. Das Gebiet sah so aus, als hätte Gott bei der Erschaffung der Welt am Ende ein paar Klumpen Erde übrig gehabt und hier und da, wo eben noch Platz war, einfach in den Ozean geworfen. Zwischen den Inseln verlief eine zartrote Linie. Sie nahm ihren Anfang westlich von Australien im Indischen Ozean, am schmalen Durchlass zwischen Bali und Lombok, schlängelte sich sanft die Makassarstraße entlang gen Norden, ließ Borneo zur Linken, Celebes zur Rechten liegen, und durchquerte ostwärts strebend die Celebessee, um schließlich südöstlich der Philippinen in den Pazifik zu münden.

»Na schön«, sagte Bromberg. »Nur verstehe ich noch nicht, was die Linie mit der Evolutionstheorie zu tun hat.«

»Bromberg, dein Interesse in Ehren«, sagte Schulzen, »aber ich muss zusehen, dass ich loskomme. Wohnungsauflösung mit großer Bibliothek, hundert Kilometer weg von hier, fünfter Stock natürlich. Leute mit vielen Büchern wohnen immer im fünften Stock.«

Bromberg half Schulzen die leeren Bananenkisten und Kartons in einen kleinen, zerbeulten Transporter zu tragen, der auf der Straße vor dem Laden stand. Als Schulzen die Tür hinter sich zuschloss und zu Bromberg lief, hielt er das Buch über Wallace in der Hand.

»Hier. Geschenk des Hauses. Darin kannst du alles nachlesen. Nicht nur seine Entdeckung der Linie, sondern auch die der natürlichen Selektion. Zu diesem Zeitpunkt war er schon längst nicht mehr auf Lombok, sondern auf einer kleinen molukkischen Insel namens Ternate. Manche sagen auch, er war auf Gilolo, aber das tut nichts zur Sache. Von seinem Brief an Darwin hatte ich dir ja gestern Abend schon erzählt. Ich wage zu behaupten, ohne diesen Brief hätte Darwin die *Entstehung der Arten* nie geschrieben, und wenn doch, dann jedenfalls nicht so, wie er sie geschrieben hat.« Schulzen stieg in den Transporter, hob die Hand zum Abschied und fuhr davon.

Bromberg blieb verloren auf dem Gehweg stehen. Die Luft roch frisch, auf der Straße war niemand zu sehen. Irgendwo wurde ein Rollladen nach oben gezogen. Über den Dächern der Stadt surrte leise der Lärm des anbrechenden Tages. Ein paar Sperlinge hüpften auf dem Gehweg umher und suchten zwischen den Platten nach Brotkrumen. Bromberg blickte auf das Buch in seiner Hand. Wallace schmunzelte. Obwohl Bromberg noch nicht allzu viel über ihn wusste, hatte er das Gefühl, ihn bereits sehr gut zu kennen. Und in irgendeinem dunklen Sinne empfand er Mitleid mit ihm. Freilich mutete es lächerlich an, Mitleid mit einem Naturforscher zu empfinden, der seit über einhundert Jahren tot und dessen Schicksal längst besiegelt war. Es stimmte ja, was Schulzen gesagt hatte: Solche Dinge passierten nun einmal. Zwei Personen kamen auf die gleiche Idee, aber nur eine von beiden trug den Erfolg davon. Zumal er, Bromberg, sich selbst um Erfolg nie sonderlich geschert hatte. Als junger Mann war er an einer Universität eingeschrieben wie so viele andere Leute seines Alters. Im Gegensatz zu ihnen aber hatte er niemals richtig studiert. In großen, holzgetäfelten Hörsälen hatte er Vorlesungen über anorganische Chemie und theoretische Physik, in kleinen, fensterlosen Bibliothekszimmern Seminare über Trinitätstheologie oder die Grammatik des Altfranzösischen besucht. Er hatte allen Dingen, die man ihm erzählte, aufmerksam gelauscht, aber für keines davon ein wirkliches Interesse entwickelt. Und nachdem ein paar Jahre verstrichen und die Kommilitonen um ihn herum ihrer Wege gegangen waren, hatte er dagestanden und gemerkt, dass er nirgendwo richtig hingehörte. Er hatte keinen Platz in der Welt, so fühlte es sich an, und den einzigen Platz, den er auf Anhieb fand, war der nach ätzenden Putzmitteln riechende Linoleumboden vor dem schwarzen Brett. Eines Morgens entdeckte er an ebendieser Stelle einen kleinen, von großen Plakaten fast verdeckten Zettel, der nichts weiter besagte als: *Nachtwächter gesucht. Bei Interesse im Museum für Natur- und Menschheitsgeschichte melden.* Er zögerte nicht lang, meldete sich, erhielt die Stelle und richtete sich darin ein, so gut es eben ging. Er empfand eine gewisse Zufriedenheit dabei, gebraucht zu werden, aber trotzdem seine Ruhe zu haben. Und weil er keine weiteren Ambitionen hegte und nach keinerlei Erfolgen strebte, hatte er auch nichts zu verlieren.

Vor dem Michelangelo wurde krachend eine Autotür zugeschlagen. Die Sperlinge hüpften noch immer gut gelaunt auf dem Gehweg herum. Bromberg ließ das Buch in seine Manteltasche gleiten und überlegte, wohin er gehen sollte. Es war ihm in diesem Moment, als sei das Schicksal an ihn herangetreten, um zu sagen: »Wenn du möchtest, dass alles so bleibt, wie es ist, brauchst du nichts weiter zu tun, als zum Museum zu gehen und den Direktor um Nachsicht zu bitten. Wenn du dein Leben jedoch ändern möchtest, dann, bitte schön, hier ist die Gelegenheit.«

Eine Amsel mischte sich unter die Sperlinge. Bromberg sah ihr dabei zu, wie sie versuchte, mit ihrem orangenen Schnabel einen fetten Wurm aus einer erdigen Ritze neben dem Bordstein zu ziehen. Immer wieder dehnte sich der Wurm wie ein Gummiband in die Länge, wenn die Amsel daran zog, und immer wieder musste sie davon ablassen, weil der Wurm einfach nicht aus der Erde kommen wollte. Beim dritten Versuch fluppte der Wurm mit einem Mal aus der Ritze heraus.

Die Amsel wurde rücklings gegen den Bordstein katapultiert und blieb verwirrt sitzen. Sie schlug kurz mit beiden Flügeln und plusterte das Gefieder, doch anstatt den Wurm zu packen und zu verspeisen, hüpfte sie zu den Sperlingen zurück. Bromberg betrachtete den Wurm, der sich, das eine Ende vom Amselschnabel ganz zerfleddert, auf der Straße wand, sah die Amsel, die vergnügt zwischen den anderen Vögeln umherhüpfte, und beschloss, dass es auch für ihn das Beste sein mochte, dorthin zu gehen, wohin er immer ging, und so zu tun, als sei nichts gewesen.

Als er bei der Elias-Birnstiel-Gesellschaft eintraf, hatten sich die anderen bereits um ihren Stammtisch versammelt. Er setzte sich dazu und konnte gerade noch dazwischen gehen, als Renzel ihm ein Bier bestellen wollte. »Einen Kamillentee für mich«, rief er. »Heute mal nur einen Kamillentee.« Er bemühte sich, so souverän und entschlossen zu lächeln wie nur möglich. Severin prustete los, Renzel verfiel in lautes Schmatzen.

»Bromberg, was ist los? Leidest du an Magenbeschwerden oder an einer Erkältung? Muss Di Stefano sein Arztköfferchen öffnen oder gar eine Not-OP vornehmen?«

Tatsächlich hatte Bromberg mit dem Gedanken gespielt, Magenbeschwerden oder eine Erkältung als Erklärung für seine außerordentliche Bestellung zu bemühen, doch hatte er sich dagegen entschieden, weil er sicher war, bei Magenbeschwerden einen Kräuterbitter und bei Erkältung ein warmes Bier aufgeschwatzt zu bekommen.

»Magenbeschwerden, ja. In gewissem Sinne Magenbeschwerden«, sagte Bromberg.

»In gewissem Sinne?«, fragte Renzel, und Bromberg ärgerte sich über seine Wortwahl.

»In gewissem Sinne, ja.«

In den folgenden Minuten versuchte er, die Fragen der anderen abzuwehren. Allerdings kam er sich dabei vor wie ein junges Rind auf einer Ranch, das vor dem bedrohlich kreisenden Lasso wegrannte, bis es irgendwann die Schlinge um seinen Hals spürte und merkte, wie sie sich zuzog. Renzel rückte näher an Bromberg heran und redete auf ihn ein. Auch die Blicke der anderen verrieten, dass sie zu wissen wünschten, was heute Nacht vorgefallen war. Als Bromberg keinen Ausweg mehr wusste, begann er zu erzählen. Nach dem Ende seines Berichts sahen ihn die anderen schweigend an. Severin zog, ohne zu fragen, das Buch aus Brombergs Manteltasche und betrachtete das Bild von Wallace.

»Dürfte ihm ja nicht so sehr missfallen haben, der Ausgang seiner eigenen Geschichte«, sagte er schließlich.

Bromberg holte den tropfenden Teebeutel aus seiner Tasse. »Wie meinst du?«

Severin legte das Buch aus der Hand und schob es in die Mitte des Tisches.

»Ich bin vielleicht nicht der hellste Kopf auf Erden«, antwortete er, »aber soweit ich mich an meine Schulzeit erinnere, war doch die Moral von der Geschicht': Alles ist gut so, wie es ist.«

Renzel schnaubte verächtlich durch die Nase. Severin fuhr ungeachtet dessen fort: »Jegliches Merkmal, egal ob die kräftigen Klauen des Tigers oder der lange Hals der Giraffe, hätte sich nicht durchgesetzt, wenn es nicht in irgendeiner Weise nützlich gewesen wäre. Ein Tiger ohne Klauen wäre im Überlebenskampf unterlegen. Die kräftigen Klauen haben sich also bewährt oder wurden, um es anders auszudrücken, natürlicherweise ausgewählt, weil sie gut waren. Wenn man diesen Gedanken weiterspinnt, gelangt man zu dem Schluss, dass die Dinge gut sind so, wie sie sind. Wäre dies nicht der Fall, hätten sie sich schließlich nicht durchgesetzt.«

Nachdem er den letzten Satz beendet hatte, strahlte er wie ein Schüler, der gerade fehlerfrei ein Gedicht rezitiert hat. Renzel wischte sich den Rotwein von den blau gefärbten Lippen und stützte sich mit den Ellbogen auf dem Tisch ab.

»Severinus, Severinus. Ich muss doch sehr staunen. Du hörst dich an wie Candides geschwätziger Lehrer Pangloss, der stets und ständig erklärt, alles sei zu einem bestimmten Zwecke da: die Nasen, um Brillen, die Füße, um Schuhe zu tragen. Et pour cette raison sei diese Welt nach göttlichem Plan bestmöglich eingerichtet.«

»Ich glaube zwar nicht an Gott, aber mit dem Rest kann ich mich anfreunden«, warf Severin ein.

»Oje«, erwiderte Renzel. »Das Schlimmste an einem Pangloss wie dir ist nämlich, dass er über die Harmonie der Welt redet, während um ihn herum Erdbeben, Seuchen und Verrat toben.«

»Aber heißt nicht am Anfang, dass sah, dass war gut?«, schaltete sich Alexej ein.

»In der Tat«, sagte Renzel. »Und Gott sah, dass es gut war. Pero, schon seit eh und je stellt sich hier die Frage: Wenn Gott alles so wunderbar eingerichtet hat, warum hat er die Menschen mit einem freien Willen ausgestattet? Warum hat er ihnen die Möglichkeit eingeräumt, zu sündigen? Das heißt, warum hat er ihnen die Fähigkeit gegeben, nicht nur Gutes, sondern auch Böses zu tun?«

»Könnte man aber auch fragen, warum hat geschaffen, dass Hunde stinken«, sagte Alexej.

»Ganz genau«, antwortete Renzel. »Es kann ja eigentlich nicht so schwer sein, endlich einmal einen Hund zu entwickeln, dem man mit der Hand durchs Fell fahren kann, ohne danach selbst wie ein Hund zu stinken.«

»Oder Mucken, die nicht stechen.«

»Achseln ohne Schweiß.«

»Fuße ohne Pilz.«

»Pickel ohne Eiter.«

»Nasen ohne Schnupfen!«

»Exactamente! Wo man auch hinsieht: Verbesserungsbedarf!«

Severin und Di Stefano sahen sich an.

»Mir scheint«, sagte Di Stefano, »es könnte eine kleine Nachhilfeeinheit in Sachen Virologie nicht schaden: Ohne den Schnupfen könnten die Viren nicht so gut vom einen Wirt zum anderen gelangen. Das heißt, auch wenn der Schnupfen für dich sehr lästig sein mag, ist er alles andere als lästig für die ...«

»Das braucht mir der Herr Dottore nicht erklären. Schließlich sitzt vor ihm kein Geringerer als der Übersetzer vom *Elucidarium* des Honorius Augustodunensis, worin es heißt, die Plagen des Menschen seien wegen seines Hochmuts geschaffen worden. Sie sollen uns also in die Schranken weisen, uns zeigen, dass wir nicht alleine hier auf Erden sind und stets demütig zu sein haben. Trotzdem mag mir nicht einleuchten, dass alles gut ist so, wie es ist, und dass Brombergs Wallace zufrieden damit war, wie die Dinge für ihn lagen, denn das war ja der Ausgangspunkt unserer Diskussion. Stellt euch doch einmal vor: Der Mann hätte anstelle von Darwin neben Galilei, Newton und wie sie alle heißen stehen können! Er hätte einen Platz erhalten können in der vordersten

Reihe der wichtigsten Köpfe. Doch wo ist er stattdessen gelandet? In einer dunklen Ecke, wo ihn niemand sieht. Was soll daran gut sein? Und überhaupt: Wäre alles gut so, wie es ist, müssten wir auch gutheißen, dass, wenn ich bei dieser Gelegenheit an unsere gestrige Diskussion erinnern darf, die IQ-Quotienten ungleich verteilt sind. Oder dass einige unserer Artgenossen so schlau waren, eine Bombe zu erfinden, die unser aller Leben mit einem Schlag beenden kann. Das scheint mir absurd!«

»Also«, setzte Di Stefano an. »Vielleicht darf ich einmal mehr versuchen, unsere lieben Kampfhähne auseinanderzunehmen. Natürlich scheint nicht alles gut zu sein. Und natürlich mag es wunderlich anmuten, wenn etwas Geistloses wie der Mechanismus der natürlichen Selektion etwas Geistreiches wie den Menschen hervorbringt, der dann wiederum etwas so Geistloses erschafft wie die Atombombe. Nichtsdestotrotz gibt es Menschen, die behaupten würden, dass ihnen eine solche Waffe durchaus ...«

»Unglaublich!«, rief Renzel. »Nun verteidigt unser Herr Doktor, der seine Hand einst zum Hippokratischen Eid hob und sich der Rettung von Menschenleben verpflichtete, die tödlichste menschliche Erfindung überhaupt.«

Di Stefano nahm einen Schluck von seinem Bier und hob beschwichtigend die Hand.

»Ich verstehe deine Aufregung, Renzel, doch sie beruht auf einem Missverständnis. Ich wollte nicht sagen, dass alles per se gut ist. Vielmehr sind bestimmte Dinge für jemanden oder für etwas gut. Es mag uns Menschen dieses oder jenes gut oder schlecht, gerecht oder ungerecht erscheinen, aber aus Sicht der Evolution gibt es diese Kategorien nicht. Denn auch wenn sie alles von den stumpfsinnigsten Einzellern bis zu den intelligentesten Lebewesen hervorgebracht hat, so weiß sie selbst nicht, was sie tut. Es gibt für sie kein Schlecht oder Gut.«

»Richtig!«, rief Severin. »Im Casino der Evolution, sagte meine Biologielehrerin immer, gibt es nur eine gültige Währung: das Überleben! Wer also nicht zahlen kann oder nicht zahlen will, ist raus. Und übrigens, Renzel, wenn du für Gerechtigkeit sorgen möchtest: Ich wüsste keinen besseren Mechanismus als den des Wettbewerbs. Im Wettbewerb können alle antreten und sich beweisen.«

»Dios mío!«, rief Renzel. »Du hast seit gestern nichts gelernt! Es haben doch gar nicht alle die gleichen Chancen! Die einen sind dumm, die anderen intelligent. Die einen haben reiche Eltern, die anderen sind die Kinder armer Schlucker. Die einen laufen also zehn Meter vor, die anderen zehn Meter hinter der Startlinie los! Und selbst wenn wir von Ideen und nicht von Menschen reden, von der Idee der Evolution, wie offensichtlich nicht nur Darwin, sondern auch dieser Wallace sie gehabt hat, läuft es doch am Ende trotzdem wieder auf die Chancen hinaus, die ihrerseits offenbar ungleich verteilt waren.«

Renzel sah plötzlich zu Bromberg.

»Was ist eigentlich mit dir? Interessierst du dich so gar nicht für unsere Diskussion?«

Bromberg trank den letzten Schluck Kamillentee und räusperte sich.

»Doch, doch«, sagte er. »Ich höre euch zu. Nur frage ich mich, was Wallace wohl dazu gesagt hätte. Ich meine, vielleicht stimmt es ja, was Severin behauptet. Vielleicht war er glücklich und zufrieden ...«

»Pah!«, rief Renzel, aber Di Stefano schnitt ihm das Wort ab.

»Vielleicht, wenn ich einen anderen Vorschlag machen darf, täte uns allen eine Portion Schlaf ganz gut.«

Er zog sein Portemonnaie aus der Tasche und winkte den Wirt heran.

»Und da Bromberg bereits geschlafen hat«, schob Di Stefano hinterher, »kann er sich ja auf die Suche nach einer Antwort begeben und sie morgen früh an dieser Stelle präsentieren.«

Renzel wollte noch etwas sagen, zahlte dann aber auch und stand wortlos auf. Alexej und Severin folgten. Zuletzt trat Bromberg vor die Kneipe. Er sah den anderen nach. Es gefiel ihm nicht, dass sie ihn wie einen kleinen Schuljungen mit einer Hausaufgabe zurückgelassen hatten. Dennoch überquerte er schon im nächsten Moment die Straße, auf der die Autos im morgendlichen Verkehr genervte Schlangen bildeten, und ging zum ersten Mal in all den Jahren nicht nach Hause, sondern in eine andere Richtung.

Achtes Kapitel

*Worin der Bärtige ein Schwein erlegt,
Zeitungsmeldungen repetiert, ein Buch aufschlägt
und eine Entdeckung macht*

Seit Tagen schon roch es in der Hütte nach fauligem Kadaver. Die Ursache des bestialischen Gestanks war vor einer Woche ganz plötzlich in der abendlichen Dämmerung aufgetaucht und fügte sich recht gut in jene Geschichte, die dem Bärtigen seit der Ankunft auf der Insel wenigstens einmal pro Tag im mehr oder minder gleichen Wortlaut erzählt wurde: Kam Schwein mit Schiff, Schwein kaufen, weg Schwein. Der beste Reim, der sich darauf machen ließ, war der, dass mit einem der letzten Postdampfer nicht nur die übliche Fracht eingetroffen war, sondern auch ein lebendiges Hausschwein. Darin lag an sich nichts Ungewöhnliches. Meist kamen die Tiere auf Order des Gouverneurs, der auch fernab der europäischen Heimat nicht auf die Annehmlichkeiten der Zivilisation verzichten wollte. Diesmal aber musste irgendein Inselbewohner das Tier gekauft und an einem Strick nach Hause geführt haben. Nach Hause hieß freilich nichts anderes als zu einer Hütte unwesentlich größer als die des Bärtigen. Von einem Gatter oder einem Stall für das Schwein konnte keine Rede sein, und so war das gute Stück vermutlich einfach an einem Pfahl vor der Hütte angebunden worden, um die Nacht im Freien zu verbringen. Als der stolze

Besitzer jedoch am nächsten Tag vor die Türe trat, tänzelte nur noch ein zerfranstes Ende des dünnen Stricks munter im frischen Morgenwind. Das Schwein war über alle Berge, niemand hatte seine nächtliche Flucht gesehen, und die Vermutung lag nahe, es habe sich, statt tagein, tagaus angebunden in der tropischen Sonne brutzeln zu müssen, für ein freies Leben in den schattigen Wäldern entschieden.

Vor einer Woche allerdings hatte es sich unvermittelt an der Hütte des Bärtigen eingefunden. Breitbeinig und wutschnaubend stand es im Sand, riss die Schnauze auf und grunzte. Und weil es mehr als bereit schien, jeden Moment loszustampfen und die Hauer im nächstbesten Oberschenkel zu verkeilen, machte der Bärtige instinktiv kurzen Prozess. Er nahm die Flinte, legte an und drückte ab. Das Schwein sackte zusammen, grunzte ein letztes Mal und verstarb.

Doch war es, wie sich herausstellte, nicht alleine gekommen. Denn in dem Moment, als der Bärtige die Flinte beiseitestellte, um sich dem toten Tier zu nähern, erfasste ein heftiger Fieberschub seinen Körper. Seine Arme und Beine zitterten, seine Knie wurden weich, Schwindel nahm ihm die Sicht. Irgendwie, er wusste nicht mehr genau wie, musste er es noch in die Hütte hinein bis zur Hängematte geschafft haben. Jedenfalls lag er dort seit einer Woche und von draußen zogen unentwegt die Schwaden verwesenden Schweinefleischs herein. Zweimal täglich, morgens und abends, kam ein Junge vorbei, brachte eine Schüssel Reis mit Hühnchen, dazu einen Krug voll Wasser. Und immer, wenn er wieder ging, fragte er: »Was mit Schwein?«

Das Schwein wegzuschaffen schien in der Tat mehr als angebracht. Der Gestank war, gelinde gesagt, höchst unerfreulich. Doch zum einen kehrte mit jedem Versuch, die Hängematte zu verlassen, der Schwindel heftiger und schneller zurück, als er gegangen war. Man konnte sich bereits glücklich schätzen, wenn die Beine für eine Minute Wasserlassen bis nach draußen trugen. Zum anderen war die Neugierde zu groß, genauer zu untersuchen, ob es sich tatsächlich um das entlaufene, schnöde Hausschwein handelte, von dem überall die Rede war. Wenigstens dem Gerücht nach bestand nämlich auch die Möglichkeit, den Vertreter einer selten gesichteten Spezies von Inselwildschweinen erlegt zu haben. Dabei stellte sich natürlich zuallererst die Frage, wie wilde Schweine überhaupt auf eine so kleine Insel gelangt sein konnten. War es möglich, dass die Tiere auf eine ähnliche Geschichte zurückblickten wie das entlaufene Hausschwein? Sollte es sich bei dem Tier also vielleicht um ein Beispiel für die angebliche Rückentwicklung vom domestizierten Zustand in den Status der Wildnis handeln? Anders gefragt, gab es einen Schritt zurück vom Hausschwein? Bevor diese Fragen nicht restlos geklärt waren, musste der fliegenübersäte Kadaver im Dienste der Wissenschaft vor der Hütte liegen bleiben und der Geruch, der durch die dünnen Palmwände nach drinnen zog, ertragen werden.

Dabei war der Leichnam des Schweins bei Weitem nicht das Einzige, was seit einer Woche liegen blieb. Draußen auf dem Tisch stapelte sich ein Dutzend halb abgebalgter Großfußhühner, inzwischen täglicher Treffpunkt Tausender Ameisen. Drinnen warteten mehrere Reihen aufgespießter Sandlaufkäfer darauf, beschriftet und verstaut zu werden. Aber alle diese Arbeiten wären mit dem Verlassen der Hängematte verbunden gewesen. Immerhin, im Liegen zeigte sich der Kopf meist einigermaßen klar. Nur gingen leider die Möglichkeiten geistiger Beschäftigung zur Neige. So gut wie alle

Zeitungen, Journale und Bücher auf dem Regalbord neben der Matte waren ausgelesen. Lediglich ganz unten, am Fuß des wuchtigen Stapels, lag, leicht verwahrlost, ein Buch mit abgewetztem grünen Einband, das irgendwie in Vergessenheit geraten sein musste. War das der 55er Jahrgang der *Sitzungsberichte der Linnean Society*? Oder der 54er der *Annalen für Naturgeschichte*?

Vorsichtig versuchte der Bärtige, mit Armen und Beinen die Hängematte ins Schwingen zu bringen. Es brauchte drei Anläufe, bis er von der Matte aus ans Bord heranreichte. Anstelle des Bretts bekam er nur die oberste Lage Zeitungen zu greifen. Sie waren alt, fleckig und voll von Artikeln, die er inzwischen auswendig hersagen konnte. Da waren einerseits die Berichte über den Krieg auf der Krim oder über den Prozess gegen einen gewissen Gustave Flaubert in Paris. Andererseits gab es in manchen von ihnen eine knappe Rubrik, in der jeden Monat frisch angemeldete Patente aufgelistet wurden. Natürlich betrafen nur die allerwenigsten davon Dinge von solch durchschlagender, weltverändernder Wirkung, wie der Telegraph, die Photokamera oder die Dampfmaschine es waren. Stattdessen handelte es sich meist um Apparate mit recht zweifelhaftem Nutzen, die von ihren Erfindern aber allesamt für genial und epochal gehalten wurden, darunter mechanische Schuhwärmer, Austernöffner, Truthahnfütterungsautomaten, ventilierende Zylinder, Füllfederzigarrenhalter sowie Taucheranzüge mit Uriniervorrichtung.

In der vorletzten auf die Insel verschifften Ausgabe, die auf Mai '57 datierte, fand sich in der Sparte *Schutz und Sicherheit* die Abbildung eines ausklappbaren hölzernen Gestells mit aufgespanntem Segeltuch. Laut Registereintrag handelte es sich um »ein Gerät zum Entkommen vor Feuer im Falle eines

Hausbrandes«. Angemeldet war es auf einen gewissen Joseph Taylor aus 55 Southampton Street in Pentonville, vertreten durch den Agenten Alex Pruice, ansässig in 14 Lincolns Inn Field, London. Für die Anmeldung des Patents hatte der gute Taylor an zehn verschiedenen Stellen zehn verschiedene Formulare ausfüllen und zehn verschiedene Gebühren entrichten müssen. Dazu erklärte er sich in der frohen Erwartung reichlich sprudelnder Gewinne aber gerne bereit. Ohnehin wusste er, dass man als genialer Erfinder zunächst einmal in Vorleistung gehen musste, bevor man finanzkräftige Investoren anlocken konnte. Für letzteren Zweck hatte er laut Bericht des *Family Herald* vom September (der letzten gelieferten Ausgabe; sie lag auf dem Regalbord an zweiter Stelle) für Samstag, den vierundzwanzigsten August 1857, zu einer Vorstellung in den Vorgarten seines Hauses geladen. Das Haus war gerade einmal zwei Stockwerke hoch, der Vorgarten nur wenige Fuß breit und vom Gestell mit dem Segeltuch fast vollständig eingenommen. Taylor stand am Fenster der oberen Etage, schaute auf die auf der Straße stehende Menge (seine Frau, seine beiden Kinder, drei Nachbarn und ein zufällig herbeigelaufener Metzger) und referierte den langen Weg von der vagen Idee bis zur letztendlichen Umsetzung seiner, wie er sagte, weltverändernden Erfindung. Dann stieg er aufs Fensterbrett, verkündete, dank dieser Apparatur müsse kein Londoner, ach was, kein Engländer mehr Angst vor einem der gefürchteten Feuer haben, und sprang hinab. Das hölzerne Gestell mit den metallenen Nieten knarzte und quietschte, als er unten aufkam. Zur Verblüffung der Zuschauer hielt es stand. Das Segeltuch aber dehnte sich unter dem üppigen Gewicht von Taylors Körper in weit größerem Maße, als er es in schlaflosen Nächten unter Verwendung kompliziertester Formeln, in welche Masse, Fallgeschwindigkeit sowie ein durch ihn selbst entwickelter Dehnungsfaktor von Segeltuch eingeflossen waren, im schummrigen Schein der Kerze berechnet hatte. Das Geräusch, das sein Aufprall verursachte, ähnelte dem plumpen Wumms eines zweihundert Pfund schweren Mehlsacks. Taylors Frau und Kinder schrien vor Schreck, rannten in den Vorgarten und fanden ihren Mann und Vater kreidebleich, die Füße merkwürdig verdreht, vor Schmerzen schreiend auf dem Segeltuch liegend. Die Reporter der Zeitung zeigten angesichts der Schwere der Verletzungen – zwei zertrümmerte Fußgelenke, eine Oberschenkelhalsfraktur sowie mehrere geprellte Rippen – Mitleid mit dem armen Mann. Dennoch konnten sie sich in ihrem Bericht den billigen Hinweis nicht verkneifen, dass es sich bei dieser Vorführung weniger um eine Werbeveranstaltung für wohlstandsbäuchige Finanziers als vielmehr um eine Demonstration der allseits bekannten Weisheit, Hochmut komme vor dem Fall, gehandelt habe. Gleichzeitig entbrannte eine hitzige Debatte über die Pflicht des Staates, seine Bürger vor den Gefahren individueller Kopflosigkeit zu bewahren. Dem Verlauf dieser Diskussion hatte der Bärtige mangels jüngerer Zeitungsausgaben nicht mehr folgen können, bedauerte dies aber nicht. Schließlich war der Verlauf solcher Diskussionen nur allzu bekannt: Sie tobten eine Weile wie ein Wirbelsturm, beruhigten sich dann, so als wäre nie etwas gewesen, und kamen erst wieder auf, wenn irgendein anderer Bürger des Königreichs eine halsbrecherische Erfindung tätigte.

Ganz unten auf dem Bord lag noch immer unerreicht der dunkelgrüne Leineneinband. Der Bärtige legte die Zeitungen beiseite und schwang erneut an die Wand der Hütte heran.

Mit der Rechten bekam er das Regalbrett zu fassen. Mit der Linken versuchte er umständlich, das Buch unter dem schweren Stapel der anderen Bücher und Zeitungen hervorzuziehen. Es fühlte sich an wie bei jenem Geschicklichkeitsspiel, das kurz vor seiner Abreise aus England die britischen Wohnstuben erobert hatte. Mit sechzig hölzernen Quadersteinen wurde dabei zunächst ein Turm errichtet. Doch anstatt sich am erfolgreichen Bau zu erfreuen, lag das Ziel des Spiels in seiner Zerstörung. Reihum war nämlich jeder Spieler dazu aufgefordert, ein beliebiges Steinchen aus dem Quaderturm herauszuziehen oder zu drücken, und je nach Übung und Geschick der beteiligten Personen konnte dies recht lange vor sich gehen. Irgendwann aber gelangten selbst die behändesten Spieler an den Punkt, an dem sie dem zunehmend fragileren Bau ein tragendes Element entziehen mussten, und es passierte, was sich nun auch mit dem Bücher- und Zeitungsstapel ereignete: Alles stürzte in sich zusammen. Der Bärtige fluchte, als er das Regalbord losließ und die Hängematte schwungvoll von der Wand wegpendelte. Es dauerte einen Moment, bis das Schaukeln nachließ, der Schwindel den Blick nicht mehr vernebelte und er die Buchstaben auf der Titelseite lesen konnte.

Thomas Malthus: *Eine Abhandlung über das Bevölkerungsgesetz oder eine Untersuchung seiner Bedeutung für die menschliche Wohlfahrt in Vergangenheit und Zukunft, nebst einer Prüfung unserer Aussichten auf eine künftige Beseitigung oder Linderung der Übel, die es verursacht.*

Er schlug die erste Seite auf und wollte anfangen, zu lesen. Erneuter Schwindel unterbrach ihn. Wie kleine Vöglein tanzten die Wörter vor seinen Augen hin und her, und es wollte ihm nicht gelingen, eines von ihnen zu packen. Immer wenn er zugriff, flogen sie davon.

Er schloss die Augen, wartete, bis der Schwindel nachließ, und versuchte dann, sich an den Inhalt des Buches zu erinnern. War es nicht um die Bestimmung jener Ursachen gegangen, welche die Menschheit am Erreichen des Glücks hinderten? Welche Ursachen sollten das doch gleich gewesen sein?

Er öffnete die Augen, schaute ins Buch und fand zu seiner Freude die Wörter ganz ruhig und ohne Flattern auf der Seite sitzen.

»Die Ursache, auf die ich anspiele«, las er, »ist die dauernde Neigung aller Lebewesen, sich weit über das Maß der für sie bereitgestellten Nahrungsmittel zu vermehren.«

Von der Mole her wanderte in regelmäßigen Abständen das Klatschen der Wellen in die Hütte. Darunter mischte sich das monotone Surren der Fliegen. Unter dem Türspalt kam eine Ameise hindurchgekrabbelt. Besser nicht daran denken, wie die Vogelbälge und das Schwein inzwischen aussahen. Eine Ameisenkönigin legte täglich mehrere Hundert Eier. Eine herkömmliche Fliege bis zu vierhundert Eier in drei bis vier Tagen. Machte bei nur zehn Fliegen auf wenigen Quadratzentimetern Schweinefleisch viertausend Fliegenlarven. Bei hundert Fliegen vierzigtausend! Binnen Tagen! Den Geräuschen nach zu urteilen, musste die Zahl der Fliegen in den letzten Tagen sprunghaft gewachsen sein. Es war doch eine irgendwie merkwürdige Einrichtung der Natur: Gerade die allerkleinsten Lebewesen brachten die allergrößte Zahl von Nachkommen hervor. Zudem musste ihr fast schon ein gewisser Hang zur Ironie unterstellt werden, wenn man bedachte, wovon sich diejenigen Tierchen ernährten, die am zahlreichsten unentwegt Leben produzierten: von totem Fleisch und Kot.

Erneut blickte er ins Buch. »Dr. Franklin hat bemerkt, die

Fruchtbarkeit der Pflanzen und Tiere habe keine andere Grenze als die, welche aus ihrem übermäßigen Anwachsen und der wechselseitigen Einengung des Nahrungsmittelspielraumes sich ergebe.«

Wieder packte ihn Schwindel und hielt ihn davon ab, weiterzulesen. Als er sich beruhigt hatte, ließ er die Augen geschlossen und bemühte sich, an den vorigen Gedankengang anzuknüpfen. Der Körper des toten Schweins, inzwischen von der Sonne schrumpelig verdorrt, musste mit jeder hungrigen Fliegenlarve, die sich bis in die Innereien hineinfraß, abnehmen. Das Schwein würde schrumpfen, die Zahl der Fliegen weiter wachsen. Aber aus jeder neuen Fliegenlarve und aus jeder weiteren Zersetzung des Schweinekadavers würde sich in der Tat eine, wie es hieß, »wechselseitige Einengung des Nahrungsmittelspielraumes« ergeben. Dem Wachstum der gefräßigen Fliegen stand die Abnahme stinkenden Schweinefleischs gegenüber. Auf absehbare Zeit würde das Schwein immer kleiner und kleiner werden und, von den Knochen und einigen unbekömmlichen Stücken seiner Lederhaut abgesehen, schließlich ganz verschwinden. Dann würden die Fliegen ein neues Fressen finden müssen. Aber was, wenn ihnen niemand ein neues Schwein schoss?

Der Bärtige öffnete die Augen, und sein Blick fiel auf eine Gruppe von Wörtern, die ordentlich aufgereiht am oberen Ende der Seite wie auf einem Dachfirst saßen. »Die Notwendigkeit, dieses gebieterische, alles durchdringende Naturgesetz, hält sie in den vorgeschriebenen Grenzen.«

Zunächst begriff er nicht. Er betrachtete die Wörter, wieder und wieder, konnte jedoch nichts erkennen als die Form ihrer Buchstaben. Sachte setzte er sich auf und atmete tief durch, um klare Gedanken zu fassen.

Gewiss, übertragen auf das Schwein, stimmte doch, was dort stand. Die Fliegenlarven und auch alle anderen Nutznießer würden sich nicht ad infinitum fortpflanzen können. Denn wenn das Schwein zu Ende war, dann war das Schwein zu Ende. Das war Gesetz – ein mathematisches geradezu. Angenommen, auf einem quadratzollgroßen Stück Schwein fraßen sich zehn Fliegenlarven ihre Wänste voll (in Wahrheit mochten es sogar mehr als zehn sein), dann mussten diesen zehn Fliegenlarven diverse Grenzen des Wachstums und der Vermehrung vorgeschrieben sein: Ihr Nahrungsangebot nahm ab, andere Tiere machten ihnen den Platz streitig, ein Regenschauer spülte sie aus dem Kadaver. Was auch immer passierte: Nicht nur konnten sich nicht alle zehn Fliegenlarven in konstant gleicher Rate vermehren. Von den zehn würden auch nicht alle überleben.

Ein Fieberschub jagte ihm den Rücken hinunter.

Welche von den Fliegenlarven aber würde überleben? Doch wohl diejenige, die aus einem Weniger an Nahrung ein Mehr an Wachstum herausholen konnte. Oder diejenige, deren Körper nicht so anfällig für eine Schwächung durch Krankheit war. Oder diejenige, deren Färbung eine bessere Tarnung im Fleisch ermöglichte und damit verhinderte, dass ein hungriger Vogel sie herauspickte und sich einverleibte. Dies freilich setzte voraus, dass Unterschiede zwischen den einzelnen Fliegenlarven, allgemein zwischen den Individuen einer Art überhaupt existierten. Aber was, bitte schön, wenn nicht das, hatten all die Jahre des Sammelns gezeigt? Auf den ersten Blick schien vieles gleich auszusehen, was sich auf den zweiten Blick als abweichend herausstellte: Der grüne Flügel eines Vogelfaltermännchens besaß drei anstatt nur zwei schwarze Flecken. Die Panzerfarbe eines einzelnen Sandlaufkäfers kam dem Untergrund noch täuschend näher als die der anderen. Die Schwinge einer Wandertaube wog wenige Gramm mehr und wirkte kräftiger im Vergleich zu denen ihrer Artgenossen. Diese scheinbar ach so unwichtigen Unterschiede waren es, ja, mussten es sein, die am Ende den entscheidenden Unterschied ausmachten. Sicherlich, nicht jeder Unterschied mochte als Unterschied zum Erfolg führen. Aber der richtige Unterschied zur richtigen Zeit am richtigen Ort, derjenige, der die beste Anpassung an die vorhandenen Verhältnisse garantierte, musste in der Tat die Existenz eines Lebewesens sichern. Denn Sicherung der Existenz, das war es doch, worum es ging! Die Begrenztheit aller möglichen Ressourcen – sei es die Begrenztheit des Raumes oder der Nahrung – bedingte einen fortwährenden Kampf ums Dasein, ein Ringen ums Überleben. Dieses Ringen konnte nur derjenige gewinnen, der sich durch einen kleinen Unterschied von der Masse abhob und daraus einen Vorteil zu ziehen wusste: Die Wandertaube mit den stärkeren Schwingen, die sie zu noch entlegeneren Inseln voll grüner Triebe trug; der Sandlaufkäfer mit dem sandähnlicheren Panzer, der ihn noch unsichtbarer für hungrige Vögel machte; oder, wenn man an andere Gegenden der Erde dachte, die Antilope mit den längeren Beinen, die sie noch schneller vor dem aufgerissenen Maul des Geparden davonspringen ließen.

Wieder spürte er das Fieber, aber seine Gedanken rasten so schnell, dass er sie nicht anzuhalten vermochte.

All diese winzigen Unterschiede, die meist für nichts weiter als für bedeutungslose Kennzeichen einer Varietät gehalten wurden, waren Unterschiede, die am Anfang noch klein blieben, am Ende aber eine große Wirkung entfalteten. Und wenn man nun davon ausging, dass diese Unterschiede sich nicht nur in einem Individuum befanden, sondern von einem Individuum an ein anderes weitergegeben werden konnten, dann folgte daraus notwendig – notwendig! –, dass das, was als kleiner Unterschied in einem einzigen Tier begann, die unglaublich schnelle Vermehrung der meisten Tierarten vorausgesetzt, zu einem größeren Unterschied bei vielen werden musste. Es entstand also aus dem gleichförmigen Gesetz des Wachstums und seiner Grenzen die Vielfalt, die sich tagtäglich zeigte. Eine Abweichung auf dem Flügel eines Schmetterlings, eine Andersartigkeit im Panzer eines Käfers, eine Anomalie am Bein einer Antilope, eine Ausnahme in der Gestalt einer Fliegenlarve führten vielleicht – warum vielleicht? Die richtigen Umstände vorausgesetzt doch notwendig! – zur Entstehung einer neuen Varietät, und diese neue Varietät mündete in eine neue Art.

Das Buch klebte an seinen verschwitzten Händen. Er schüttelte sich, doch nicht vor Fieber, sondern vor Aufregung.

Es gab also eine Tendenz; eine Tendenz von Varietäten, sich zu Arten zu entwickeln. Sich Schritt für Schritt und über Zeiträume unfassbarer Länge hinweg immer weiter zu entfernen vom ursprünglichen Typ, der sie einst hervorgebracht hatte. Und von diesem Typ, diesem ursprünglichen Typ, mochten sie irgendwann vielleicht sogar so verschieden sein, dass eine Beziehung zwischen der Art, deren Vertreter man in der Hand hielt, und der Art, aus der diese neue einst entsprungen war, kaum noch hergestellt werden konnte. Gewiss, diese Schwierigkeit (die ja eigentlich nur aus der Begrenztheit des menschlichen Vorstellungsvermögens resultierte!) würden sich diejenigen zunutze machen, die wider die These von der Veränderbarkeit der Dinge starr und steif behaupteten, es habe schon immer fixe und fest geschaffene Arten gegeben, eine permanente, unveränderbare Unterschiedlichkeit der Lebewesen also. Dieselben mochten jetzt auch vor das Schwein treten und, angenommen, es handelte sich wirklich um ein verwildertes Hausschwein, erklären, dies sei das beste Beispiel dafür, dass nichts, was der Mensch sich so zurechtkreierte, wie er wollte, am Ende nicht doch zum gottgeschaffenen Originaltyp zurückkehrte. Denn wie viele Sichtungen entlaufener Tiere waren nicht schon berichtet worden, die von ihrem domestizierten Zustand langsam, aber sicher in die wilde Gestalt zurückgefunden hatten? Und wie viele künstliche Züchtungen hatte es nicht schon gegeben, die am Ende keine Verbesserungen, sondern nur Verkrüppelungen produzierten? In der Tat. Man brauchte nur eine so bemitleidenswerte Kreatur wie einen kurzatmigen Mops anzusehen. Niemals wäre so etwas in der freien Wildbahn zu einer eigenen Art geworden. Solch ein Lebewesen kam nur zustande unter den umtriebigen Händen eines blödsinnigen Menschenverstandes, der nichts Besseres zu tun hatte, als kurzatmige Hunde zu züchten!

Doch warum sollte dieses Argument eine Widerlegung der besagten Veränderungstendenz wilder Varietäten sein? War nicht die freie Natur etwas völlig anderes als das begrenzte Schaffen des Menschen? War es nicht so, dass sich dort, in der Wildnis, die so ungehindert und ungeregelt zu wuchern schien, in Wirklichkeit aber klaren Gesetzmäßigkeiten unterlag, nur das durchsetzte, was tatsächlich nützlich war? Und war es nicht so, dass das röchelnde Atmen eines Mopses nun einmal nicht zu solch nützlichen Dingen gehörte? Wenn dem so war, dann war, wie es schien, eine Erklärung gegen die Vorstellung von Lamarck gefunden. Der behauptete, die langen Hälse der Giraffen seien aus dem übermäßigen Recken und Strecken nach den höchsten Blättertrieben hervorgegangen. Eine Vorstellung, die viele belächelten. Trotzdem: Eine überzeugende Alternative war ebenso wenig gefunden. Bis jetzt! Denn wenn all das mit den Gesetzmäßigkeiten stimmte, dann musste es in Wahrheit vor langer, langer Zeit nur eine einzige Giraffe gegeben haben, deren Hals etwas weiter reichte als der Hals der übrigen Artgenossen. Ein paar Zentimeter mehr und sie war in der Lage, beim Auffinden von Nahrung erfolgreicher zu sein als andere. Und so hatte sie sich durchgesetzt, ihren längeren Hals an ihre Nachkommen weitergegeben, und es hatte sich in der kontinuierlichen Abfolge der Generationen der kleine Unterschied zu einem großen ausgewachsen. Das freilich war nur deshalb möglich, weil es erstens derlei Unterschiede gab, und zweitens, weil ein allgemeines und konstantes Prinzip in der Natur sämtliche Lebewesen in einem steten Wettbewerb um begrenzte Ressourcen hielt. Dieser Wettbewerb wiederum führte zu einem Ringen, aus dem nicht alle als Sieger hervorgehen konnten. Denn wären alle Sieger, dann mochte man sich kaum vorstellen, wie bevölkert die Erde allein von Fliegenlarven sein müsste. Alles wäre ein einziges Surren und Summen. Jeder freie Fleck sofort besetzt von fetten schwarzen Fliegen. Für niemanden ein Durchkommen mehr. Stattdessen aber hielt das besagte Prinzip die Entwicklung der Lebewesen in einem Gleichgewicht, ganz so wie es der Fliehkraftregler mit der Geschwindigkeit einer Dampfmaschine tat. Sobald sich der Kolben der Maschine bewegte, begann sich der Regler zu drehen. Seine beiden Gewichte wurden den Händen der Schwerkraft entrissen und von der Fliehkraft in die Höhe gezogen. Dieses Ziehen führte, wenn stark genug, zum Öffnen einer kleinen Klappe, über die die Dampfzufuhr gedrosselt wurde. Die Bewegung der Maschine verlangsamte sich bis zu dem Punkt, an dem eine gleichförmige Geschwindigkeit hergestellt war. Nichts anderes geschah doch in der Natur! Die Begrenztheit der Ressourcen drosselte das Wachstum der Lebewesen und ließ von der Überzahl der Nachkommen nur einen Bruchteil überleben. Es war doch genau dies! Unzählige Arten brachten unzählige Nachkommen hervor. Doch nur die wenigsten von ihnen schafften es bis ins Stadium eines ausgewachsenen Tieres. Die meisten verendeten schon nach Stunden, nach wenigen Tagen oder Wochen, gingen wieder ein in den Kreislauf der Natur und machten Platz für die glückliche Schar der wenigen Überlebenden.

Der Bärtige ließ Kopf und Rücken in die Hängematte sinken. Das Fieber war nun so schlimm, dass es nicht in heißen Wellen, sondern in eiskalten Schauern durch seinen Körper jagte und ihn schüttelte. Er legte das Buch aus der Hand und wartete einige Minuten, bis der ärgste Schub vorüber war. Dann kramte er aus den aufgehäuften Papieren ein leeres Blatt hervor und schrieb im funzeligen Schein der Öllampe – die Dunkelheit war inzwischen über die Insel hereingebrochen – das auf, was von den gerade gedachten Gedanken noch übrig war. Seine Gedanken waren schneller als die zitternden Hände schreiben konnten, immer wieder strich und überschrieb er, weil das Geschriebene zunehmend unlesbar wurde. Irgendwann aber, in der dunkelsten Tiefe der Nacht, setzte er den letzten Punkt unter die Ausführungen, erschauderte, halb im Fieber, halb vor Freude, im Fluge weniger Stunden eine Lösung für ein Problem von Jahren gefunden zu haben, und sackte in den Schlaf.

Erst als er im Morgengrauen erwachte und der kühle Meereswind eine frische Brise Schweinekadaver hereinwehte, hörte er wieder das laute Surren der Fliegen, sah die auf dem Boden verteilten Zeitungen, Bücher und Papiere, blickte auf das Durcheinander des Geschriebenen, fand aber darin nichts mehr von der nächtlichen Begeisterung und Größe und fürchtete mit einem Mal, dass seine Entdeckung in Wirklichkeit so nutzlos und fehlkonstruiert war wie das Sprungtuchgestell des Joseph Taylor aus der Southampton Street in Pentonville.

Neuntes Kapitel

*In welchem Bromberg gleich mehrfach feststellt,
dass man die Dinge anders sehen kann*

Als Bromberg die Gardine vor dem Zugfenster beiseitezog, ging die Sonne über den Gerstenfeldern auf. Wie ein grünes Meer wogten die Felder im Wind, und die Sonnenstrahlen tauchten die Wellen in einen goldgelben Schimmer.

Am Rande der Fensterscheibe saß eine Fliege und widmete sich ihrer Morgentoilette. Immer wieder war Bromberg in der Nacht durch ihr Surren geweckt worden. Doch jeglicher Versuch, sie zu erschlagen, war ins Leere gelaufen. Mit der bloßen Hand wollte es nicht gelingen, und etwas anderes konnte er nicht zu Hilfe nehmen. Weder sein Mantel noch das Buch darin standen zur Verfügung. Beide waren am Vorabend abhandengekommen, am Ende eines langen Tages, dessen Verlauf er am Morgen auf dem Gehweg vor der Stammkneipe der Elias-Birnstiel-Gesellschaft stehend nicht vorauszuahnen gewagt hatte.

Zunächst hatte er unweit der Kneipe ein Frühstück zu sich genommen, um anschließend im Strom der Berufspendler bis vor das Museum mitzuschwimmen. Die Türen zur Bibliothek waren noch verschlossen, daher setzte er sich etwas abseits der anderen Besucher auf einen Mauervorsprung und las im Buch. Zwischendurch hob er immer wieder den Kopf, schloss die Augen und ließ sich die Sonne ins Gesicht scheinen. Die Wärme strömte durch seinen Körper, und ihm war, als sei er aus einem langen Lebensschlaf erwacht. Für gewöhnlich war er um diese Zeit zu Hause und machte sich bereit fürs Zubettgehen. Dieser Morgen aber fühlte sich an wie ein richtiger Morgen.

Bromberg öffnete die Augen und sah, dass das Grüppchen der Wartenden inzwischen im Inneren des Museums verschwunden war. Er hatte sich absichtlich nicht zu ihnen gestellt und sich darum bemüht, ihnen so wenig Beachtung wie möglich zu schenken. Natürlich war zu erwarten gewesen, dass noch andere Menschen um diese Zeit in die Bibliothek gehen würden. Trotzdem beäugte er sie argwöhnisch wie Eindringlinge, die ein Gebäude betraten, das doch ansonsten ihm, ihm ganz allein gehörte. Im Dienstzimmer des Westflügels hingen seine Epiphyten; in der Schublade lagen seine Wortlisten des Mordwinischen und das Kreuzworträtsel, das er heute Nacht nicht hatte lösen können. Keiner derjenigen, die hineingingen, kannte das Gebäude so gut wie er.

Wie er beim Betreten feststellte, kannte dennoch niemand ihn. Die ältere Dame an der Garderobe nahm ihm seinen Mantel ab wie jedem anderen Besucher und würdigte ihn keines besonderen Blickes. Ihre Nichtbeachtung bereitete ihm eine gewisse Genugtuung. Es fühlte sich so an, wie mit einer Tarnkappe in einer vertrauten Umgebung unterwegs zu sein. Als umso störender empfand er daher die Blicke der jungen Frau, die ihn an der Theke in der Mitte des Lesesaals begrüßte. Mit gedämpfter Stimme, aber betont freundlich, fragte sie, wie sie ihm behilflich sein könne. Dabei beugte sie sich so zu ihm hinüber, als solle er ihr ein Geheimnis verraten.

Ihre Zugewandtheit irritierte Bromberg. Einen Moment

lang wusste er nichts zu sagen. Im Hintergrund ratterte leise das Förderband zu den Magazinen. Minütlich spuckte es Bücher aus den Eingeweiden der Bibliothek aus. Die Mitarbeiter schichteten sie auf schlecht geölte Wägelchen und rollten sie quietschend zu den Leseplätzen.

Die junge Frau an der Theke fuhr sich mit der Hand durch ihre kurzen Locken. Bromberg verzog keine Miene und bat wortkarg um einige Bände mit Briefen von und über Wallace, Alfred Russel *1823–1913*. Sie tippte seinen Wunsch in ihren Computer, bat ihn, an einem der Lesetische Platz zu nehmen, und versprach, die Bücher zu ihm zu bringen, sobald sie aus dem Magazin heraufbefördert seien.

Bromberg setzte sich und betrachtete die gemalten Baumkronen an den bogenüberspannten Wänden unterhalb der Lesesaalkuppel. Das Morgenlicht, das zu den Fenstern hereinschien, tanzte auf den Blättern ein Ballett aus hellen Flecken. Er dachte an das Gespräch bei der Elias-Birnstiel-Gesellschaft, das ihn hierher geführt hatte. Obwohl er Severins Behauptung, Wallace sei mit seinem Schicksal sicherlich zufrieden gewesen, zu Renzels Verärgerung nicht widersprochen, sondern im Gegenteil die Möglichkeit eingeräumt hatte, wahr zu sein, strebte seine sichere Erwartung, je länger er darüber nachdachte, in eine andere Richtung. Es schien doch kaum vorstellbar, dass sich ein Mensch, dem eine große Entdeckung gelungen war, damit zufriedengab, wenn seinem Mitentdecker der Ruhm zuteil wurde, während er selbst auf einer fernen Insel hockte und seines Einflusses auf die Geschehnisse in der Heimat beraubt war. Es konnte einfach nicht stimmen, was Severin da behauptete.

Bromberg wusste nicht, wie viel Zeit vergangen war, als die Bibliothekarin einen Wagen neben ihm abstellte. Wie schon an der Theke lächelte sie ihn an, und wie schon bei der ersten Begegnung war er durch ihr Lächeln irritiert. Noch viel mehr aber verstörten ihn die hohen Stapel auf dem Wägelchen. Sie habe noch einige zusätzliche Drucksachen zu seinem Forschungsgegenstand herausgesucht, sagte sie. Aus ihrem Lächeln sprach die Hoffnung, dass Bromberg sich darüber freuen würde. Doch anstatt sich bei ihr zu bedanken, nickte er nur wortlos.

Nachdem sie verschwunden war, zog er die Bände mit den Briefen heraus, auf die er es abgesehen hatte. Obwohl er vor allem Briefe aus der Zeit kurz nach der Entdeckung suchte, die sich im zweiten Band befanden, blätterte er zunächst durch den ersten, las diese und jene Seite, blieb hier und dort hängen und bemerkte gar nicht, wie um ihn herum die Plätze an den Tischen von den Vormittagsnutzern belegt wurden und sich um die Mittagszeit wieder leerten.

Als er zum ersten Mal wieder aufblickte und sah, dass sich nicht nur die Gesichter, sondern auch das Licht um ihn herum verändert hatte, spürte er den Hunger in seinem Magen. Trotzdem blieb er sitzen. Auf den Seiten vor ihm standen ein Brief von Darwin an seinen Freund Charles Lyell aus dem Juni 1858 sowie ein Schreiben von Wallace an Darwin aus dem Oktober desselben Jahres. Immer wieder las er beide Briefe, verglich sie, prüfte jede einzelne Zeile, schaltete sogar das Lämpchen an seinem Lesetisch ein, um ja kein Wort zu übersehen oder dazu zu erfinden, nur wollte sich am verstörenden Sinn der Schreiben auch nach mehrfacher Lektüre nichts ändern.

Ein lautes Niesen ging durch die Reihen. Bromberg fuhr herum und sah einen greisen Herrn, der in ein vor ältlichem Rotz starrendes Stofftaschentuch schnäuzte. Er warf dem

Alten einen bösen Blick zu, drehte sich wieder um und wollte sich gerade erneut den Briefen zuwenden, als der Mann mit einem tief ausholenden Grunzen die Nase hochzog. Immer und immer wieder machte er das, so als wolle er noch den letzten Schleimpfropf aus dem faltigen Labyrinth seiner Nebenhöhlen befördern.

Bromberg merkte, wie er böse wurde und ungehalten, und er wusste nicht zu sagen, ob dies von der Lektüre der Briefe oder von den Geräuschen des alten Mannes herrührte. Er stand auf und schob seinen Stuhl knallend an den Tisch heran, so laut, dass die anderen Bibliotheksbesucher erschrocken aufsahen. Dann lief er die Reihen bis zu dem Alten nach hinten, doch kurz bevor der zu ihm aufsah, bog Bromberg ab, ging vorbei an der Lesesaaltheke, hinaus in die Vorhalle der Bibliothek, wo er einen Moment lang unschlüssig herumstand, bis er die geöffnete Tür der Cafeteria erblickte. Außer einer braunhaarigen Angestellten, die hinter der Kasse stand und auf ihrem Telefon herumtippte, hielt sich niemand darin auf. Bromberg ging hinein, lehnte sich an den Tresen und wartete, bis die Bedienung ihm einen Kaffee zubereitet hatte. Er wollte gerade zum Trinken ansetzen, als er Schritte hinter sich hörte.

Die junge Bibliothekarin kam zur Tür herein, lief auf den Tresen zu und setzte sich nur wenige Meter von ihm entfernt auf einen Barhocker. Sie sah zu ihm herüber und lächelte ihn an. Bromberg schaute augenblicklich weg und rührte in seinem Kaffee herum. Er hörte, wie sie bei der Bedienung ebenfalls einen Kaffee bestellte und sich freundlich bedankte, als die Braunhaarige ihr die Tasse auf den Tresen stellte.

Bromberg sah kurz auf. Wieder traf ihn einer ihrer Blicke,

und wieder schaute er sofort nach unten in seine Tasse. Die Crema war vom rührenden Löffel völlig zerstört worden. Kein einziger Mensch außer ihnen befand sich in dieser Cafeteria, und diese Frau musste sich ausgerechnet neben ihn an den Tresen setzen. Warum konnte sie nicht einfach an einem der Tische Platz nehmen? Oder gleich einen Kaffee zum Mitnehmen bestellen, in einem Pappbecher, den sie dann draußen vor dem Museum leerte?

Einige Minuten vergingen. Die Bedienung spülte ein paar Gläser, dann versenkte sie sich wieder in ihr Telefon. Bromberg leerte sein Tasse, leckte einen Rest Zucker von der Löffelspitze, legte den Löffel auf die Untertasse und schob sie von sich fort. Die Bedienung kicherte leise über irgendetwas, das sie in ihrem Telefon las.

»Sie sind zum ersten Mal hier, oder?«

Bromberg blickte auf und sah in das Gesicht der Bibliothekarin. Noch immer lächelte sie ihn an.

»Dieser alte Herr kommt jeden Tag hierher«, sagte sie. »Jeden Tag, seit ich hier arbeite, sehe ich ihn, und das sind nun schon ein paar Jahre. Und jeden Tag stört er die anderen Nutzer der Bibliothek mit dem langen, ausgedehnten Hochziehen seiner Nase.«

Während sie redete, wusste Bromberg nicht, wohin er schauen sollte. Mal blickte er in seine Tasse, mal sah er zu ihr. Sie war mindestens einen Kopf kleiner als er, aber wie schon im Lesesaal gab es nichts an dieser Frau, das in irgendeiner Weise sein Interesse erregte. Sie trug eine gewöhnliche Jeanshose und eine Bluse, und er hätte sie auch weiterhin nicht beachtet, wenn sie nicht mit ihm geredet hätte.

»Dieser Alte«, erzählte sie weiter, doch blickte sie nun in ihre Tasse, dass man meinen konnte, sie rede mit sich selber,

»zieht nicht nur jeden Tag seine Nase so schrecklich hoch, er bestellt auch jeden Tag dasselbe Buch.«

Bromberg zeigte noch immer keine Reaktion und verharrte in einer Art Schreckstarre.

»*Die Ehelehre Dionysius' des Karthäusers*«, fuhr die junge Frau fort, unbeeindruckt von Brombergs Schweigen. »Jeden Tag bestellt er sich ein Buch über die Ehelehre eines Mönchs aus dem fünfzehnten Jahrhundert. Ich vermute, der arme alte Mann hat genauso wenig wie jener keusche Theologe jemals eine Frau in seinem Leben gehabt.«

Sie sah zu Bromberg herüber, und ihr Blick traf ihn völlig ungeschützt. Während niemand sonst in der Bibliothek sich um ihn geschert hatte, schienen ihre Augen ihn zu durchleuchten. Stand irgendwo geschrieben, dass auch er noch nie in seinem Leben …? Er brach den Gedanken ab in dem Gefühl, nun nicht länger schweigen zu können. Das Problem war nur, dass er sich in eine Sackgasse der Wortlosigkeit hineinmanövriert hatte und keine rechte Möglichkeit sah, dort wieder herauszukommen.

»Die meisten Leute«, redete die junge Frau einfach weiter, »arbeiten ja ohnehin zu den merkwürdigsten und langweiligsten Dingen.«

»Mhm«, machte Bromberg, und er war selbst überrascht, dass plötzlich ein Laut seinen Weg zum Ausgang gefunden hatte. Schon im nächsten Moment aber ruckte er wieder zurück, weil ihm klar wurde, worauf sie anspielte. Natürlich, sie war nicht zum Kaffeetrinken hierhergekommen, sondern um ihn vorzuführen! Ein einsamer Mann, der in die Bibliothek geht und sich mit langweiligen Dingen beschäftigt! Sein Gesicht verfinsterte sich.

»Nein!«, rief sie. »Das meine ich nicht. Im Gegenteil. Ich

wollte gerade sagen, demgegenüber ist das, womit du dich beschäftigst, weitaus spannender.«

Ihr plötzliches »Du« packte ihn. Normalerweise neigte er dazu, eine solche Anrede als Distanzlosigkeit zu empfinden. Doch jetzt schuf sie plötzlich eine angenehme Nähe. In ihrem Interesse für seine Lektüre lag etwas Schmeichelhaftes, und er konnte nicht anders, als dahinter noch mehr zu vermuten, nämlich in Wahrheit ein Interesse für ihn. Andererseits: Weshalb sollte eine junge Frau wie sie, viel älter als dreißig mochte sie kaum sein, sich ausgerechnet für einen Mann wie ihn, der er doch offenkundig älter war, interessieren? Wieder schien sie die Irritation aus seinem Gesicht herauszulesen.

»Entschuldigung«, sagte sie. »Ich wollte nicht aufdringlich sein. Aber meine Arbeit ist oft so eintönig. Da freue ich mich über jede Abwechslung. Und dieser Alfred Wallace heute Morgen war mir ein willkommenes Stichwort, um ein wenig zu recherchieren.«

Sie rutschte ein Stück auf ihrem Barhocker zurück und drehte sich so, dass sie sich nun vollständig Bromberg zuwandte. Er wollte etwas sagen, brachte aber wieder nicht mehr als ein »Mhm« hervor. Immerhin gelang es ihm, ein Lächeln auf die Lippen zu bekommen.

»Ich muss gestehen«, erklärte sie weiter, »dass ich gar nichts über ihn wusste. Ich wusste nicht einmal, dass es überhaupt noch jemanden außer Darwin gab, der die Evolutionstheorie entwickelt hat.«

»Ja«, sagte Bromberg, und dieses »Ja« fühlte sich an wie ein Befreiungsschlag, fast schon wie eine Aussage, mit der alles gesagt ist. Zu seiner eigenen Überraschung schoben sich weitere Worte hinterher.

»Das ist kaum verwunderlich«, sagte er. »Wallace hat schließlich nichts dafür getan, bekannt zu werden.«

Die Bedienung blickte zu ihnen auf. Auch aus den Augen der Bibliothekarin sprach Neugierde, doch als wolle sie, dass Bromberg ausschließlich ihre Aufmerksamkeit habe, bat sie die Bedienung, ihr einen frisch gepressten Orangensaft zuzubereiten. Die Braunhaarige quittierte die Bitte mit einem Augenrollen.

Über das Surren der Saftpresse hinweg begann Bromberg, von den beiden Briefen zu erzählen, die er in der Bibliothek gelesen hatte.

»Im Juni 1858«, sagte er, »also nachdem er Wallace' Aufsatz erhalten hatte, schrieb Darwin einen Brief an seinen Freund Charles Lyell: Ein einziges langes Lamento über die Skrupel, die er angesichts des Vorschlags seiner Freunde empfand, nun mit seinen eigenen Entwürfen an die Öffentlichkeit zu gehen. Er befürchtete, dass Wallace dieses Vorgehen als unfair empfinden könne.«

Die Saftpresse hörte auf zu surren, und die Bedienung stellte der Bibliothekarin ein nur halb gefülltes Glas auf den Tresen. Sie bedankte sich dennoch mit einem freundlichen Lächeln und wandte sich wieder Bromberg zu.

»Aber Darwin ist doch an die Öffentlichkeit gegangen, oder habe ich mich verlesen?«

»In der Tat«, antwortete Bromberg. »Er ließ seine Freunde an die Öffentlichkeit gehen. Nur reagierte Wallace ganz anders als von Darwin befürchtet. Denn einige Monate später schrieb er einen Brief. Darin bedankte er sich freundlichst für Darwins Vorgehen. ›Ich kann nicht anders‹, schrieb er, ›als mich selbst in dieser Sache als eine begünstigte Partei zu betrachten.‹ Das hat er tatsächlich geschrieben. Ich habe es vorhin erst gelesen. Er meint, er sei *eine begünstigte Partei*!«

»Hatte er denn Darwin um eine Veröffentlichung seines Aufsatzes gebeten?«

»Angeblich nicht.«

»Wieso angeblich?«

»Weil der begleitende Brief zu Wallace' Aufsatz verschwunden ist. Wir wissen also nicht genau, worum er Darwin gebeten oder auch nicht gebeten hat. Offiziell heißt es jedenfalls, er habe nicht um Veröffentlichung gebeten.«

»Aber dann ist doch klar, weshalb er sich als eine begünstigte Partei empfand. Er fühlte sich eben geehrt, weil man ihn überhaupt erwähnte, als Darwins Papiere vorgestellt wurden.«

»Das stimmt. Allerdings übersiehst du zwei Dinge. Erstens wäre Darwin ohne den Aufsatz von Wallace nicht an die Öffentlichkeit gegangen. Jedenfalls nicht zu diesem Zeitpunkt. Gerade deswegen hatte er ja solche Skrupel. Zweitens bekam Wallace öffentlich nur den zweiten Platz unter den Entdeckern zugesprochen. Und das ist bekanntlich jener Platz, für den sich schon kurz nach der Siegerehrung niemand mehr interessiert.«

Die Bibliothekarin nahm einen Schluck von ihrem Saft und schwieg. Eine ganze Weile lang sagte sie nichts, dann redete sie plötzlich los.

»Wenn das so ist, gibt es meiner Meinung nach nur zwei mögliche Erklärungen für Wallace' Verhalten. Die erste Erklärung lautet: Er war ein ungemein nobler Mensch. Und wenn ich sage ›nobel‹, dann meine ich zuvorkommend, uneigennützig, selbstlos. Er war ein Forscher, der den persönlichen Erfolg hintanstellte und das Streben danach ganz dem

Erfolg seiner Ideen, dem Erfolg der Wissenschaft unterordnete. Jemand, der nicht in erster und vielleicht auch nicht in zweiter Linie an Ruhm dachte. Sondern jemand, dem das eigene Fortkommen weniger wichtig erschien als der Fortschritt der Menschheit insgesamt.«

Die braunhaarige Bedienung blickte erneut von ihrem Telefon auf. Dennoch fuhr die Bibliothekarin fort.

»Die andere Erklärung ist, nun, wie soll ich sagen, eine andere Erklärung eben.« Sie glitt von ihrem Hocker herunter, griff nach einer Zeitung, die zwischen ihnen lag, und lief damit zu Bromberg.

»Hast du dich schon einmal mit dem Problem der Kartenverzerrung befasst?« Sie rollte die Zeitung zusammen und stellte sie auf den Tresen.

»Stell dir vor, auf diesem Zylinder wäre eine Weltkarte abgedruckt. Arktis, Nordamerika, Europa, Asien und so weiter, bis ganz nach unten zur Antarktis. Wie man es eben kennt. Natürlich rollen wir die Karten normalerweise nicht zu einem Zylinder zusammen, sondern legen sie ausgebreitet vor uns auf den Tisch, aber du wirst gleich verstehen, warum ich das tue.«

Sie hob die Zeitung an, legte ihre linke Hand auf die obere, die rechte auf die untere Öffnung und hielt mit Daumen und Zeigefinger die Enden zusammen.

»Die Weltkarte ist eine Abbildung der Welt.« Sie musste kurz lachen und schaute ein wenig verlegen.

»Das wusstest du natürlich auch schon vorher. Aber worüber du dir vielleicht bisher noch keine Gedanken gemacht hast, ist die Frage, wie die Welt auf die Karte kommt. Denn eigentlich …« – während sie ›eigentlich‹ sagte, drückte sie die Zeitung mit ihren Handflächen zusammen – »… ist die Erde ja kein Zylinder, sondern eine Kugel. Noch genauer müsste man sagen, sie ist ein Ellipsoid, eine Kugel mit abgeplatteten Polen, aber das lasse ich mal außen vor.«

Die zwischen ihren Händen zusammengedrückte Zeitung sah nun reichlich zerknittert aus. Mit etwas Phantasie aber kam sie der Erdkugel nahe.

»Das Problem mit Kugeln ist: Sie lassen sich nicht ohne Verzerrungen auf eine ebene Fläche projizieren. Anders als die Fläche eines Zylinders oder Kegels ist die Fläche einer Kugel nicht abwickelbar.«

Brombergs Blick wanderte zu einer Schale neben dem Tablett mit den Zuckerdosen und Milchkännchen auf der Theke, in der bunte in Aluminiumfolie gewickelte Schokokügelchen lagen.

»Ich weiß, was du jetzt sagen willst«, kam sie ihm zuvor. »Du willst sagen, die Alufolie dieser Kugeln lasse sich ja abwickeln. Das ist richtig, aber die Sache täuscht. Denn ein Schokoladenpapier ist natürlich in Wirklichkeit viereckig oder rechteckig und wirkt nur deshalb rund, weil es an diversen Stellen auf der Schokokugel mehrere Lagen bildet und gefaltet ist. Nimm lieber eine Orange. Stell dir vor, du würdest sie oben einschneiden und dann genau vier gerade Schnitte nach unten ziehen, sodass du vier einigermaßen gleich große Schalenstücke erhältst. Wenn du diese Stücke zu einer ebenen Fläche machen willst, musst du sie gewaltsam mit der Hand auf die Tischplatte drücken.«

»Verstehe«, unterbrach Bromberg. »Ich muss, wenn ich die verschiedenen Teile der Erde, wie man sie auf einer Kugel sieht, auf eine ebene Fläche bringen möchte, entweder eine starke Verfälschung der Formen oder eine Verzerrung der Flächen in Kauf nehmen.«

»Genau. Und Gerhard Mercator, derjenige, der im sechzehnten Jahrhundert die Art der Projektion der Erde entwickelte, wie wir sie noch heute auf vielen Karten finden, hat sich dafür entschieden, eine Verzerrung der Flächen zugunsten einer wirklichkeitsgetreueren Wiedergabe der Formen zu akzeptieren. Ihm war es wichtig, Karten für Seefahrer zu liefern, die ihre Strecken als Geraden abtragen wollten. Seine Karten haben diese Funktion erfüllt, und sie erfüllen sie noch immer.«

»Das heißt«, führte Bromberg ihren Gedanken zu Ende, »dass die Karten ein möglichst getreues Abbild der Welt liefern wollen, in Wirklichkeit aber, was größer ist, kleiner, und was kleiner ist, größer darstellen.«

»Richtig.« Sie hielt noch immer die Zeitung zwischen ihren Händen, hörte nun aber auf, sie mit ihren Handflächen zusammenzudrücken, und zog sie stattdessen zurück in die Zylinderform.

»Wann immer du versuchst, die ellipsoide Erde mithilfe der Mercatorprojektion auf eine Fläche zu übertragen, um sie vor dir ausbreiten zu können, wirst du diejenigen Länder, die näher am oberen und unteren Ende der Kugel, also an den Polen, liegen, in der Fläche dehnen, wenn ich es einmal so ausdrücken darf. Umgekehrt wirst du äquatornahe Gegenden verkleinern.«

»Die USA und Russland sind also auf einer ausgebreiteten, ebenen Karte größer; Ecuador oder Brasilien, aber auch viele Länder Afrikas und große Teile Asiens sind kleiner«, sagte Bromberg.

»So ist es. Das beliebteste, weil augenfälligste Beispiel ist Grönland. Grönland ist etwas mehr als zwei Millionen Quadratkilometer groß. Afrika hingegen besitzt etwas mehr als fünfzehnmal so viel, nämlich knapp über dreißig Millionen

Quadratkilometer. Wenn du jedoch Grönland und Afrika auf einer handelsüblichen Weltkarte miteinander vergleichst, wirst du feststellen, dass Grönland teilweise genauso groß dargestellt ist wie Afrika. Nichts gegen Grönland und seine wenigen Bewohner, aber es wird verzerrt. Es wird groß gemacht. In Wirklichkeit reicht es nämlich nicht einmal von der Nordspitze Tunesiens bis zum Äquator! Unsere Wahrnehmung der Welt ist davon so beeinflusst, dass wir beim Blick auf einen Globus jedes Mal der Meinung sind, die Größenverhältnisse seien verkehrt dargestellt, weil Afrika uns plötzlich viel zu groß vorkommt. Ich könnte die Liste mit derlei Beispielen immer weiterführen: Die Inselwelt Indonesiens erstreckt sich in Wirklichkeit über ganz Russland, Chile von der Spitze Norwegens bis in den Norden Libyens.«

Bromberg trank das Wasser aus, das ihm die Bedienung neben seinen Kaffee gestellt hatte. Durch den Boden des Glases betrachtete er die Zeitung. Die Buchstaben wurden umso kleiner, je näher er den Glasboden an sein Auge hielt. Wenn er das Glas vom Auge wegbewegte, wurden sie größer.

»Das mag sein«, sagte er. »Ich frage mich allerdings, was du meinst, wenn du von ›Wirklichkeit‹ sprichst. Was soll das heißen: Die Inselwelt Indonesiens sei in Wirklichkeit größer als Russland?«

Er stellte das Glas ab und griff nach ihrer Hand.

»Darf ich?«, fragte er und spreizte, als sie nicht widersprach, ihren Daumen nach oben. Dann führte er ihre Hand in Richtung der Braunhaarigen, die wieder in ihr Telefon versunken war.

»Ich nehme an, dein Daumen bedeckt gerade den Kopf und den Oberkörper der Kellnerin.«

Die Bibliothekarin nickte.

»Wüsstest du es also nicht besser, könntest du der Meinung sein, sie wäre nicht größer als eine Daumenspitze. Natürlich wissen wir beide, dass es anders ist. In Wirklichkeit ist die Kellnerin um ein Vielfaches größer. Genauso wie die Sonne keine zentimetergroße Kugel ist, obwohl sie von der Erde aus betrachtet so aussieht.«

Er ließ ihre Hand los und griff erneut nach dem Glas.

»Allerdings frage ich mich, ob wir uns da wirklich so sicher sein können. Wenn ich durch dieses Glas schaue, sehe ich, wie die Sachen je nach Entfernung kleiner und größer werden. Das liegt natürlich am Boden des Glases. Er ist eine Linse. Aber sind nicht auch unsere Augen ausgestattet mit Linsen, die uns am Ende nicht genau sagen lassen, wie die Dinge wirklich sind?«

Die Augen der jungen Frau leuchteten ihn an.

»Selbstverständlich sind unsere Augen Linsen«, sagte sie. »Und selbstverständlich können wir die Welt nur mit den Mitteln wahrnehmen, die uns gegeben sind. Doch solange wir uns eine Maßeinheit schaffen, einen Zollstock oder ein Lineal mit Zentimetereinteilung, können wir die Sachen wenigstens einheitlich ausmessen. Und selbst wenn unsere Augenlinsen uns einen Streich spielen, tun sie das stets und immer. Außerdem solltest du als Experte für Evolutionsbiologie doch eigentlich wissen, dass wir Lebewesen auf eine für unser Überleben jeweils günstige Art und Weise eingerichtet sind. Natürlich nimmt die Fledermaus die Welt anders wahr als die Biene und die Biene anders als der Mensch. Die Biene hat nicht ein einziges großes Auge, sondern sechstausend kleine. Die Welt besteht für sie aus vielen Pixeln. Die Fledermaus wiederum sieht gerade einmal etwas hell und dunkel und verlässt sich, zumindest für die Orientierung im 10-Meter-Radius, lieber auf den Ultraschall. Alle Lebewesen bewegen sich also in ein und derselben Welt und nehmen sie doch ganz anders wahr. Zumal die Wahrnehmungswelt immer zeitverzögert entsteht: Sie hinkt gewissermaßen der Realität hinterher.«

Sie wies mit dem Zeigefinger durch das große Fenster der Cafeteria hinaus auf den Platz vor dem Museum.

»Nimm diesen Baum dort und beobachte, wie die Blätter sich ganz leicht im Wind bewegen. Ihre Bewegungen sind etwas, das du siehst. Dennoch nimmst du sie immer etwas später wahr, als sie passieren. Die Lichtstrahlen brauchen schließlich einen Moment, bis sie in deinem Auge angelangt sind, und sei dieser Moment noch so kurz. Für die Verarbeitung der Signale, die von der Netzhaut kommen, benötigt dein Gehirn ebenfalls Zeit. Klar, es benötigt nicht viel Zeit, Bruchteile von Sekunden, Millisekunden vielleicht. Dennoch könnte man sagen, etwas wahrzunehmen heißt, im kleinen Maßstab in die Sterne zu blicken. Das Licht der Sterne muss schließlich eine große Entfernung durch das All bis zur Erde zurücklegen. Eben deswegen heißt es ja immer, ein Blick in die Sterne sei ein Blick in die Vergangenheit. Und trotzdem kämen wir in dem Moment, in dem wir einen Stern oder ein Blatt sehen, nicht auf die Idee zu sagen, der Stern habe geleuchtet oder das Blatt habe sich bewegt, denn was wir sehen, sehen wir in diesem Moment.«

»Und die Erklärung für Wallace?«, fragte Bromberg plötzlich. Sie lachte.

»Verzeih, das hätte ich fast aus den Augen verloren. Die Erklärung für das Verhalten von Wallace, richtig. Meine Idee war schlicht: Vielleicht litt er an einer verzerrten Wahrnehmung der Wirklichkeit. Vielleicht hat er, der große Entdecker, einfach nicht gesehen, wie groß er und seine Theorie in Wirklichkeit sind. Nun wirst du vermutlich wieder fragen wollen, was das eigentlich sein soll: ›Wirklichkeit‹. Aber meine Antwort würde lauten: Es ist doch ganz egal, wie die Dinge wirklich sind. Entscheidend ist, wie wir sie wahrnehmen.«

Bromberg schob sein Glas auf dem Tresen hin und her.

»Mag sein. Aber ist das nicht ein Widerspruch? Erst hast du behauptet, die Wahrnehmung der Lebewesen, egal ob Biene, Fledermaus oder Mensch, sei auf eine für sie vorteilhafte Weise eingerichtet. Eine gute Wahrnehmung garantiere ihr Überleben. Dann wiederum meintest du, Wallace habe an einer verzerrten Wahrnehmung gelitten. Das kann ja aber wohl kaum vorteilhaft sein, oder habe ich dich falsch verstanden?«

Die Bibliothekarin schüttelte den Kopf.

»Nein, du hast alles richtig verstanden. Nur besteht kein Widerspruch zwischen dem, was ich über die Wahrnehmung der Welt im Allgemeinen, und dem, was ich über Wallace' Selbstwahrnehmung im Speziellen gesagt habe. Denn auch wenn die Wahrnehmung im Allgemeinen zugunsten jedes Lebewesens eingerichtet sein mag (und vergiss nicht: Die Evolution verbessert sie ständig!), kann es doch im Einzelfall zu Abweichungen von der Norm kommen.«

»Du meinst also«, sagte Bromberg, »Wallace litt an ...«

»Ich würde nicht sagen, dass er an einer psychischen Erkrankung litt. Ich würde nur sagen, es mangelte ihm an Selbstbewusstsein. An einer zutreffenden Wahrnehmung der eigenen Größe. Und auch wenn es immer heißt, Bescheidenheit sei eine Tugend: Weshalb sollte falsche Wahrnehmung der eigenen Größe nicht umgekehrt eine Untugend sein? Mir scheint, niemand hat Wallace jemals gesagt, wie groß er wirklich ist. Niemand hat ihm gesagt: Man kann die Dinge anders sehen.«

Sie hatte den Satz kaum ausgesprochen, als es zwischen Brombergs Schläfen zu pochen begann. Doch war dieses Pochen ein anderes als jenes, das ihn in der Nacht zuvor bei Schulzen befallen hatte. Weder war seine Zunge schwer vom Gin noch wurden seine Knie weich. Stattdessen trieben die Schläge in seinem Kopf ihn an, etwas stockend zunächst, dann immer regelmäßiger, so als hätte jemand nach langen Jahren des einsamen Herumstehens und Verstaubens einen Motor wieder angeworfen, um zu schauen, ob er noch funktionierte. Und wie er funktionierte! Bromberg stand mit einem Male klar vor Augen, wie seine Aufgabe lautete, wo sein eigentliches Ziel lag. Es konnte nicht darum gehen, der Elias-Birnstiel-Gesellschaft irgendeinen Bericht zu erstatten. Was würde der die anderen schon interessieren? Nein, sein Ziel war ein anderes, er musste sich nur dahin aufmachen. Noch während er den Gedanken zu Ende führte, bat er die verwunderte, aber noch immer lächelnde junge Frau ihn zu entschuldigen, und sie konnte kaum fragen, was nun plötzlich passiert sei, da war er schon zur Tür hinaus.

Als er sich aus dem harten, abgewetzten Sitzpolster aufrichtete, rauschte der Zug an Vorstadtgärten und Mietskasernen vorbei.

Die Fliege auf der Fensterscheibe rieb die Vorderbeine aneinander und fuhr sich über den Mund. Dann streckte sie die Hinterbeine von sich und begann, mit den mittleren Gliedmaßen die Flügel zu säubern. Immer wieder spulte sie dieses Programm ab.

Nach einer Weile tauchten in der Ferne die Glasfassaden der Hochhäuser auf. Wie glitzernde Kristalle wuchsen sie aus dem Zentrum der Stadt. Bromberg stellte sich vor, wie er in einer Stunde in einem von ihnen sitzen würde. Die Vorstellung ließ ihn unruhig werden, zugleich breiteten sich Entschlossenheit und Zielstrebigkeit in ihm aus. Er hatte nun einen Plan geschmiedet, und diesen galt es, in die Tat umzusetzen, aller Unruhe zum Trotz.

Der Zug fuhr in den Bahnhof ein und kam zum Stehen. Bromberg verließ das Abteil und stieg aus dem Zug. Männer mit hochglanzpolierten Schuhen und Frauen in Hosenanzügen hetzten an ihm vorbei. Tauben stöckelten wippenden Kopfes über den Bahnsteig und zankten sich um ein halbes Brötchen.

Bromberg lief bis ans vordere Ende der Halle, bestellte in einem kleinen Café ganz entgegen seiner Gewohnheit ein üppiges Frühstück und aß es mit Blick auf das vergilbte Zifferblatt der großen Bahnhofsuhr. Er rutschte auf seinem Stuhl hin und her, schaute immer wieder auf die Uhr, zwang sich aber, erst loszugehen, als ihre Zeiger auf acht Uhr dreißig klackten.

In einem Kiosk kaufte er sich einen Stadtplan, hielt dabei sogar, was er sonst nie tat, einen freundlichen Schwatz mit der Verkäuferin und machte sich gut gelaunt und voller Zuversicht auf den Weg. Obwohl er sich zwischen den immer gleichen Fassaden der Glastürme vorkam wie in einem Spiegellabyrinth, betrat er keine halbe Stunde später das große Gebäude einer Bank.

In der Empfangshalle roch es nach Lederschuhen und Raumspray. Von der Decke hing eine Installation bestehend aus roten und gelben Stangen. Sie waren wie Mikadostäbchen ineinander verkeilt. Metallene Durchgangsschleusen piepten, wann immer jemand durch sie hindurchging. Gläserne Lifte fuhren an der Innenseite der Fassaden auf und ab.

Bromberg begab sich zum Empfangstresen. Die Dame dahinter lächelte ihn freundlich an. Er räusperte sich zweimal, bevor er erklärte, er sei ein alter Studienkollege des Direktors und ganz zufällig in der Stadt. Noch bevor er seinen Satz zu Ende bringen konnte, zog die Dame die Augenbrauen hoch. Das Lächeln um ihre Mundwinkel blieb dabei seltsam festgefroren. Sie wolle ihm nichts Böses unterstellen, sagte sie, und dabei musterte sie seinen zerknitterten Pullover, aber er könne sich bestimmt vorstellen, dass der Direktor, insbesondere seit er Direktor sei, viele, ja geradezu verblüffend viele alte Freunde und Bekannte habe, die zufällig in der Stadt seien und ihn zu sprechen wünschten.

Sie senkte die Augenbrauen wieder und drehte den Kopf zum Bildschirm ihres Computers. Eine mit gelben, roten und blauen Balken gefüllte Tabelle leuchtete sie an. Bromberg folgte ihrem Blick und wollte etwas sagen, doch sie schnitt ihm das Wort ab.

»Ich muss Sie wirklich um Verständnis bitten«, sagte sie. »Heute und hier wird ein Gespräch nicht möglich sein. Versuchen Sie doch einfach, den Herrn Direktor privat zu erreichen und vereinbaren Sie auf diesem Wege ein Treffen.«

»So werde ich es machen«, sagte Bromberg mit geheucheltem Verständnis, warf einen konzentrierten, aber unauffälligen Blick auf die Tabelle mit den Balken und verließ die Bank in dem Wissen wiederzukommen. Wenn nicht auf diesem Wege, dann eben auf einem anderen.

In einer Einkaufspassage fand er einen Herrenausstatter. Eine freundliche Verkäuferin riet ihm zu einem nachtblauen

Anzug, einem weißen Hemd, schwarzen Schuhen und einer schwarzen Krawatte. Tütenbepackt nahm er sich ein Zimmer im nächstbesten Hotel. Er duschte ausgiebig, schaltete einmal durch sämtliche Fernsehprogramme, bestellte gegen Mittag ein opulentes Mahl aufs Zimmer, schlief anschließend für ein paar Stunden und verließ am späten Nachmittag mit Anzug und Krawatte bekleidet das Hotel.

In der Bank war alles wie am Morgen: Die Schleusen piepten. Frauen und Männer eilten vorbei. Von der Decke hingen die Mikadostäbchen. Lediglich hinter dem Empfangstresen saß nicht mehr die Frau mit dem festgefrorenen Lächeln, sondern ein Mann, der zunächst ausdruckslos dreinblickte, als Bromberg an den Tresen trat. Erst in dem Moment, als Bromberg erklärte, er sei geschäftlich in der Stadt und ein alter Studienfreund des Direktors, den er gerne mit einem kurzen Besuch überraschen wolle, lächelte er freundlich. Während der junge Mann den Kopf zum Bildschirm mit den farbigen Balken drehte, schob Bromberg hinterher, er habe heute Morgen bereits mit der Assistentin des Direktors gesprochen und den Hinweis erhalten, es sei eben jetzt ein kleines Zeitfenster geöffnet, eine halbe Stunde nur, aber was wolle man mehr für einen Überfall wie diesen? Als er »Überfall« sagte, guckte der Mann kurz alarmiert auf, dann lachte er. Er fuhr auf dem Bildschirm mit dem Cursor über die Balken, blieb dann bei einer weißen Lücke stehen, nickte kurz, bat um Brombergs Ausweis und griff zum Telefon. Schon kurze Zeit später überreichte er Bromberg eine Besucherkarte und teilte ihm mit, er werde im obersten Stockwerk erwartet.

An der Aufzugtür wurde Bromberg von einer jungen Frau empfangen und in ein Vorzimmer mit cremefarbenen Ledersesseln geführt. Schon durch die geschlossene Tür konnte er eine Stimme hören, die ganz vertraut klang, obwohl er sie lange nicht gehört hatte. Als die Tür aufging, stand dort tatsächlich Juha. Er schaute ein wenig verkniffen. Schon damals, vor Jahrzehnten, hatte er so geschaut. Und wie damals sagte er auch jetzt, als er Bromberg sah, ganz ruhig und verhalten und mit rollendem R einfach nur: »Albrecht.«

Er bot Bromberg einen der Sessel an, bat die junge Frau, zwei Kaffee zu bringen, einen Espresso mit viel Zucker und einen Bohnenkaffee ohne Zucker, aber mit viel Milch (und der Blick, den er Bromberg dabei zuwarf, sagte: Es hat sich nichts geändert, wie du siehst). Dann setzte er sich Bromberg gegenüber und schaute ihn eine Weile an.

Bromberg merkte, wie er unter dem Jackett schwitzte. Er versuchte, so gekonnt wie möglich den Knopf zu öffnen, weil das Jackett im Sitzen spannte, aber der Knopf wollte sich einfach nicht durch das Loch schieben lassen, und die hohe Stirn, die ihm zugewandt war und unter der in tiefen Höhlen Juhas Augen saßen und ihn dabei beobachteten, machte die Sache nur noch schwieriger.

»Albrecht«, sagte Juha noch einmal, und wieder rollte er das R, und wieder sagte er es ganz ruhig, und es schien, als solle das laute Wiederholen des Namens ihm dabei helfen, im Stillen hinter seiner Stirn all die Eindrücke und Informationen abzurufen, die unter diesem Namen und vor längst vergangenen Zeiten bei ihm abgespeichert worden waren.

An der Glasfront surrte es. Bromberg drehte sich zur Seite und bemerkte die Fliege, die aufgeregt gegen die Scheibe flog.

Die Tür öffnete sich, Juhas Assistentin brachte den Kaffee. Während sie tranken, stellte Bromberg mit Beruhigung fest, dass sich jene Stimmung zwischen ihnen einstellte, die sie schon damals verbunden und die Juha stets als Übereinkunft im Schweigen bezeichnet hatte.

»Lange her, dass wir miteinander Kaffee getrunken haben«, sagte Juha schließlich. Er zeigte zu den Fenstern. »Wie du siehst, hat sich meine Aussicht geringfügig verändert.« Bromberg lachte und sah, wie in der Ferne, über den Rändern der Stadt, eine dunkle Wolkenfront aufzog.

»Das stimmt«, sagte er. »Etwas luftiger als dieser graue Innenhof, in dem wir uns immer getroffen haben.«

Er überlegte, wann sie sich das letzte Mal gesehen hatten. Es musste über zwei Jahrzehnte her sein. Genau vermochte er sich nicht zu entsinnen. Alles, woran er sich noch erinnern konnte, war, dass es sich um einen Spätsommertag gehandelt hatte. Es lag bereits eine herbstliche Kühle in der Luft, und die Sonne kam nicht mehr über die Dächer hinweg in den Innenhof der Universität hinein. Einige Jahre lang hatten sie sich dort getroffen, bis Juha eines Tages erklärte, schon in der nächsten Woche werde er in einer anderen Stadt sein. Er habe ein Jobangebot erhalten, das er nicht ausschlagen könne, und es war dieser Moment, in dem Bromberg bewusst wurde, dass plötzlich, von einer auf die andere Woche, jene Zukunft beginnen würde, deren unvermeindliches Eintreten er bisher stets erfolgreich ignoriert hatte.

»Und bei dir?« Juhas Frage riss Bromberg aus seinen Gedanken. »Wie sind bei dir die Aussichten?«

Bromberg setzte die Tasse an den Mund und ließ sich mehr Zeit als nötig, um sie zu leeren.

»Ich arbeite im Museum«, sagte er nach einer Weile. »Im Museum für Natur- und Menschheitsgeschichte.«

Aus Juhas Blick sprach Anerkennung, aber noch bevor er sich genauer nach Brombergs Position erkundigen konnte, erzählte dieser schon von den bedeutendsten Exponaten. Als er merkte, dass Juhas Aufmerksamkeit nachließ, unterbrach er seinen Bericht.

»Und du bist also hier gelandet«, sagte er etwas verlegen.

Juha lehnte sich in seinem Sessel zurück. Das Leder quietschte unter dem Stoff seiner Anzughose.

»Albrecht«, begann er. »Ich freue mich, dich zu sehen. Aber sag: Was treibst du wirklich? Weshalb bist du eigentlich hier?«

Bromberg fühlte sich zunächst nicht ernst genommen. Unterstellte Juha etwa, er arbeite gar nicht im Museum? Dann fühlte er sich ertappt, weil Juha richtig erkannt hatte, dass er tatsächlich nicht wegen seiner Arbeit im Museum zu ihm gekommen war. Schließlich machte sich Erleichterung in ihm breit, weil er nun frei drauflos reden konnte und sich nicht länger um eine möglichst geschickte Hinleitung zum Grund seines Besuchs bemühen musste.

Während Juha ganz ruhig und ohne eine Miene zu verziehen in seinem Sessel saß, erzählte Bromberg von Darwin und Wallace, und während er so redete, wie er schon am Vortag bei der Elias-Birnstiel-Gesellschaft und in der Cafeteria des Museums geredet hatte, merkte er, wie er seiner Sache immer sicherer wurde und wie ihn in dem Moment, in dem er zu einem Ende fand, eine große Gewissheit ausfüllte, mit seinem Besuch bei Juha genau das Richtige getan zu haben.

Juhas Anzughose rutschte erneut quietschend über den Lederbezug des Sessels. Die dunkle Wolkenfront war in Richtung des Stadtzentrums vorgerückt. Die Fliege nahm noch immer unbeirrt einen Anlauf nach dem anderen. Nach wie vor endeten ihre Versuche mit lautem Brummen an der Fensterscheibe.

Juha richtete sich in seinem Sessel auf und beugte sich nach vorn.

»So, so«, sagte er, den Blick auf die Fliege gerichtet. »Die Bienen bekommen das besser hin.«

Bromberg legte die Stirn in Falten.

»Ein Bekannter von mir«, fuhr Juha einfach fort, »hat mit einem Team von Biologen Versuche mit Bienenschwärmen durchgeführt. Er ist eigentlich Mathematiker von Beruf, war eine Zeit lang Mitarbeiter bei uns, ist dann aber doch zurück in die Wissenschaft gegangen. Mit diesen Biologen zusammen hat er Kästen auf einer Insel aufgestellt. Jeder dieser Kästen stellte einen potenziellen Nistplatz dar. Nicht jeder Nistplatz aber besaß die gleichen Eigenschaften. Manche waren größer, manche kleiner. Einige waren windgeschützt, andere der Sonne ausgesetzt. Einer befand sich in der Nachbarschaft eines Ameisenhaufens, ein weiterer stand neben einem Wespennest. Durch genaue Studien im Vorhinein wussten die Biologen, dass die meisten Bienen natürlicherweise Nistplätze bevorzugen, die schattig und windgeschützt in hohlen Bäumen mit einem Hohlraum von dreißig bis vierzig Litern liegen, ohne zu viel Feuchtigkeit und andere Insekten als Nachbarn. In ihrem Experiment fanden sie heraus, dass ein Bienenvolk, also eine Gruppe von um die zwanzigtausend Bienen, immer denjenigen Nistplatz auswählt, der diesen Kriterien am nächsten kommt. Sucherbienen schwärmen aus, erkunden die verschiedenen Nistplätze, und gemeinsam wählen alle am Ende das Optimum.«

Juha nahm einen Schluck Kaffee. »Phantastisch, nicht wahr?«

Bromberg betrachtete die Fliege, die nun, ohne zu surren, am Fensterrahmen entlangkrabbelte. Er sagte nichts, sondern nickte nur. Juha lehnte sich zurück und schlug die Beine übereinander.

»Gestern«, sagte er, »musste ich eine kleine Gruppe neuer Auszubildender begrüßen. Drei Männer, zwei Frauen. Ich habe ihnen die Aufgabe gegeben, in der Stadt, die für sie alle neu ist, ein Restaurant zu finden. ›Das beste‹, habe ich gesagt. ›Für Sie, die Besten, nur das beste!‹ Dabei durften sie keine der üblichen Hilfsmittel verwenden: Keine Bewertungsportale, keine Restaurantführer und so weiter. Sie sollten ins Zentrum gehen, umherlaufen, die Augen offen halten und sich dann alle gemeinsam irgendwo niederlassen.«

Juha schlug die Beine wieder auseinander und beugte sich weit nach vorne.

»Weißt du, wo sie gelandet sind?«, fragte er. »In dem Restaurant, in dem die meisten Menschen saßen. In einem hässlichen Teil mit schlechtem Essen. Dort haben sie sich hingesetzt! Und als ich sie fragte, weshalb sie ausgerechnet dieses Lokal und nicht ein anderes ausgewählt hätten, erklärten sie kleinlaut, es könne kaum das schlechteste sein, sonst säßen hier schließlich nicht so viele Leute. Und weißt du, was ich dann gesagt habe?«

Bromberg beobachtete weiterhin die Fliege, die zu einem erneuten Versuch ansetzte, in den Himmel zu fliegen, an dem sich immer mehr Gewitterwolken zusammenballten.

»›Die Bienen können das besser‹, habe ich gesagt. Und meine lieben Auszubildenden haben mich erstaunt angeschaut, weil sie zunächst nicht verstanden, was ich meinte, bis ich ihnen erstens von den Bienenversuchen erzählte und zweitens erklärte, das beste Restaurant der Stadt befinde sich in einer kleinen Nebenstraße um die Ecke. Sie hätten nur ein Stückchen weiterlaufen und etwas gründlicher suchen müssen. Und vor allem: Sie hätten nicht ausschließlich der Entscheidung der Massen folgen dürfen.«

Bromberg stellte sich den Gesichtsausdruck von Juhas Auszubildenden vor und versuchte, eine diesem Ausdruck möglichst entgegengesetzte Miene zu machen, nur wollte es nicht recht gelingen.

»Ich sehe schon«, fuhr Juha fort, »du fragst dich, was das mit deinem Wallace zu tun hat. Warte noch einen Moment, und ich werde es dir erklären. Mein Bekannter spricht in Fällen wie den eben beschriebenen von *informational cascades*. Wir Menschen, hat er mir einmal erklärt, orientieren uns gerne an den Entscheidungen, die andere vor uns getroffen haben. Wir gehen eben in das Restaurant, das vor unseren Augen liegt und in dem bereits viele Leute sitzen, denn warum sollten diese Leute irren? Wir vergeben Preise an diejenigen, die bereits einen Preis erhalten haben, andernfalls würden wir ja das Urteil der vorigen Preisjury anzweifeln. Ich merke es doch an mir selbst, wenn ich Bewerbungen durchsehe. Ein Stipendium, eine namhafte Referenz oder was auch immer in diesen Lebensläufen zu finden ist, ich lasse mich gerne davon leiten und vertraue blind dem Urteil anderer. ›Doch wer‹, das habe ich auch die Auszubildenden gefragt, ›versichert ihnen, dass die ersten Leute, die sich in dieses Restaurant begeben und damit gewissermaßen den Trend gesetzt haben, ihre Auswahl nach bestem Wissen und Gewissen trafen? Vielleicht waren sie einfach nur zu faul, noch weiter zu laufen. Vielleicht hat ihnen die Farbe der Stühle zugesagt. Vielleicht war es die lächelnde Bedienung, die sie verleitete. Wer weiß?‹ Aber um zum Punkt zu kommen: Als du eben von diesem Wallace erzähltest, musste ich daran denken. Wie mir scheint, ist der das Opfer einer Informationskaskade. Darwin bekam den ersten Platz zugesprochen, und seitdem musste er ihn nicht mehr hergeben, weil alle zuvorderst ihn sahen, und den Wallace vergaßen.«

Draußen zuckte ein erster Blitz durch die tiefgraue Wolkendecke. Donner fuhr durch die gläsernen Wände. Die Fliege kauerte sich in eine Ecke der Fensterfront. Auch Bromberg verspürte den Drang, sich wegzuducken, nicht wegen des Gewitters, sondern weil er wusste, dass nun der Moment gekommen war, um Juha in sein eigentliches Vorhaben einzuweihen. Bis zu diesem Moment hatte er sich gefühlt wie beim Besteigen der Treppe zum 10-Meter-Sprungbrett im Schwimmbad: Bei jedem Tritt hatte er sich Mut zugesprochen und sein Selbstvertrauen gesteigert. Nun aber war er oben angekommen und wusste, dass es, wollte er sich nicht vor sich selbst und allen anderen blamieren, kein Zurück mehr gab. Er ermahnte sich, bloß nicht nach unten zu schauen, zu den johlenden Kindern am Beckenrand und zum Wasser.

»Juha«, sagte Bromberg, schob sich langsam auf dem Sprungbrett nach vorn bis ganz zum äußersten Rand und sprang.

»Ich bin gekommen, um die Sache zu ändern.«

Bromberg war in diesem Moment so erleichtert, dass er am liebsten gelacht hätte vor Freude, doch Juhas Miene erinnerte ihn daran, dass es wichtig war, Haltung zu bewahren. Es ging darum, einen formvollendeten Sprung hinzulegen, statt unkontrolliert mit rudernden Armen und Beinen unten aufzukommen.

»Ich möchte«, fuhr er entschieden fort, »dass Wallace zu seinem verdienten Ruhm gelangt. Ich will, dass er bekannt wird. Mindestens so bekannt wie Darwin. Ja, ich weiß, es mag billig erscheinen, dass ich mich ausgerechnet an dich wende, aber die Sache lässt mich einfach nicht los, und in Anbetracht unserer alten Verbundenheit und deiner jetzigen Stellung wäre es doch sicherlich möglich, dass ...«

Bromberg stockte, weil er befürchtete, dass Juha laut auflachen, die Stirn in Falten legen oder mit den Ohren wackeln würde (tatsächlich hatte er früher ab und an mit den Ohren gewackelt, wenn er einer Sache skeptisch gegenüberstand). Stattdessen aber lächelte Juha nun sanft und nahm Bromberg die Worte aus dem Mund.

»... ich meine Kontakte geltend mache, den Leiter unseres Kulturfonds und andere wichtige Leute anrufe, um eine angemessene Unterstützung für das Museum im Rahmen einer Kampagne zur Verbreitung der Bekanntheit von Alfred Russel Wallace zu erbitten.«

Bromberg wusste nicht, was er sagen sollte. Zu einem gelungenen Sprung gehörte jedoch, den Stolz auf die erbrachte Leistung nicht übermäßig zur Schau zu stellen. Daher bemühte er sich erneut, das Strahlen, das sich in ihm ausbreitete, zu unterdrücken. Im Inneren aber freute er sich. Er war glücklich, Juha hier gefunden zu haben. Und er war froh, trotz aller äußerlichen Veränderung noch immer in der alten schweigenden Übereinkunft mit ihm zusammensitzen zu können. Am liebsten wäre er aufgestanden, um Juha zu umarmen, aber Juha richtete sich plötzlich auf. Es war, als habe der kalte Regen, der nun gegen die Fensterscheiben peitschte, mit einem Schlag die Wärme aus dem Raum getrieben.

»Albrecht«, sagte er. »Ich mochte dich schon damals und ich mag dich noch immer. Aber ich fürchte, auch meine Sympathie für dich wird nichts daran ändern, dass wir die Natur und den Lauf der Dinge so zu akzeptieren haben, wie sie sind. Geschichte ist nun einmal die Gesamtheit dessen, was geschehen ist. Und was geschehen ist, lässt sich nicht mehr rückgängig machen. Darwin ist der Entdecker der Evolution durch natürliche Selektion. Jedes Kind lernt das in der Schule. Weder du noch ich werden irgendetwas daran ändern. Und wenn wir gerade von der Schule reden: Denk doch einmal an deine Schulzeit zurück und überlege, welche Mitschüler die unangenehmsten waren. Doch wohl diejenigen, die jedes halbe Jahr, wenn die Zeugnisausgabe vor der Tür stand und die Lehrer die Ergebnisse ihrer Notenberechnungen bekanntgaben, aufs Neue zum Lehrertisch tippelten und erklärten: ›Aber Herr Lehrer, aber Frau Lehrerin, ich habe eine viel bessere Note verdient!‹ Ich selbst bin einmal auf diese Weise nach vorne gegangen, und ich muss sagen, ich schäme mich bis heute dafür. Und ich bin meiner Lehrerin, einer strengen, klugen Frau, bis heute dankbar, dass sie meiner Beschwerde nichts weiter erwiderte als ›Juha, geh zurück an deinen Platz, setz dich hin, arbeite hart, und du wirst sehen: Am Ende bekommst du, was du verdienst.‹ Genau das habe ich getan. Ich kann dir nicht erklären, weshalb, aber seitdem bin ich der festen Überzeugung, die Großen sind zu Recht groß und die Kleinen nicht zu Unrecht klein.«

Juha schob den Hemdsärmel mit dem Manschettenknopf über das Handgelenk und schaute auf die Uhr. Bromberg packte eine leichte Panik.

»Ich verstehe«, sagte er. »Aber hast du mir nicht gerade eben noch einen Vortrag über Informationskaskaden gehalten, hast Wallace als Opfer unseres Tunnelblicks für die preisgekrönten Erstplatzierten bezeichnet, hast die Bienen für ihre Klugheit gelobt und deine eigenen Auszubildenden für ihre Dummheit gescholten? Und nun? Nun behauptest du plötzlich, gegen die Natur sei kein Kraut gewachsen und jeglicher Einspruch sei, wenn vielleicht nicht immer sinnlos, so doch wenigstens sehr unangenehm?«

Bromberg musste Luft holen, bevor er weiterreden konnte.

»Du wirst doch nicht in dieses luftige Stockwerk gezogen sein mit dem Credo, die Welt und die Menschen und sowieso alles seien ein für alle Mal geschaffen und unverbesserlich! Das mag ich nicht glauben, Juha, das mag ich einfach nicht glauben!«

Bromberg lief rot an, aber Juha lächelte noch immer ganz ruhig, stand auf und ging zum Fenster. Die Fliege flog brummend davon, als sein Schatten auf die Scheibe fiel. Die Regentropfen liefen das Glas hinunter und vereinigten sich zu einem See auf dem gummierten Rand in Höhe von Juhas glänzenden Schuhen.

»Es stimmt, was du sagst, Albrecht«, entgegnete er mit ruhiger Stimme. »Ich stünde nicht hier, wenn ich kein Freund der Optimierung wäre. Die Schnelligkeit, mit der meine Auszubildenden ein schlechtes Restaurant ausgewählt haben, ist nichts, was ich gebrauchen kann. Ich benötige Leute, die überlegt handeln, weitsichtige Entscheidungen treffen, unter Auswertung aller verfügbaren Informationen, und sei ihre Beschaffung noch so beschwerlich. Wie die Bienen eben. Verstehst du? Und doch kann ich die Wahl, die meine Leute in der Vergangenheit getroffen haben, nicht rückgängig machen. Alles, was ich tun kann, ist, sie für die Zukunft vor derartigen Fehlern zu warnen. Macht es so nicht auch die Evolution? Sie lässt überleben, was sich in der Vergangenheit bewährt hat, und sie lässt vergehen, was sich nicht bewährt hat. Aber was sich nicht bewährt hat, kann sie nicht zu neuem Leben erwecken und umgekehrt. Sie geht immer weiter und weiter und ist stets in die Zukunft gerichtet, ohne die Zukunft selbst zu planen. Noch einmal: Die Geschichte ist geschehen, und ich fürchte, sie ist so zu akzeptieren, wie sie geschehen ist. Wäre der Wallace Darwin gewesen, wäre er heute ein in aller Welt berühmter Mann. Nur war er eben nicht Darwin, und deswegen ist er nicht so berühmt geworden. Daran lässt sich nichts ändern.«

Die Fliege landete auf der Scheibe in Höhe von Juhas Hüfte. Ihre kleinen Beinchen standen ganz still. Langsam bewegte sich seine Hand von hinten an sie heran.

»Ich finde dein Engagement in gewisser Weise rührend, Albrecht. Und doch sehe ich nicht so recht, wohin genau es führen und zu wessen Bestem es am Ende sein soll. Würde der Wallace noch leben, fände er sicherlich recht dankbar in dir einen herzlichen Fürsprecher. Aber soweit ich sehe...«

Mit einem kaum hörbaren Patscher traf Juhas flache Hand auf der Scheibe auf. Die Fliege fiel zu Boden. Ihre Flügel surrten kurz, dann standen sie still.

»Pardon. Aber soweit ich sehe, ist Wallace tot. Und solange du nicht an ein Weiterleben verstorbener Geister in unserer Welt glaubst, wirst du dich um sein seelisches Wohl nicht sorgen müssen. Mir scheint ohnehin, es gibt Wichtigeres zu tun.«

An der Tür klopfte es. Juhas Assistentin lugte durch den Türspalt hinein. Sie zeigte mit dem Finger auf die Uhr.

Juha schaute auf die Fliege auf dem Boden. Dann ging er zu Bromberg, gab ihm die rechte Hand und legte seine linke auf Brombergs Schulter.

Bromberg zeigte keine Reaktion. Er kam sich vor wie ein kleiner Junge, der nach seinem bravourösen Sprung vom Zehner plötzlich bemerkte, dass ihm beim Eintauchen ins

Wasser die Badehose heruntergerissen worden und irgendwo in den hellblauen Weiten des Beckens verloren gegangen war. All seine Freude, seine Entschlossenheit und sein Stolz wichen Scham.

»Albrecht«, sagte Juha. »Ich muss zum nächsten Termin. Es war schön, dich gesehen zu haben. Und wenn es mal wieder irgendetwas gibt, wobei ich behilflich sein kann, lass es mich gerne wissen.«

Er drückte Brombergs Hand fest zum Abschluss, klopfte ihm auf die Schulter, dann folgte er seiner Assistentin. Bromberg schaute auf die Fliege. Dünner weißlicher Schleim quoll aus ihrem Hinterteil.

Die Assistentin kam zurück in den Raum, bat ihn nach draußen, brachte ihn zum Fahrstuhl, verabschiedete sich und drückte die Taste für das Erdgeschoss. In der Halle saß noch immer der Mann hinter dem Empfangstresen. Er nahm Brombergs Besucherpass entgegen, händigte ihm seinen Ausweis aus und wünschte ihm noch einen angenehmen Tag.

Als Bromberg nach draußen trat, ging ein starker Regenguss nieder. Schwere Tropfen durchnässten ihm die Haare, das Sakko, das Hemd und die Krawatte. Er stand auf der Straße, pfützenspritzende Autos rasten an ihm vorbei, und er begann zu frieren.

Zehntes Kapitel

*Das – als kurzes Intermezzo – zeigt,
wie es einstweilen dem Bärtigen ergeht*

Das Schwein war gegangen, der Gestank war geblieben. Zwei Tage war es her, dass der Gouverneur es hatte abholen lassen, allerdings unter dem hochheiligen Versprechen, den Kadaver an einem sicheren Ort aufzubewahren, solange die genaue Inspektion desselben noch immer ihrer Durchführung harrte.

Dabei war der Gouverneur eigentlich gar nicht wegen des Schweins gekommen. Ja, er hatte von der Existenz des Tieres noch nicht einmal die geringste Kenntnis gehabt. Er sah es erst, als er vor die Hütte des Bärtigen trat (natürlich nicht, ohne es bereits eine ganze Weile zuvor gerochen zu haben), um, so die offizielle Begründung, über die bevorstehende Ankunft des Postdampfers zu informieren.

Nein, genau lasse sich nicht sagen, wann das Schiff eintreffe. Es könne morgen sein oder übermorgen, vielleicht auch erst in einigen Tagen, erklärte er. Die Fahrpläne der *Nederlandsche Stoomboot Maatschappij* seien zwar reich gespickt mit Zeiten und Routen, doch hätten sich die Listen in den meisten Fällen als eher unzuverlässig erwiesen. Jedenfalls solle er, so hatte der Gouverneur den Bärtigen aufgefordert, ruhig schon einmal zusammenpacken und bereitstellen, was immer er in Kisten zu verschiffen wünsche. Und auch die Post solle er nicht vergessen, so er denn welche habe, aber davon sei doch eigentlich auszugehen bei einem so tiefgelernten Mann wie ihm (er sagte tatsächlich ›tiefgelernt‹, denn aus welchem Grund auch immer hatte er, der dem Bärtigen von Anfang an mit äußerster Hochachtung und Respekt begegnet war, sich angewöhnt, ihn so zu bezeichnen; der Bärtige war eine Zeit lang hin- und hergerissen, ob er diesen merkwürdigen Ausdruck korrigieren solle, hatte sich dann aber dagegen entschieden, weil ihm die Vorstellung, fortan als ›hochgelehrt‹ bezeichnet zu werden, mindestens ebenso unpassend erschien).

Die Bemerkung zur Post trieb dem Bärtigen neuerliche Nervosität in den ohnehin schon unruhigen Körper, denn natürlich hatte er so einige Schriftstücke zu verschicken. Doch tat er sich diesmal vor allem mit einem von ihnen ganz besonders schwer. Seit der denkwürdigen Nacht der Entdeckung haderte er mit dem weiteren Vorgehen. Zwar hatte er seine Einfälle und Gedanken inzwischen noch einmal ins Reine geschrieben. Trotzdem war er unsicher, ob sie überhaupt eines Versandes wert waren, und wenn ja, an wen. Im einen Augenblick (vor allem an den Nachmittagen) meinte er, dass sie etwas Großes seien, etwas Weltbewegendes, das drucken zu dürfen jedes Journal sich wünschte. Im anderen Moment (besonders um die vierte oder fünfte Stunde des Morgens herum) schien es ihm unbedeutend und klein. Zwar musste er dann an die Worte eines Dorfarztes aus Glenfield denken, der in seiner Freizeit etwas trieb, das er Gehirnkunde nannte, und der ihm erklärt hatte, es ziehe im Verlauf der Nacht die Gravitation die Gedanken weg von der Stirn, dem Sitz der Vernunft, hin zum Scheitel- und Hinterhauptsbein, unter denen das Zentrum der Angst und der Sorge sitze. Dennoch konnte diese Theorie nur mäßig beruhigen, denn warum sollten die Dunkelheit und die Nacht nicht richtiger, nicht wahrer sein als das Licht und der Tag?

Angesichts dieser Kopfschmerzen bereitenden Situation, die nicht gerade gelindert wurde durch die Sonne, das Fieber und den Schüttelfrost, zu denen sich neuerdings auch noch Verdauungsprobleme gesellten, war er nicht abgeneigt, ein wenig Ablenkung zu erfahren, insbesondere durch die Erzählung des Gouverneurs, in welcher er insgeheim den eigentlichen Grund für dessen Erscheinen sah (tatsächlich lag er damit nicht ganz falsch).

Schon bei ihrer ersten Begegnung auf der Insel war der Gouverneur auf einige Erlebnisse zu sprechen gekommen, die er selbst als ›wunderbar‹ bezeichnete (und auch hier hatte sich der Bärtige, wenngleich aus anderen Gründen, dagegen entschieden, die Wortwahl zu korrigieren; er konnte nämlich nicht verhehlen, durchaus eine gewisse Faszination für das zu empfinden, was der Gouverneur da berichtete, wie er überhaupt insbesondere denjenigen Menschen und Theorien zuneigte, denen eine breite Masse misstrauisch bis ablehnend gegenüberstand).

Auch an diesem Tag, an dem er angeblich nur zum Überbringen der Nachricht über den Postdampfer vorbeigekommen war, lenkte der Gouverneur das Gespräch auf das ›Wunderbare‹ und drehte, während er erzählte, immer wieder angewidert den Kopf beiseite, sobald der schweinische Verwesungsgeruch ihm den Atem verschlug.

Er habe ja, sagte er, schon des Öfteren Bericht erstattet über jene Treffen, denen er, zu jener Zeit, als er noch nicht auf der Insel weilte, hin und wieder beigewohnt habe: Über die Runde an einem Mittwochabend vor einigen Jahren beispielsweise (das Datum wisse er nicht mehr genau, aber dass es sich um einen Mittwochabend im Februar gehandelt habe, ja, das wisse er noch bis heute). Der Abend hatte ganz harmlos mit einer Einladung zum Tee bei einer gewissen Misses Furrow, der Bekannten eines Bekannten eines Bekannten, begonnen, und er habe sich nicht träumen lassen, wie die Sache enden würde. Von jener Misses Furrow wisse er bis heute nicht, wie alt sie eigentlich sei. Ihr Alter durch den bloßen Anblick zu schätzen war unmöglich gewesen, weil das Gesicht der Frau eine einzigartige Mischung junger und alter Züge aufwies. Immer wieder hatte er sie so unauffällig wie möglich angeschaut, um zu entscheiden, ob es sich um ein junges Mädchen gefangen im faltigen Körper einer alten Dame oder um eine alte Dame zurückversetzt in den Körper eines jungen Mädchens handelte. Ungeachtet ihres unbestimmbaren Alters hatte Misses Furrow einen illustren Kreis von Männern und Frauen versammelt, allesamt honorige Herrschaften (und gerade dieses ›honorig‹ war es, das zu betonen dem Gouverneur besonders wichtig war, wollte er doch von Beginn an dem Eindruck entgegenwirken, es handele sich bei dem, was nun folgen sollte, um die spinnerte Erzählung irgendeines armseligen Hanswursts).

Die Damen und Herren standen also im Salon herum, die Teetassen in den Händen und artig ins Gespräch vertieft, bis Misses Furrow alle hinüber ins Esszimmer bat. Sie nahmen um einen großen Mahagonitisch herum Platz. Die Dame des Hauses selbst begab sich als Letzte zu Tisch und platzierte, bevor sie sich setzte, zur Verwunderung aller ein einzelnes, leeres Weinglas genau in der Mitte der dunkelbraun glänzenden Tischplatte. Sämtliche Hände lagen gut sichtbar weit vom Glas entfernt, und doch begann nach einigen Minuten stillen Sitzens, zu dem die Gastgeberin aufgefordert hatte, plötzlich ein feines Sirren durch den Raum zu wandern. Zunächst lag es wie das Flirren der Sonne in der Luft, doch dann wurde es lauter und immer lauter und klang bald, als würden zwei Weingläser kratzend und klirrend ineinander gedreht, dabei stand doch nur ein einziges auf dem Tisch, umrahmt von unbewegten Händen, wie der Gouverneur immer wieder betonte. Die geheimnisvolle Misses Furrow, die den Spuk schließlich mit einem säuselnden Wort aus einer unbekannten Sprache beendete, habe er seitdem nicht wiedergesehen. Dafür jedoch sei er Zeuge weiterer Auftritte unsichtbarer Wesen aus einer anderen Welt geworden, wie er es nannte, und habe so manches erlebt: Harfen, wie sie die Eingeborenen im Archipel bauten, die, ohne dass ein Finger sie anschlug, die wunderbarsten Melodien zu spielen begannen; Stühle, die sich ohne sichtbares menschliches Zutun von einer Ecke des Raumes in eine andere bewegten; Männer, die im mesmerisierten Zustand glühende Kohle auf ihren Köpfen trugen, ohne dass ein einziges ihrer Haare versengt wurde und ohne dass sie nach eigener Auskunft auch nur den geringsten Schmerz empfanden.

Bei letzterem Beispiel musste der Bärtige unwillkürlich an seine eigene Erfahrung mit der Hypnose denken. Während der Zeit als Hilfslehrer in der kleinen Schule von Leicester war ein Mister Spencer Hall in die Stadt gekommen, und er selbst hatte mitsamt einiger Schüler an einem Vortrag dieses Herrn über die Techniken und Wirkungen des Mesmerismus teilgenommen. Obwohl er einen Großteil dessen, was dieser Mister Hall erzählte, während des Vortrages für überzogenen Humbug hielt, stellte er im Anschluss mit großem Erstaunen fest, dass es sich keineswegs um Übertreibungen, sondern vielmehr noch um Untertreibungen handelte. Denn keine

Stunde war nach dem Vortrag verstrichen, da versuchte er eigenhändig, zwei seiner Schüler in Trance zu versetzen. Und, siehe da, es gelang! Die Iris der Jungen war verschwunden, als er ihre Augenlider anhob. Nur das von kleinen roten Äderchen durchzogene Weiß des Augapfels war noch zu sehen. Und die beiden Jungen, der eine zwölf, der andere sechzehn Jahre alt, taten auf sein Geheiß hin die merkwürdigsten Dinge: Der ältere begann, betrunken zu lallen und herumzutorkeln, nachdem ihm ein Glas Wasser verabreicht worden war unter der deutlichen Verlautbarung, es handele sich um Whisky. Der jüngere riss sich zur großen Erheiterung der Umstehenden mit einem Male die Kleider vom Leib, als ihm gesagt wurde, er stünde lichterloh in Flammen. Nun waren derlei durch Hypnose ausgelöste Zustände zweifelsohne von jenen wunderbaren Erscheinungen, von denen der Gouverneur berichtete, qualitativ verschieden. Gleichwohl musste man ihnen doch eine Verwandtschaft attestieren, insofern sie nämlich von den meisten Leuten als Geisterkram, als übernatürlich oder unmöglich abgetan wurden. Dabei waren sie doch offensichtlich Teil der Natur, sie waren möglich. Die entscheidende Frage lautete einzig und allein: wodurch? Es musste doch wie bei allen anderen Phänomenen auch hier einen Weg geben, die Ursache zu bestimmen (selbst wenn sich am Ende herausstellen sollte, dass diese jenseits des für naturgesetzlich möglich Gehaltenen lag).

Trotzdem, so war der Gouverneur fortgefahren, habe er noch niemals etwas so Wunderbares erlebt wie das, was sich vor einigen Tagen im Hause eines Freundes auf einer benachbarten Insel zugetragen habe. Geradezu unglaublich sei dies, so sagte er, und doch wolle er darauf bestehen, es habe sich so, genau so und nicht einen Deut anders ereignet.

Die Frau seines Freundes sei eine zierliche Person, erklärte er. Allerdings besitze sie offenkundig Kräfte und Fähigkeiten, die selbst den stärksten Männern abgingen. Denn an jenem Abend, von dem nun die Rede sei, die Sonne war zum Zeitpunkt der Begegnung bereits untergegangen, saßen sie wie so oft um ein kleines Tischchen im Vorraum des Hauses, als die Frau ein weißes Blatt Papier und einen Umschlag hervorholte. Das Blatt sei blütenweiß und rein gewesen, dafür bürge er. Er habe es sogar betastet, mit der Nase daran gerochen und es mit den Fingern gewendet sowie von beiden Seiten im Schein der Öllampe genauestens betrachtet, ohne irgendeine Auffälligkeit oder Unreinheit feststellen zu können. Auch sein Freund habe dies getan und das Papier für einwandfrei befunden. Seine Frau nahm also das Blatt und steckte es in einen Umschlag. Auch diesen Umschlag überließ sie zuvor den Männern zur Inspektion, und wie schon beim Briefpapier fanden sie nichts zu beanstanden. Sie verschloss den Umschlag, legte ihn auf den Tisch, und dann passierte für einige Minuten lang zunächst einmal: nichts. Sie forderte die Männer auf, sie und sich an den Händen zu fassen, und das taten sie auch, aber noch immer geschah: nichts. Der Umschlag lag unberührt und ruhig in der Mitte des Tisches.

Plötzlich aber, ganz plötzlich und hell sei ein Lichtstrahl durch das Fenster gefallen wie ein Blitz, dabei waren draußen am dunklen Nachthimmel weder Regen noch Donner noch ein sonstiges Wetterleuchten festzustellen. Der Lichtstrahl ging so schnell, wie er gekommen war, und der Gouverneur verspürte eine seltsame Benommenheit.

Da griff die Frau nach dem Umschlag, öffnete ihn, zog das Briefpapier heraus, faltete es auseinander und reichte es herum. Er konnte, erklärte der Gouverneur (und die Verstörung stand ihm noch immer deutlich ins Gesicht geschrieben), nicht fassen, was er sah. Aber er könne es auch nicht leugnen, denn er sei in diesem Moment bei klarem Verstand gewesen, vollkommen nüchtern, keinen einzigen Tropfen Alkohol habe er zu sich genommen an diesem Tag, nur die übliche Zigarre habe er geraucht, das schwöre er. Auf dem Blatt, das gerade eben noch so blütenweiß gewesen war, reihten sich mit einem Mal verschnörkelte Buchstaben aneinander, und sie hätten auf den ersten Blick betrachtet keinerlei Sinn ergeben. Erst als die Frau seines Freundes die Buchstaben anschaute und sie in der entgegengesetzten Richtung vorlas, entschlüsselte sie die Botschaft: »Ein Schiff wird kommen.«

Ja, natürlich, er wisse ja, es sei eine Binsenweisheit, auf einer Insel sitzend Nachricht darüber zu erhalten, dass ein Schiff eintreffen würde, keine Frage! Es lag in der Natur des Ortes, dass sich früher oder später irgendein Schiff blicken ließ. Aber vielleicht, wer wisse das schon, deute die Nachricht ja auf ein ganz besonderes Schiff hin. Oder auf ein Schiff mit besonderer Fracht. Vielleicht auf den Postdampfer! Und selbst wenn nicht, so sei die Art und Weise, in der die Buchstaben auf das Papier gekommen seien, außerordentlich bemerkenswert, mussten sie doch (durch den Umschlag hindurch!) mit unsichtbarer Hand geschrieben worden sein. Nein, die Hand der Frau seines Freundes mit irgendeiner speziellen Tinte auf eigens präpariertem Papier könne es nicht gewesen sein, dies habe er zunächst auch vermutet. Doch habe er daraufhin noch einmal Papier und Umschlag untersucht und keine Abweichungen von völlig handelsüblichem Papier erkennen können. Des Weiteren habe er seinen Freund und dessen Frau um Schriftproben gebeten, und sie zeigten ihm daher einige Briefe, ein paar Verträge sowie Notizen, welche bewiesen: Die Handschrift auf dem Papier aus dem Umschlag stammte weder von dem einen noch von der anderen!

Der Gouverneur versenkte seine Nase in der Beuge seines Ellbogens, weil ein Duftschwall des verwesenden Schweins ihm die Tränen in die Augen trieb. Er könne einer solch geruchlichen Verpestung der Insel nicht länger tatenlos zusehen, wechselte er abrupt das Thema, und nach einigem Hin und Her mit dem Bärtigen über die Verbringung des Schweins pfiff er drei seiner Lakaien heran, die ohne eine Miene zu verziehen den Kadaver in ein altes Segeltuch wickelten und davonschafften.

Wäre der süßlich-beißende Geruch gemeinsam mit dem Schwein verschwunden, hätte der Gouverneur dem Bärtigen womöglich noch eine Weile Gesellschaft geleistet und weitere Geschichten erzählt. Die Wolke aber blieb hartnäckig hängen und bewegte sich kaum vom Fleck. Und so sah der Gouverneur zu, dass er davonkam, und überließ den Bärtigen wieder seinem Fieber, nicht jedoch ohne zu fragen, ob er auch immer brav seine tägliche Dosis Chinin zu sich nehme (was der Bärtige bejahte, obwohl er schon lange keine Messerspitze des Pulvers mehr geschluckt hatte; es schmeckte einfach zu scheußlich, und der bittere Geschmack, der noch Stunden nach der Einnahme die Zunge belegte und den Genuss jeglicher Speisen verdarb, stand in keinem guten Verhältnis zur tatsächlichen Wirkung; sicherlich waren auch die lästigen Darmbeschwerden darauf zurückzuführen).

Der Gouverneur zündete sich eine Zigarre an, atmete erleichtert auf, winkte noch einmal, als er sich entfernte, und rief, sie sähen sich bestimmt schon in Kürze wieder, spätestens in ein paar Tagen, wenn der Postdampfer käme.

Elftes Kapitel

*Worin Albrecht Bromberg beschließt,
in sein altes Leben zurückzukehren,
und am Ende doch noch alles anders kommt*

Seit der Rückkehr von seiner Reise zu Juha verlief Brombergs Leben eintönig und elend. Gewiss war es auch vorher, bis zum Zeitpunkt seiner Begegnung mit Wallace jedenfalls, kein Abenteuer, kein aufregendes Fest gewesen. Aber elend, nein, elend hatte Bromberg sich nie gefühlt.

Eine Woche lang lag er nur im Bett, die Decke übers Kinn gezogen, unfähig sich zu rühren. Allenfalls stand er auf, um zur Toilette zu gehen, zum Wasserhahn in der Küche und einmal am Tag zum Kühlschrank, um eine sommersprossige Banane von einem Bündel zu reißen, dem einzig Essbaren, das sich noch darin befand. Als die Bananen aufgebraucht waren und der Hunger zu groß wurde, rief er einen Pizzadienst an. Mit nichts als einer Unterhose bekleidet öffnete er die Tür, und der Fahrer, der nichts wusste von dem, was vorgefallen war, und der sich auch nicht weiter dafür interessierte, reichte ihm wortlos eine von feuchten Fetträndern durchzogene Pappschachtel. Als Bromberg dort so stand, hilflos und fast unbekleidet, rollte eine Welle der Scham über ihn und trieb ihn zurück ins Bett.

Eine weitere Woche verkroch er sich vor der Welt. In der Küche stapelten sich dreckstarrende Tassen. Unter dem Bett sammelten sich dicke Staubflusen. Er konnte nicht sauber machen, nicht fernsehen, nicht lesen. Er wollte keinen Lichtstrahl durch die geschlossenen Fenster und die zugezogenen Gardinen hereinlassen. Er wollte nicht aus dem Haus gehen, um Geld für neues Essen bei der Bank abzuheben. Er wollte nicht wach sein, konnte aber auch nicht schlafen. Nur ein bleiernes Dösen, das bekam er hin. Bald aber wurde auch das schwer, weil sein Rücken vom langen Liegen auf der harten Matratze schon ganz wund war.

So geschah es, dass er eines Morgens in seiner Küche stand, auf die leeren, weißen Gitter seines Kühlschranks starrte, sich vor Schmerzen im Rücken krümmte und vor stickiger Luft kaum atmen konnte. Er lief ins Schlafzimmer, zog die Gardinen beiseite und öffnete das Fenster. Draußen gingen die Menschen durch die sonnenbeschienene Welt, als wäre nichts gewesen. Eine alte Dame führte ihren Dackel aus. Eine junge Mutter schob singend einen Kinderwagen vor sich her. Ein Herr im Auto ließ an der Ampel das Verdeck nach hinten fahren und streckte die Arme in die Höhe.

Bromberg betrachtete all diese Menschen und merkte, wie ihre Unbedarftheit und Lebensfreude ihn wütend machten. Und während sie sich sonnten, zog ein Gewitter des Ärgers über ihn hinweg. Er ärgerte sich über alles, was ihn in diese Lage gebracht hatte, in der er sich nun befand, über jede noch so bedeutungslose Kleinigkeit. Am meisten aber ärgerte er sich über sich selbst. Über sich, Albrecht Bromberg, der doch so lange so unbehelligt gelebt hatte, in den nächtlichen Sälen des Museums, und der von einem Tag auf den anderen gemeint hatte, alles umschmeißen zu müssen.

Er trat ins Bad vor den Spiegel, betrachtete sein blasses Gesicht und den kleinen braunen Fleck unter seinem rechten

Auge. War er schon immer so blass gewesen? Und seit wann war dort dieser Fleck? Er wandte sich vom Spiegel ab, stieg unter die Dusche und während das Wasser angenehm warm an ihm herunterlief, stellte er sich vor, wie jemand eine Geschichte über ihn schrieb. Natürlich schien das reichlich lächerlich, die Vorstellung, jemand käme auf die Idee, eine Geschichte über ihn zu schreiben. Über ihn, einen Nachtwächter, über den es eigentlich nicht viel zu erzählen gab. Einen Nachtwächter, der eines Nachts zufällig über einen Teppich stolperte, dadurch auf den vergessenen Vater der Evolutionstheorie stieß und der schließlich nach einigem Hin und Her und Auf und Ab einen Plan schmiedete, um diesem Mann zum späten, aber verdienten Ruhm zu verhelfen, wobei es sich um einen Plan handelte, wie ihn nur ein Nachtwächter schmieden konnte, über den es eigentlich nicht viel zu erzählen gab.

Ja, wenn tatsächlich jemand auf eine solche Idee käme, dann würde dieser Jemand (denn so waren sie doch alle, die Leute, die solche Dinge taten) sicherlich beschließen, die Geschichte nicht mit einem Tief, sondern mit einem Hoch enden zu lassen. Mit einem dieser berühmt-berüchtigten Knaller, die immer so groß angekündigt wurden (vor allem auf den Klappentexten, Schulzen hatte es ja schon immer gesagt), und die sich doch in den meisten Fällen am Ende als armselige, kleine Böllerchen entpuppten, als traurig-trudelnde Schnipsel, die, kaum dass sie pfeifend in den Himmel aufgestiegen waren, bereits wieder röchelnd zur Erde sanken. Nein, auf diese Art von Knaller konnte er getrost verzichten.

Er stieg aus der Dusche, betrachtete sich erneut im Spiegel und sah, wie die Blässe zwar nicht gewichen, aber immerhin

Entschlossenheit in seine Augen zurückgekehrt war. Er musste nicht mit Pomp und Gloria von der Bühne treten. Viel besser war es doch, heimlich, still und leise durch den Hinterausgang zu verschwinden. Es galt, das Heft des Handelns endlich wieder selbst in die Hand zu nehmen und die Geschichte zu einem Ende zu führen, das ganz der eigenen Vorstellung entsprach: Keine Ausbrüche und Ausflüge mehr. Keine langwierigen Diskussionen und Experimente. Keine hochtrabenden Pläne. Stattdessen einfach zurück ins Museum gehen, zu den Epiphyten, Kreuzworträtseln und Wörterlisten, dorthin also, wo alles angefangen hatte. Ja, dort, genau dort sollte die Sache enden.

Und der Direktor? Nun, mit dem würde sich reden lassen. Eine selbstbewusste, aber reumütige Ansprache, und er dürfte überzeugt davon sein, dass es sich um eine einmalige Sache, einen Ausrutscher, gehandelt habe, der in Zukunft nicht wieder vorkommen sollte. Mit dieser felsenfesten Gewissheit und Entschlossenheit rasierte er sich, zog sich etwas Ordentliches an und machte sich auf den Weg zum Museum.

Auf dem Platz davor rauschten an diesem Vormittag die Platanen im Wind. Zwei Schulklassen tollten auf den Sitzbänken herum. Bromberg überquerte die Ampelkreuzung vor dem Platz und ließ den Blick über die hohe Fassade des Gebäudes gleiten. Vielleicht würde es schon heute Abend wieder sein Arbeitsplatz sein. Spätestens ab der nächsten Woche, wenn der Dienstplan offiziell seinen Namen enthielt.

Er befand sich in der Mitte der Straße, als sich die Museumstür öffnete und eine Gruppe von Frauen und Männern heraustrat. Keine Besucher, sondern Mitarbeiter, das zeigte sich an ihrer Lässigkeit. Nur kurz streifte er sie mit seinem Blick, aber gerade lang genug, um sie einzeln zu erfassen. Was er sah, ließ ihn kehrtmachen. Er setzte einen Fuß zurück auf die Straße, doch die Fußgängerampel schaltete auf Rot. Ein Autofahrer hupte. Erschrocken wich Bromberg auf den Gehweg aus, lief am Rande des Platzes bis zu den herumwuselnden Schulkindern und hoffte, in ihrem bunten Gemisch aus Jacken und Rucksäcken zu verschwinden.

»Hey!«, hörte er da bereits die Stimme hinter sich. Eine Mischung aus Liebenswürdigkeit und Erstaunen lag darin. Die Ampel schaltete auf Grün, er wollte losgehen, der nächste Ruf aber hielt ihn zurück.

»Albrecht!« Bromberg drehte sich um und schaute der jungen Frau ins Gesicht. Auf ihrer Nasenspitze saß ein Lichtfleck, der durch die Baumkronen fiel. Eine Locke war aus dem kurz gehaltenen Ensemble ausgerissen und wippte über dem Rand ihres Ohrs. Sie trug dieselbe Hose wie in der Cafeteria vor einigen Wochen, dieselbe Bluse, lediglich ihre Haare waren ein wenig wilder. Ihr Atem ging schnell.

»Albrecht Bromberg«, sagte sie und lachte. »Nachtwächter des Museums für Natur- und Menschheitsgeschichte. Oder muss ich sagen: Ehemaliger Nachtwächter?«

Sie zog seinen Dienstausweis aus ihrer Hosentasche, aber bevor Bromberg irgendetwas entgegnen konnte, sagte sie: »Dein Mantel hängt noch an der Garderobe. Nur falls du dich fragst, wo er geblieben ist. Und ich bin übrigens Rosalia, kurz Rosa. Ganz wie du magst.«

Sie zeigte auf eine freie Bank unter einem der Bäume. Bromberg folgte ihr und kam sich dabei vor wie ein Gefangener, den man gestellt hatte und nun zum Verhör führte. Die Ampel stand noch immer auf Grün. Es wäre ein Leichtes gewesen, Reißaus zu nehmen. Dennoch vermochte er nicht, sich der jungen Frau zu entziehen. Er wollte es mit einem

Male gar nicht mehr. Aus ihrem Lachen sprach die Freude darüber, einen für immer verloren geglaubten Gegenstand plötzlich wiedergefunden zu haben, und als sie Bromberg fragte, wo er gewesen sei und weshalb er sie in der Cafeteria einfach habe sitzen lassen, fühlte er sich nicht imstande, die Aussage zu verweigern, im Gegenteil. Vom Stolperer in der nächtlichen Bibliothek vor einigen Wochen bis zum Beschluss des heutigen Morgens wollte er ihr alles erzählen und tat es auch, begleitet von der leisen Melodie ihres Lachens.

Noch während er redete, berührte sie ihn am Arm (er hielt es zunächst für ein Versehen), dann ließ sie ihre Hand dort liegen.

»Du bist putzig, Albrecht«, sagte sie, nachdem er geendet hatte, und ihre Stimme vermischte sich mit dem Rascheln des Windes in den Blättern und dem Geschrei der Schulkinder. Eine Weile lang saßen sie schweigend da und sahen den Lehrerinnen zu, die vergebens versuchten, die Kinder zum Gehen zu bewegen.

»Da, da!«, rief ein kleines Mädchen immer wieder und zeigte in die Baumkrone. Die anderen Kinder bildeten eine Traube um den Stamm und schauten nach oben, wo dem Mädchen zufolge ein Papagei hockte. Einer mit roten, gelben und blauen Federn. Genau so einer, wie er im Museum stehe. Hatte ihn denn niemand gesehen?

»Was, glaubst du«, fragte Rosa irgendwann, »hat Wallace falsch gemacht? Ich meine nicht, was ich neulich zu dir sagte, dass er sich für kleiner hielt, als er eigentlich war. Ich meine: Wann in seinem Leben hat er den entscheidenden Schritt gemacht, der ihn um jenen Ruf brachte, den Darwin heute genießt?«

Bromberg verblüffte, dass er sich diese Frage noch nicht

ein einziges Mal gestellt hatte. Dabei lag die Antwort doch auf der Hand. Aber noch bevor er sie gedanklich zu Ende führen, geschweige denn äußern konnte, redete Rosalia weiter.

»Natürlich ist die Geschichte die Gesamtheit dessen, was geschehen ist. Da stimme ich deinem Juha zu. Nur scheint mir diese Beschreibung eine kleine Präzisierung nötig zu haben: Geschichte ist die Gesamtheit dessen, wovon wir behaupten, dass es geschehen ist.«

Bromberg rückte ein wenig von ihr ab. Sie zog ihre Hand von seinem Arm zurück.

»Aber das hieße ja«, setzte er an, »dass wir …«

»… ein bisschen Geschichte schreiben, richtig. Wir könnten es auch anders ausdrücken: Wir könnten sagen, wir geben Wallace einen kleinen Schubs. Eine posthume Nachhilfe in Sachen Glück.«

Die Schulkinder auf dem Platz kreischten nun so laut, dass die Lehrerinnen sich kein Gehör mehr verschaffen konnten. Es sitze gewiss kein Papagei im Baum, sagten sie immer wieder. Wie solle ein ausgestopfter Papagei aus einem Museum geflogen kommen? Rosa und Bromberg mussten schmunzeln, als sie sahen, wie die beiden älteren Damen hilflos mit den Armen ruderten und versuchten, einzeln auf einige Schüler einzuwirken.

»Ein paar Jahre meiner Schulzeit«, sagte Rosa, als das Geschrei der Kinder endlich nachließ, »habe ich auf einem Internat verbracht. Eine alte Schule, mit hohen Mauern und strengen Regeln. Ich erinnere mich noch ganz genau an den ersten Tag. Die Mädchen saßen brav auf der einen, die Jungen auf der anderen Seite der Kapelle, während der Direktor, ein Mann mit übergroßen dunklen Augenbrauen und ernstem

Blick, uns die Regeln vortrug: Pünktliches Erscheinen zur Morgenandacht um sieben. Kein Licht auf dem Zimmer nach zehn Uhr abends. Kontakt mit dem anderen Geschlecht nur in den öffentlichen Schulbereichen. Wir alle lauschten seinen Ausführungen, aber schon im selben Moment überlegten wir insgeheim, wie die Regeln zu umgehen seien. Denn wer von uns wollte nicht in der Nacht noch das letzte, das allerletzte Kapitel nur, jenes allzu spannenden Buches lesen, das zu lesen wir heimlich unter der Bank im Unterricht begonnen haben würden? Und wer konnte schon der Versuchung widerstehen, in der Dunkelheit der Nacht über den kalten Boden der langen Flure zu schleichen und unter die warme Decke eines Mitschülers oder einer Mitschülerin zu schlüpfen, deren Gesicht vom Mond beschienen noch viel anziehender wirkte als bei Tage?

Der Direktor riss uns aus unseren Gedanken, als er sagte, er wisse genau, welche heimlichen Ausbrüche aus diesem Reglement wir gerade planten. Wir bräuchten uns gar nicht erst bemühen, so unschuldig wie möglich zu schauen. Er selbst habe einst an unserer Stelle gesessen und wisse daher nur allzu gut, wie die Phantasien hinter unseren Stirnen aussähen. Aber …, aber, fügte er hinzu, er kenne daher auch aus eigener Erfahrung am besten jene Regel aller Regeln, die zu befolgen das einzig Entscheidende sei. Wir dürften nämlich, fuhr er fort, im Grunde genommen alles. In der letzten Reihe fing daraufhin ein Getuschel an, und kurz drohte die ganze Kapelle in ein Murmeln zu verfallen, als der Direktor mit der Hand aufs Holzpult hieb und jenen Jungen zu sich zitierte, der mit dem Tuscheln begonnen hatte. Der arme Junge, eigentlich ein kräftiger Kerl mit breiten Schultern und starken Händen, trat neben den Direktor, ängstlich wie ein geprügelter Hund. Dies, so sagte der Direktor, sei doch mal ein vorzügliches *quod erat demonstrandum*. Und er wolle, wenn wir so gnädig wären, ihm bis zum Ende zu folgen, uns gerne noch die Fortsetzung jener Regel aller Regeln zuteilwerden lassen, die da laute: Wir dürften alles, aber auch wirklich alles tun, was wir wollten. Nur eines, eines dürften wir nicht: uns dabei erwischen lassen.«

Unter der Platane wollten die Lehrerinnen einige Jungen davon abhalten, sich per Räuberleiter auf einen Ast zu hieven, doch ihre Ermahnungen blieben ohne Erfolg.

Rosa stand auf und streifte mit der Hand Brombergs Schulter.

»Du weißt also, was wir zu tun haben?«

Bromberg nickte.

»Meine Schicht ist leider noch nicht zu Ende«, schob sie hinterher. »Und bevor wir loslegen können, habe ich noch ein paar Dinge zu erledigen. Aber sagen wir: Um neun Uhr heute Abend am Michelangelo?«

Bromberg nickte erneut und schmunzelte. Dann sah er Rosa hinterher, die mit unschuldigem Blick zurück zu ihren Kollegen schlenderte, während oben im Baum, unter dem die Schulkinder standen, ganz oben, zwischen einigen hellgrünen Blättern ein rotes Gefieder hervorblitzte.

Als er am Abend das Michelangelo betrat, hing eine feine milchige Wolke über der Stadt. Wie ein dünner weißer Schleier hatte sie sich ausgebreitet, doch niemand konnte erklären, woher sie gekommen war. Weder hatte es atmosphärische Hebungen, Aufwinde oder feuchtkalte Luftmassen gegeben, die eine Wolkenbildung üblicherweise erklärten (sagten die Meteorologen), noch war ein Feuer ausgebrochen oder hatte sich ein Chemieunfall ereignet (beteuerten die Feuerwehr und die Fabrikbesitzer). Über dem Museum lag die Wolke besonders träge. Und obwohl jeder sich fragte, was es mit ihr auf sich habe, deutete niemand sie als Zeichen dafür, dass sich an ebendiesem Ort in Kürze einige Dinge ereignen sollten, die die Welt verändern würden.

Auch Fabrizio, der Besitzer des Cafés, hatte die Wolke bemerkt, doch viel mehr wunderte er sich darüber, dass Bromberg so lange fortgeblieben war, nun den üblichen Espresso ablehnte und stattdessen erklärte, er wolle noch auf jemanden warten, bevor er etwas zu sich nehme. Fabrizio legte halb beleidigt, halb gespannt die Tasse, die er bereits unter den Siebträger gestellt hatte, wieder auf die Maschine.

»Bene«, sagte er. »Bene! Wolle wir warte.«

Auf der Uhr an der Wand hinter dem Tresen schleppte sich der schwarze Zeiger mit Mühe voran. Jahrelang hatte Bromberg nachts der Zeit dabei zugesehen, wie sie verging. Aber noch nie war sie so langsam vergangen wie jetzt. Auf der Straße parkte ein älterer Herr sein Auto ein und demolierte dabei fast die Stoßstange eines anderen. Eine Gruppe Jugendlicher radelte vorbei. Ein Hund an der langen Leine pinkelte gegen einen Laternenpfahl. Nur Rosa war nirgends zu sehen. Die Zeiger der Uhr bewegten sich auf halb zehn zu, und sie machte einfach keine Anstalten, sich blicken zu lassen.

»Wolle jetzte Kaffee?«, fragte Fabrizio, als der lange Zeiger die Uhr in zwei Hälften schnitt. Bromberg schüttelte unwirsch den Kopf.

»Iste eine Fraue, mhm?«, hakte Fabrizio nach. Bromberg reagierte nicht. Stattdessen trat er nach draußen vor das Café. Er wollte gerade weggehen, als Rosa die Straße heruntergelaufen kam. Schon von Weitem war ihr Lachen zu sehen und vertrieb augenblicklich seine Zweifel. Weder er noch sie sagten ein Wort, als sie bei ihm ankam, doch bedurfte es auch keiner Worte, denn was immer sie in den folgenden Stunden taten, schien einfach zu geschehen.

Zuerst liefen sie zu Schulzens Antiquariat, aber nicht auf direktem Wege, sondern mit einem kleinen Umweg zu einem Getränkeladen, wo Rosa eine Flasche Tonicwasser kaufte und Bromberg in die Hand drückte, der die Flasche wiederum an Schulzen weiterreichte, nachdem sie das Antiquariat betreten hatten. Schulzen schenkte ihnen allen lachend ein (auch auf ihn entfaltete Rosas Gegenwart ihre wundersame Wirkung; er murrte nicht ein einziges Mal, sondern tat alles, was ihm geheißen, mit der größten Begeisterung). Auf umgedrehten Kisten saßen sie um Schulzens schummrige Funzel herum, die ganze Nacht lang – mit Ausnahme von Bromberg, der um halb drei zum Museum lief, Henri Clochard abpasste und ihm auftrug, am folgenden Abend nach Sonnenuntergang in einer Nebenstraße des Museums zu warten; er habe einen Auftrag für ihn, von dem er ihm noch nicht erzählen könne, aber er werde ihn gut bezahlen, wenn er so geschickt und unbemerkt wie früher durch das Toilettenfenster ins Museum einsteige.

Als Bromberg ins Antiquariat zurückkehrte, saßen dort noch immer Rosa und Schulzen zusammen, die Köpfe über ein Blatt Papier gebeugt. Schulzen schrieb Reihe für Reihe, Buchstabe für Buchstabe ein Alphabet, aber nicht in seiner eigenen Handschrift, sondern in jener von Wallace, angelehnt an das Faksimile eines Briefes, das neben ihm auf dem Sekretär lag. Stundenlang schrieb er und immer wieder übte er Rundung für Rundung und Schnörkel für Schnörkel, bis er, draußen graute schon der Morgen, ein vollgeschriebenes

Blatt neben das Faksimile hielt und Bromberg und Rosalia Mühe hatten, die beiden voneinander zu unterscheiden. Sie kämen wieder, sagte Rosa zum Abschied gegen sechs Uhr, sicherlich im Laufe des Tages schon, und Schulzen konnte kaum etwas antworten, so schnell waren sie auf und davon.

Vom Antiquariat aus liefen sie weiter zur Elias-Birnstiel-Gesellschaft. Auf dem Weg überlegte Bromberg, wie den anderen die Bekanntschaft mit Rosa am geschicktesten zu erklären sei. Doch als sie beim Stammtisch ankamen, musste er feststellen, dass sich niemand der Anwesenden (es waren dies Severin, Renzel und Alexej; Di Stefano hatte sich entschuldigen lassen) über die Frau an seiner Seite wunderte. Es war, als habe Rosa schon immer zur morgendlichen Runde dazugehört (sie trank zum Erstaunen aller im Gegensatz zu Bromberg nach all dem Gin und Tonic sogar noch ein Bier), und es dauerte nicht lange, da waren die anderen in den Plan eingeweiht.

Sie bräuchten, erklärten Rosa und Bromberg, ein altes, unbeschriebenes Briefpapier, am besten eines aus der Mitte des neunzehnten Jahrhunderts, wie es die britischen Offiziere und Kaufleute für ihre Post aus Asien in die Heimat verwendet hatten. Alexej verließ daraufhin für einige Minuten den Laden, um, wie er sagte, mit einem russischen Bruder zu telefonieren, der ihm in dieser Angelegenheit jemanden vermitteln könne. Nur Minuten nachdem er wieder hereingekommen war, klingelte sein Telefon, und eine dunkle Männerstimme meldete sich, so laut und schnarrend, dass auch die anderen sie hören konnten. Ja, er könne das gewünschte Briefpapier besorgen, binnen weniger Stunden, solange die Bezahlung stimme.

Renzel arbeitete, während Bromberg die Details für die

Übergabe des Briefpapiers besprach, bereits an einer ersten Fassung des Briefes im, so sagte er, schönsten Englisch, das das neunzehnte Jahrhundert jemals gesehen habe, wobei Rosa ihn dazu anhielt, lieber einen Brief von Wallace zum Vorbild zu nehmen, um dessen Ton so gut wie möglich nachzuahmen.

Severins Rolle bestand maßgeblich darin, zu schweigen. Zu schweigen über das, was in diesem Moment und im Laufe des Tages noch geschah: Im Hinterzimmer eines kleinen, unscheinbaren Barbierladens holten Bromberg und Rosa das Briefpapier ab (und sie begannen gar nicht erst zu fragen, auf welchen Wegen dieses Papier dorthin gekommen sein mochte; was zählte, war, dass es echt aussah, und diese Anforderung erfüllte es allemal).

In einem Laden für feine Schreibwaren erstanden sie ein Fässchen Tinte (und wurden beruhigt durch die Beteuerungen des nichtsahnenden Inhabers, die Rezeptur dieser Tinte habe sich über die Jahrhunderte hinweg kaum verändert, ein Ausweis ihrer Qualität). Sie brachten Tinte und Papier zu Schulzen, der Renzels wohlklingenden Entwurf mit einer Feder in die Handschrift von Wallace übertrug. Unterdes machten Rosa und Bromberg es sich zwischen Stapeln alter Zeitungen für ein Nickerchen bequem.

Als sie erwachten, hielt Schulzen ihnen den Brief vor die Nase. Tatsächlich sah er so aus, als hätte Wallace selbst ihn geschrieben. Nur ein Malheur, sagte Schulzen, ein kleines Malheur sei ihm passiert: Einige Spritzer Tee seien an einer Stelle des Papiers zu sehen. Immerhin sei es Tee gewesen, nicht Kaffee, noch dazu ein Tee mit Herkunft Ceylon, insofern mochte die Sache doch sicherlich in Ordnung gehen. Bromberg und Rosa nickten, dann dösten sie nochmals einige

Stunden, bis sich die Sonne hinter die Dächer der Stadt verzog und schließlich ganz versank.

Henri Clochard war nur ein grauer Schemen, als er wartend in der Nähe des Museums stand. Den Brief unter seiner Jacke versteckt, schlurfte er in die Nacht. Bromberg überlegte, ob er Henri alles ausreichend erklärt hatte: die Gänge im Museum, die Lage der Kameras, den Ort, an dem er den Brief deponieren sollte. Doch blies er seine Sorgen einfach mit einer Pfeife fort, wie er sie an diesem Ort um diese Zeit schon länger nicht mehr geraucht hatte. Er schaute auf das Museum, über dem langsam, aber merklich die feine, schleierne Wolke verschwand. Und doch, so war sich Bromberg sicher, würde wie schon bei ihrem Auftauchen niemand ihr Verschwinden in Verbindung bringen mit den Ereignissen der kommenden Stunden und Tage.

Henri Clochard würde den Brief im Museum hinterlegen, auf einem jener Stapel, wie es sie zuhauf gab in den Arbeitsräumen der Kuratoren und Magazinverwalter. Stapel mit Schriftstücken, alten wie neuen, die auf Gott weiß welchen Wegen ins Museum gelangt waren und nun darauf warteten, in die Hand genommen und für wichtig befunden zu werden: Etiketten von botanischen Exkursionen nach Botswana ebenso wie die Tagebuchaufzeichnungen eines noch unbekannten Abenteurers, der im siebzehnten Jahrhundert alleine die Wüste Gobi durchquert und sich dabei ausschließlich von der Milch einer Kamelstute ernährt hatte. Und zwischen all diesen Dingen würde nun jener Brief aus den Molukken auftauchen, das Papier alt und wellig, die Tinte aufgetragen mit dünner Feder, hier und da verschmiert.

Der Verfasser musste ordentlich geschwitzt haben, würde der beleibte Mitarbeiter des Museums denken, dem selbst die

Schweißperlen auf der Stirn standen, während er den Brief las. Und sein Schwitzen würde sich noch verstärken in dem Moment, in dem er feststellte, von wem dieser Brief stammte und wovon er handelte: von der Bitte des kleinen Artensammlers Alfred Russel Wallace an den großen Naturforscher Charles Darwin nämlich, seinen Aufsatz über das Gesetz des organischen Wandels an ein Journal weiterzuleiten. Es waren dieser Aufsatz und seine Geschichte kein Geheimnis, jedenfalls nicht unter den Kennern in den Museen dieser Welt. Doch was der so lange verschollene, dazugehörige Brief offenbarte, ließ diese Geschichte nun plötzlich in einem ganz neuen Licht erscheinen.

Der schwitzende Museumsangestellte würde, obwohl er doch eigentlich gerade in die nach eigener Auffassung höchst wohlverdiente Kaffeepause hatte gehen wollen, in das Büro des Direktors laufen (und es würde nicht mehr nur seine Stirn nass sein, sondern auch sein Hemd gezeichnet von dunklen Flecken). Er würde nach vorsichtigem Anklopfen das Büro betreten und den Direktor in desolater Stimmung vorfinden, den Kopf auf die Hände gestützt, mit verzweifeltem Blick über der Haushaltsplanung des Museums sitzend (denn gerade würde ein hoher Kommunalbeamter ihm weitere Kürzungen angekündigt haben). Er würde also nicht sonderlich erfreut sein, in dieser schweren Stunde gestört zu werden. Doch würde seine Miene von ernst zu höchst erfreut wechseln, während ihm sein schwitzender Mitarbeiter den Grund seines Kommens erklärte, wenn er also erläuterte, worum es sich handelte bei jenem alten, dünnen und dicht beschriebenen Papier, das er da in den Händen hielt (um einen Brief! Doch nicht um irgendeinen, sondern um *den* Brief an Charles Darwin, der einst die Veröffentlichung der *Entstehung der*

Arten ins Rollen gebracht hatte! Sie wissen schon, jener verschwundene Brief von Alfred Wallace, der auf der ersten Seite des darwinschen Buches erwähnt wird und der daher allen ein Begriff sein könnte, den von uns Experten einmal abgesehen jedoch kaum einer kennt!).

Der Direktor würde aufstehen, um seinen viel zu großen Schreibtisch herumgehen und seinem Mitarbeiter den Brief aus der Hand nehmen. Er würde die dicht gedrängten Zeilen lesen, mit etwas Mühe zwar, aber doch ausreichend fürs Verständnis, und er würde an jener Stelle, an der es hieß, die Eile, in der all dies verfasst sei, erlaube keine zweifache Ausfertigung, weshalb im Anschluss an die Lektüre um Weiterleitung an ein Journal zur Veröffentlichung gebeten werde, seinen Mitarbeiter ansehen mit einem wissenden Funkeln in den Augen, schlug doch dieser Brief, der so lange unentdeckt irgendwo im Magazin des Museums geschlummert hatte, sämtliche Haushaltssorgen mit einem Male in den Wind. Auch der Direktor kannte wie die meisten Angehörigen seines Metiers schließlich die Geschichte von Wallace und seinem Aufsatz, war ihr aber ebenso wie die meisten wenngleich mit Interesse, so doch im Großen und Ganzen mit Achselzucken begegnet. Der Brief jedoch – aus heiterem Himmel war er gekommen, das Schicksal nutzte ihn als Wink! – änderte diese Haltung: Alfred Russel Wallace hatte, daran bestand nun kein Zweifel mehr, Charles Darwin darum gebeten, seinen Aufsatz an ein Journal weiterzuleiten, und Darwin hatte es nicht getan. Dieser Brief war eine Sensation! Eine veritable Sensation! Er bewies, dass die Geschichte einen falschen Ausgang genommen hatte. Wallace war zu Unrecht in eine Nebenrolle gedrängt worden, und so konnte es nur eine korrekte Schlussfolgerung geben: Die Geschichte musste umgeschrieben werden, aber schleunigst! Eine Korrektur war erforderlich, keine kleine, nein, eine gewaltige! Die Priorität der Entdeckung der Evolution durch natürliche Selektion gebührte Alfred Russel Wallace aus dem kleinen Örtchen Usk in Wales. Schon würde der Direktor zum Hörer greifen und für zwölf Uhr eine Pressekonferenz anberaumen, zu einem Zeitpunkt also, da die zuständigen Experten seines Hauses die Echtheit des Briefes gerade einmal mit einem flüchtigen Blick auf Tinte, Schriftbild und Papier bestätigt haben würden (unter dem unverständigen Murren des Direktors, natürlich sei der Brief echt, was für eine Frage).

»Charles Darwin hat sich mit unlauteren Mitteln sein Überleben erkämpft«, würden seine ersten Worte sein, die er in die Objektive der blitzenden Fotoapparate und die Mikrofone der aufgebockten Fernsehkameras sprach. Reporter würden sich um ihn reißen. Immer wieder würde er den Brief in die Höhe halten müssen (inzwischen würde er sich ordnungsgemäß weiße Baumwollhandschuhe angezogen haben), und die ersten Bilder würden gemeinsam mit Schlagzeilen und Eilmeldungen um die Welt gehen: »Darwins dunkles Vermächtnis«, würden die einen titeln, »Wallace ist der neue Darwin«, die anderen.

Wie bei allem auf der Welt konnte es nur eine Frage der Zeit sein, dann würde sich die Kunde überall verbreitet haben, erst unter den Forschern, an den Akademien und Universitäten, schon bald aber auch unter denen, die Darwin nur dem Namen nach und seine Theorie allenfalls der Schule wegen kannten. Rufe würden laut werden nach der sofortigen Korrektur aller Lehrtexte, Geschichtsbücher, Lexika; nach der Umwidmung aller Denkmäler, Medaillen und Preise. Nicht alle würden fordern, Darwin die Ehre vollends abzuerkennen, aber die meisten würden darauf bestehen, Wallace' Verdienste endlich gebührend zu würdigen – Verdienste, um die er selbst gewusst, die er aber nie hervorgehoben hatte. Nicht ein einziges Mal hatte er richtigzustellen gewagt, worum er Darwin wirklich gebeten hatte. Stattdessen hatte er geschwiegen. Aber nun, nun endlich war sein Schweigen gebrochen.

Natürlich würden sich an dieser Stelle (wie immer in solchen Fällen) auch ein paar Spitzfindige zu Wort melden: Diejenigen, die fragten, wie es denn sein könne, dass Wallace all den verbrieften Behauptungen, er habe Darwin nicht um Veröffentlichung gebeten, zeitlebens nicht widersprochen habe. Aber diesen Stimmen würde man entgegenhalten: Wie und wozu hätte er den üblichen Darstellungen der Geschehnisse denn widersprechen sollen, wenn doch die Geschichte von anderen entschieden worden, wenn doch sein Schicksal längst besiegelt war?

Ähnlich würde es auch anderen Stimmen ergehen: Den Stimmen derjenigen, die darauf verwiesen, der Vorsitzende der Linnéschen Gesellschaft zu London daselbst habe das Jahr 1858 mit den Worten beschlossen, es sei dieses Jahr leider eines ohne weltbewegende wissenschaftliche Entdeckungen gewesen (soll heißen: erst Darwins Buch hatte, niemals aber hätte Wallace' Aufsatz allein für solches Aufsehen gesorgt); ebenso den Stimmen derjenigen, die betonten, es habe sich Wallace' Theorie der Evolution doch durchaus an einigen gewichtigen Punkten von jener Darwins unterschieden (und hier verwiesen sie vor allem auf Wallace' Zweifel an der Evolution des menschlichen Geistes). Und apropos Geist, erklärten manche, er habe sich durch seine unverhohlenen Sympathiebekundungen für den Spiritismus (war dies noch schlimmer oder weniger schlimm als seine Sympathie für den Sozialismus?) selbst gewaltig ins Abseits gebracht. Doch was immer diese Stimmen auch sagten, sie würden recht bald sehr einsam auf weiter Flur als Spielverderber dastehen, die selbst jetzt, anderthalb Jahrhunderte später, dem einstigen Verlierer nicht den Sieg gönnten.

Und so würde, um diesen Sieg zu feiern, ein Wallace-Gedenktag ausgerufen werden, ja, viel eher noch ein ganzes Wallace-Jahr. Straßen, Schulen, Forschungszentren, sogar Fluggesellschaften und Städte würden von ›Darwin‹ in ›Wallace‹ umbenannt. Ein weiß gestrichener, frisch renovierter Postdampfer würde auf Geheiß und unter der Schirmherrschaft Ihrer Majestät, der Königin von England, wöchentlich den Malaiischen Archipel durchkreuzen, vom südlichen Durchlass zwischen Bali und Lombok hinauf zu den Weiten des friedlichen Ozeans.

Wallace' Wohnsitze würden zu Pilgerstätten, seine Bücher zu Bestsellern werden. Niemand würde mehr fragen, ob es sich bei ihm um den bekannten Verfasser von Kriminalgeschichten handele, denn jeder würde wissen, dass es nur einen wahren Wallace gab: den spitzbübisch schmunzelnden, bärtigen Mann, dessen Leben von Anfang bis Ende im Zeichen der Wissenschaft stand und der, nachdem er die Meere befahren und die Regenwälder durchquert hatte, schließlich dem Geheimnis auf die Spur gekommen war, das allem Leben innewohnt.

So rasant und gewaltig würde diese Entwicklung sein, dass niemand mehr dem scheuen Chemiker Gehör schenkte, der nach Monaten intensiver Analyse des Briefpapiers mitteilte, er habe darauf einige merkwürdige Flecken unterhalb der Tinte ausmachen können: Flecken von Ceylontee nämlich, den es zu Wallace' Zeiten zwar bereits gegeben habe, ebenso wie das in Spuren im Tee enthaltene Anthrachinon. Doch sei Letzteres erst im zwanzigsten Jahrhundert in den Rang eines wichtigen Mittels zur Schädlingsbekämpfung auf den Teeplantagen Asiens aufgestiegen, sodass die Tinte, weil sich die Flecken ja darunter befanden, erst zu dieser Zeit aufgetragen worden sein könne.

Doch würde der Einwurf zu spät kommen. Die Rufe würden ungehört verhallen, niemand würde mehr Lust verspüren, sich mit Zweifeln zu befassen. Das Positive wollte man sehen: die Gerechtigkeit, die durch die Entdeckung des Briefes nun endlich hergestellt worden war. Und in ein paar Jahren oder Jahrzehnten würde nur noch dann und wann jemand fragen, ob es neben Alfred Wallace nicht auch noch einen anderen, einen zweiten Entdecker der natürlichen Selektion gegeben habe. Und diejenigen, die diese Frage hörten, würden sagen, ja, den hat es gegeben: in Form eines alten, weißbärtigen Mannes in Downe im Süden von England. Nur hatte dieser tragischerweise zu lange damit gewartet, sein Wissen der Öffentlichkeit preiszugeben, und so sei er irgendwann in Vergessenheit geraten. Aber, aber, fügten sie hinzu und hoben stolz um dieses Wissen ihren Zeigefinger, manchen, ja einigen wenigen wie ihnen sei er doch noch bekannt: als Verfasser eines durchaus luziden Büchleins über die viel zu lange im Dunkel der Geschichte begrabene Rolle der Regenwürmer.

Epilog

*Worin der Bärtige dem Blässlichen begegnet,
über Ruhm diskutiert, einen Brief verschickt
und dem Postdampfer hinterhersieht*

Als der Bärtige am Quai eintraf, fand er den Gouverneur nicht alleine vor. Natürlich kam dieser selten ohne Begleitung. Ein, zwei Lakaien, manchmal sogar noch mehr, hielten sich stets in seiner Nähe auf und liefen herbei, wenn er nach ihnen rief. Der blässliche Mann aber, der nun neben ihm stand, sah nicht nach einem armseligen Gehilfen aus. Er mochte dem Gesicht nach Ende vierzig, dem schütteren Haar nach zu urteilen sogar älter sein. Unter seinem linken Auge saß ein kleiner brauner Fleck.

»Darf ich vorstellen?«, rief der Gouverneur, noch bevor der Bärtige Luft holen konnte, nachdem er von seiner Hütte zu ihnen hinübergeeilt war (nicht einmal das Tintenfass zu verschließen war Zeit gewesen, so sehr hatte der kleine Malaie ihn gedrängt, der Bitte des Gouverneurs zu folgen).

»Mister Erasmus Bond«, sagte der Gouverneur und wies auf den Blässlichen. Anschließend, während der Blässliche dem Bärtigen die Hand entgegenstreckte: »Mister Alfred Russel Wallace.«

Die beiden Männer schüttelten sich höflich und verhalten die Hände.

»Wahrlich«, rief der Gouverneur, »bezeuge ich hier und

heute auf meiner kleinen, bescheidenen Insel das Aufeinandertreffen zweier großer Entdecker.«

Der Blässliche und der Bärtige musterten sich. Auf dem Weg von der Hütte zum Quai hatte der Bärtige zunächst geglaubt, im Blässlichen einen alten Bekannten wiederzuerkennen: einen deutschen Reisenden namens Rosenberg, dem er vor einer Weile zwei Schwarzkehl-Paradieselstern abgekauft hatte. Doch hatte dieser Eindruck offenbar getäuscht.

Der Blässliche stand einfach nur da und lächelte. Er trug einen langen, etwas zerknitterten Mantel (eine der Hitze durchaus unangemessene Bekleidung) und wirkte irgendwie aus der Zeit gefallen.

»Mister Bond«, erklärte der Gouverneur (und dabei stupste er den Bärtigen an), »ist die Lösung all Ihrer Probleme. Er ist, wenn ich es einmal so ausdrücken darf, der Patron der Heiler. Der Erfinder, Mister Wallace, der Erfinder eines Wässerchens, das ganz im Sinne und Stile eines Tonikums wirkt und daher zu Recht …«

Der Gouverneur unterbrach seine Rede und schaute den Blässlichen an, als wolle er eine Erlaubnis einholen. Als dieser nicht reagierte, fuhr er einfach fort.

»… das aufgrund seiner Wirkung zu Recht schon bald unter dem Namen Tonicwasser in alle Welt verkauft werden wird.«

Der Gouverneur strahlte bis über beide Ohren, während der Blässliche den Eindruck machte, er ziehe seinen Kopf wie eine Schildkröte unter den Panzer zurück.

»Fragen Sie mich nicht nach der genauen Rezeptur, Mister Wallace«, sagte der Gouverneur, »aber es hat mit diesem Wasser Mister Bond einen Weg gefunden, um das ach so ungenießbare Chinin, bei dessen Einnahme gegen Ihr Fieber Sie jedes Mal das Gesicht verziehen wie ein Makake, dem man eine Zitrone reicht, dem Körper nicht in pulverisierter Form zuzuführen, sondern in Form eines Getränks. Und als wäre dies für sich genommen nicht schon wunderbar genug, ist jenes Wasser mit einem Fingerhut Gin vermischt nicht nur noch wohlschmeckender und bekömmlicher, sondern auch noch wirkungsvoller, wenn Sie wissen, was ich meine.« Der Gouverneur kratzte sich am Bauch.

»Wie Mister Bond mir vorhin mitteilte, konnte er seine Kreation kürzlich im Norden Indiens inmitten einiger Offiziere sogar mit Eis gekühlt genießen. Stellen Sie sich nur vor: Mit Eis herangekarrt von den Gletschern des Himalaya in großen Blöcken bis in die staubigen Städte, wo sie dann von kleinen indischen Jungen mit scharfen Macheten in bechergerechte Portionen gehauen werden.«

Dem Gouverneur lief ein Schweißtropfen die Schläfe hinunter und fiel auf seine Schulter. Auf seiner hellen Weste bildete sich ein kleiner, runder Fleck. Noch immer standen der Bärtige und der Blässliche da und sagten kein Wort. Nur der Gouverneur redete in einem fort.

»Mister Bond ist nun im Archipel unterwegs, um letzte Kräuter und Gewürze aufzutreiben, durch deren Zugabe sich sein Wasser zur Vollendung bringen ließe, wobei, wenn Sie mich fragen, dies ganz und gar unnötig ist. Es schmeckt auch so schon hervorragend.«

Dem Blässlichen stieg leichte Röte ins Gesicht, wobei der Bärtige nicht zu sagen vermochte, ob dies von der Aussage des Gouverneurs oder von der noch immer mitten über ihnen stehenden Sonne herrührte.

Er drehte sich zu seiner Hütte um. Auf dem Tisch unter dem löchrigen Sonnensegel lag noch immer der Brief, beschwert durch das geöffnete Tintenfass. Der Krummnasige, den er mit dem Verladen der Kisten beauftragt hatte, war verschwunden. Doch auch keines seiner Frachtstücke stand mehr an Land.

»Mister Wallace«, sagte der Gouverneur und legte dem Bärtigen die Hand auf die Schulter, »leidet unter fortwährenden Fieberanfällen.« Er hielt kurz inne, um sich der Aufmerksamkeit des Blässlichen zu versichern. »Dieser Widrigkeit zum Trotz hat er vor einer Weile, da befand er sich noch in einem anderen Teil des Archipels, eine Entdeckung gemacht, die so bedeutend ist, dass sie mit seinem Namen versehen wurde. Es handelt sich – bitte korrigieren Sie mich, wenn ich mich irre, Mister Wallace! – um eine Linie. Eine Linie, die mitten durch den Malaiischen Archipel verläuft und die Verteilung der asiatischen Fauna auf der einen und der australischen auf der anderen Seite markiert.«

Der Bärtige rückte ganz leicht vom Gouverneur ab, gerade weit genug, dass dieser seine Hand von der Schulter zog.

»Wenn die Herren mich entschuldigen«, sagte er nach einem Moment des Schweigens. »Es freut mich, die Bekanntschaft gemacht zu haben, Mister Bond. Nur leider muss ich nun zurück. Es wartet dort hinten auf dem Tisch vor meiner Hütte noch die Erledigung einer wichtigen Korrespondenz auf mich, und wie mir scheint, wird die *Koningin der Nederlanden* die Insel in Kürze wieder verlassen.«

Die Stirn des Gouverneurs legte sich schlagartig in Falten. Seine ohnehin schon kleinen Augen schrumpften zu winzigen Punkten.

»Mister Wallace«, sagte er in strengem Ton, »Sie schulden mir und meinem weit gereisten Begleiter eine bessere Entschuldigung.«

Der Bärtige schaute den Gouverneur an und wünschte, es würde sich in diesem Moment seine Diarrhö bemerkbar machen. Mit jenem Grummeln im Unterleib, das von außen so klang und sich von innen so anfühlte, als braue sich ein Gewitter zusammen. Und tatsächlich dauerte es meist nicht lang, und es donnerte alles, was er zu sich genommen hatte, aus ihm heraus. Er konnte froh sein, wenn die Entladung erst im nahe der Hütte gelegenen Inselwald stattfand und nicht schon auf dem Weg dorthin. Jetzt aber, wo er dies als einfache Entschuldigung so gut hätte gebrauchen können, wollte sich kein Grummeln einstellen. Die Gedärme schwiegen hartnäckig. Nicht einmal ein schwaches Lüftchen regte sich.

Der Gouverneur sah ihn auffordernd an, und auch der Blässliche, der durch den rauen Ton des Gouverneurs ein wenig erschrocken war, zeigte sich gespannt. Der Bärtige suchte noch immer nach einem Ausweg aus der Konversation, fand aber keinen. Den Gouverneur und seinen Begleiter nun einfach hier stehen zu lassen schien keine gute Idee, denn früher oder später würde die Hilfe des Gouverneurs vielleicht noch einmal nötig sein. Und überhaupt sollte ein Verhältnis, das auf dem Prinzip der Gastfreundschaft beruhte, niemals über Gebühr strapaziert werden. Zudem: Womöglich handelte es sich bei jenem Wasser ja ausnahmsweise einmal nicht um eine Wundergeschichte des Gouverneurs, sondern tatsächlich um ein probates Mittel zur Linderung der Fieberanfälle?

»Es hat sich mir«, begann er schließlich, »in einer der letzten Nächte« (und dabei ließ er, um weitere Missstimmung zu vermeiden, unerwähnt, dass diese Nacht schon vor dem letzten Zusammentreffen mit dem Gouverneur gewesen war), »nun, sagen wir, eine Idee aufgedrängt. Und als vorhin der

Postdampfer einlief, da erhielt ich einen Brief von Mister Darwin; Sie wissen, der Verfasser des berühmten Reiseberichtes über seine Fahrt mit der *Beagle*. Mister Darwin und ich kennen uns nicht persönlich, hatten aber schon den einen oder anderen brieflichen Kontakt. Daher weiß ich, dass er sich ebenso wie ich für jene Frage interessiert, die schon seit längerer Zeit in der Luft liegt.«

Er hielt kurz inne, um zu prüfen, ob seine Zuhörer ihm folgten. Andernfalls hätte er die Sache abkürzen können. Doch an dem Umstand, dass der Gouverneur die zum Anzünden bereitgehaltene Zigarre wieder in seine Westentasche gleiten ließ, erkannte er zu seinem leisen Bedauern, dass er wohl doch ein wenig ausholen musste.

Jene Frage, so fuhr er fort, drehe sich bekanntlich um den Ursprung der Arten. Woher kamen sie, wenn nicht aus den Händen Gottes? Dass Letzteres nicht der Fall sei, davon war doch auszugehen. Das meinten längst auch andere. Zu erdrückend ist die große Menge ausgestorbener Arten, wie sie sich petrifiziert oder anderweitig konserviert in verschiedenen Teilen der Erde fanden und somit den alten Grundsatz, Gott habe alles ein für alle Mal gut geschaffen, ins Wanken brachten. Um es also kurz zu machen: Er sei schon lange auf der Suche nach dem natürlichen Prinzip, das die Entwicklung der Arten regele. Und seit der besagten Nacht, nun, seither sei er der Meinung, ebendieses Prinzip gefunden zu haben.

Erneut unterbrach er seine Rede, um die Möglichkeit einer Abkürzung zu prüfen, doch die Miene seiner beiden Zuhörer zeigte deutlich an, dass sie begierig waren, den weiteren Fortgang zu hören, und zwar ohne Auslassung.

Nun, fuhr der Bärtige fort, habe ihm also just heute Mister Darwin zwei nicht ganz uninteressante Dinge mitgeteilt: Erstens würde, so hatte er sich ausgedrückt, sein eigener Beitrag zu jener Frage nichts wirklich klären können; es durfte, nein, es musste daher davon ausgegangen werden, dass Mister Darwin noch nicht zu einem Durchbruch in Sachen Artenfrage gelangt war. Und noch etwas anderes habe er erfahren: Vor einigen Jahren nämlich, da weilte er schon im Archipel, in Sarawak, um genau zu sein, habe er einen Aufsatz veröffentlicht, der bereits an diese große Frage rührte und den Darwin gelesen hatte. Und obzwar dieser Beitrag nur das *Dass* des Artenwandels beweisen, zugleich aber noch keine Antwort auf das *Wie* bieten konnte, habe er durchaus mehr Beachtung in der Fachwelt gefunden, als man es sich hier, so fern der Heimat, habe vorstellen können. Jedenfalls habe Mister Darwin ihm dies ausdrücklich versichert. Sein Brief sei daher derjenige gewesen, den er mit der größten Freude gelesen und auf den er sogleich eine Antwort verfasst habe, die er nebst seiner Gedanken über das Gesetz des organischen Wandels an Mister Darwin schicken werde, wenn die beiden, der Herr Gouverneur und Mister Bond so freundlich wären, ihn zu entschuldigen, damit er den Brief noch vor Abfahrt der *Koningin* dem Boten übergeben könne.

Der Gouverneur hatte die Hand noch immer in der Tasche seiner Weste. Die Zigarre war jedoch kein festes, braunes Röhrchen mehr, sondern hatte sich unter dem Druck der Gouverneursfinger in einen zerfledderten Lappen verwandelt.

»Mister Wallace!«, rief der Gouverneur aufgeregt, doch der Blässliche fiel ihm mit einem Mal ins Wort.

»Darf ich fragen«, sagte er, »wie genau Sie jenes Prinzip der Artenentstehung beschreiben würden?«

Der Bärtige bemühte sich zu lächeln, warf unterdes aber

einen nervösen Blick über die Schulter in Richtung des Schiffes. Die Matrosen hatten ihren Lunch längst vertilgt, machten aber zum Glück noch keine Anstalten, den Dampfer für die Abfahrt zu präparieren.

»Solange es die Zeit erlaubt und insofern ich mich kurz fassen darf ...«, begann der Bärtige seine Rede und im Folgenden bemühte er sich um eine knappe und verständliche Darstellung seiner Entdeckung, wobei er selbst es vorzog, von einer Vermutung zu sprechen. Noch müssten sich seine Ausführungen ja bewähren und überhaupt erst einmal zur Kenntnis genommen werden. Aber genau deshalb sende er sie nun an Mister Darwin. Und wenn dieser sie für interessant befände, könne er sie ja weiterleiten und verbreiten. Aber bis es so weit sei, würden gewiss noch viele Wellen an den Strand der Insel ...

Der Gouverneur unterbrach ihn mitten im Satz. Er hatte weiß Gott nicht jedes Detail dessen, was der Bärtige ihm da gerade erzählt hatte, verstanden. Trotzdem spürte er (und seinem Begleiter ging es ähnlich), dass mit diesen Worten keine Kleinigkeit, sondern etwas Großes, etwas wahrhaft Großes geschildert worden war. Eine jener Entdeckungen, wie es sie nur alle paar Jahrhunderte einmal gab (denn wie oft tauchte schon ein Genie von der Größe Newtons unter den Menschen auf?). Ein paar Fetzen seiner zerbröselten Zigarre fielen in den Staub. Erneut legte er die Hand auf die Schulter des Bärtigen.

»Mister Wallace«, rief er wieder, »ich begreife gewiss nur die Hälfte Ihrer Theorie und ich wusste auch schon vorher, dass Sie ein kluger Mann sind. Aber habe ich Sie eben richtig verstanden: Sie wollen damit nicht sogleich an die Öffentlichkeit?«

Der Bärtige wollte antworten, doch der Blässliche kam ihm mit einem Augenzwinkern zuvor: »Nun, es kommt wohl darauf an, ob man Mister Darwin als Öffentlichkeit bezeichnen mag oder nicht.«

»Ganz recht, Mister Bond, ganz recht«, sagte der Gouverneur energisch. »Aber eben weil mir Mister Darwin dies nicht zu sein scheint, kann ich nur an Sie appellieren, Mister Wallace: Publizieren Sie! Sie müssen publizieren! Schicken Sie Ihre Ausführungen an ein Journal, wie Sie es doch schon so oft getan haben. Ich bin mir sicher, die Kunde wird sich rasch verbreiten. Ich möchte niemandem etwas Böses unterstellen, doch weiß man, was Ihrem Brief, einmal in die Hände eines Mister Darwin gelangt, widerfahren wird? Womöglich klaut er Ihnen noch Ihre Ideen!«

Der Bärtige entledigte sich wiederum durch eine sanfte Drehung der Hand auf seiner Schulter und wiegelte ab. Der Gouverneur aber ließ ihn gar nicht erst ein Loblied auf die Redlichkeit von Mister Darwin anstimmen. Lieber malte er sich und seinen beiden Zuhörern aus, wie der Glanz des Ruhms, der von dieser Entdeckung ausgehen mochte, auch auf seine Insel abstrahlen würde. Die Linie, die man nach Mister Wallace benannt hatte – sie war vorhanden, aber weit entfernt. Diese Theorie jedoch, sie war hier entstanden, hier, auf diesem Fleckchen Erde, einem Sandhäufchen inmitten des Ozeans (in diesem freilich schlummere einiges an Potenzial; deshalb habe er ja schon vor einer ganzen Weile allen Spöttern zum Trotz den Hafen ausbauen lassen). Mit Blick auf die besagte Entdeckung würde es nun doch mehr als angebracht sein, die Insel, ach was, den ganzen Archipel nach Mister Wallace zu benennen. Wie viele wichtige Erfindungen und Entdeckungen hatte es in diesem Jahrhundert – und es war gerade einmal etwas mehr als die Hälfte davon vorüber! – nicht schon gegeben? Allein im Transportwesen mit der Eröffnung der Zugverbindungen! Und dann in der Telekommunikation! Auf dem Weg zur Insel hatte Mister Bond erzählt, es seien jüngst in der Biskaya einige Übungen zur Verlegung eines unterseeischen Kabels durchgeführt worden, das, insofern das Unternehmen realiter glückte, bald schon quer durch den Atlantik, von Irland nach Neufundland verlaufe und somit eine stete telegraphische Verbindung zwischen Europa und dem amerikanischen Kontinent etabliere. Es werde nicht mehr lange dauern, dann würden alle Teile der Welt miteinander verbunden sein. Raum und Zeit würden sich auf wundersame Weise verdichten. Tagesmärsche würden sich in Fahrten von wenigen Stunden, wochenlange Reisen in eine Sache von Tagen verwandelt haben. Und wenn er es richtig gehört habe, so war kürzlich erstmals eine Gruppe von Engländern zu einer organisierten Reise auf den Kontinent aufgebrochen; angeführt von einem gewissen Thomas Cook, dem die Idee zu derlei Reisen angeblich während eines Spaziergangs nach Leicester gekommen sei. Viel schneller als geglaubt würden sich die zahlenden Gäste solcher Touren nach weiter entfernt gelegenen Gefilden umsehen. Sie würden fragen nach fernen Kontinenten wie Südamerika, Afrika und Asien, denn weshalb sollte nur den Offizieren der königlichen Hoheit, den Handelsattachés oder Sammlern wie Mister Wallace die Welt offen stehen? Nein, natürlich hatte ein jeder das Recht, wenn nicht sogar die Pflicht, die Welt zu bereisen und fremde Länder mit eigenen Augen zu sehen. Und dann, ja, dann musste auch diese kleine Insel hier mit einer Attraktion aufwarten, damit die neugierigen Reisenden nicht an ihr vorüberschipperten. Und weil der Vulkan als solcher nicht genügte (es hatten doch zu viele Eilande in der Gegend einen derartigen Berg), musste die Magie des Ortes es tun, wie sie von allen Plätzen großer Erfindungen und Entdeckungen ausgehe, auch wenn an diesen vom Moment der Ideenwerdung meist nicht viel mehr zu sehen war als ein abgenutzter Schreibtisch oder eine windschiefe Hütte. Sei's drum, es zählte doch jenes Wissen, das in der Luft lag: Das Wissen darum, was sich hier an diesem Ort, in einer Nacht und binnen Stunden, ereignet hatte!

Der Bärtige wurde rot.

»Ich fühle mich geehrt, und was Sie sagen, schmeichelt mir. Doch möchte ich ernstlich in Zweifel ziehen, dass meiner Entdeckung jene Größe zukommt, die Sie ihr beimessen, Herr Gouverneur.« Er sah den Blässlichen an und hoffte auf ein zustimmendes, beipflichtendes Nicken. Doch der regte sich nicht.

»Sie dürfen nicht vergessen«, schob der Bärtige nach, »es handelt sich lediglich um die Ergebnisse einer kleinen Lukubration. Und hatten sich nicht schon vielen klugen Köpfen derlei Gedanken bei Lichte besehen ganz anders dargestellt? Wie viele kleine Erfinder und Entdecker haben nicht schon vom großen Ruhm geträumt, um dann bäuchlings auf dem harten Boden der Realität zu landen? Mit anderen Worten: Ich gehe davon aus, dass Sie nicht einmal einen Mondkrater nach mir benennen müssen.«

Der Gouverneur verzog missbilligend die Augenbrauen. Dem Blässlichen huschte ein Grinsen über das Gesicht. Der Bärtige zeigte hinüber zum Postdampfer, der noch immer festvertäut am Quai lag.

»Nehmen Sie das Prinzip, durch das dieses Schiff zum Fahren gebracht wird. Es wird durch Verbrennung Dampf erzeugt. Die Wärmeenergie des Dampfes wird durch eine Konstruktion aus allerhand Rädchen, Riemen und Kolben in mechanische Arbeit umgewandelt. Man mag es für ein Wunder halten. Dabei ist es doch nichts als bloße Physik! Natürliche Prinzipien und Gesetze also, die seit Jahrmillionen existieren und die doch erst vor vergleichsweise kurzer Zeit von Menschen entdeckt und nutzbar gemacht wurden. Zweifelsohne, auch bei jenem Prinzip, das ich aufgetan zu haben meine, handelt es sich um ein Prinzip der Natur, wie es seit Urzeiten existiert. Aber ich sehe nicht, warum es sich bei meinem bescheidenen Aufsatz um eine ebenso weltverändernde Entdeckung wie die Entwicklung der Dampfmaschine handeln sollte, die Schiffe und Eisenbahnen, ja, ganze Industrien am Laufen hält.«

Der Gouverneur kramte in der anderen Tasche seiner Weste und zog eine neue, unversehrte Zigarre heraus.

»Mister Wallace«, sagte er, während er am Kopfende der Zigarre herumpulte, »ich muss mich doch sehr wundern. Was anderes sollte Ihre Theorie denn für die Wissenschaft sein, wenn nicht das, was die Dampfmaschine für die Industrie ist? Ich bin beileibe kein Angehöriger Ihrer forschenden Zunft. Aber selbst ich begreife, dass jene Zeilen von Ihnen, die dort drüben vor Ihrer Hütte auf dem Tisch liegen, von gesellschaftlicher Durchschlagskraft sind. Sie werden nicht nur ein paar lächerliche Wellen aufwerfen. Nein, sie werden einem Orkan gleich die Antworten hinwegfegen, die bisher auf die Frage gegeben wurden, weshalb die Dinge so sind, wie sie sind.«

Der Bärtige räusperte sich und betrachtete mit einer gewissen Belustigung, wie der Gouverneur begann, auch die nächste Zigarre zu zerpflücken.

»Bevor ich in die Welt hinausposaune«, sagte er schließlich, »ich hätte eine große und wichtige Entdeckung gemacht, ziehe ich es vor, diese Entdeckung geeigneten Leuten vorzulegen, die besser als ich allein beurteilen können, ob sie nicht in Wahrheit klein und nichtig ist. In diesem Sinne wollen mich die Herren nun vielleicht doch ...«

Der Blässliche regte sich, während der Gouverneur von seiner Zigarre abließ. Zunächst noch etwas vorsichtig, dann zunehmend sicherer, fing er an zu reden.

»Ich kenne Sie noch nicht lange, Mister Wallace, und das meiste, was ich über Sie weiß, habe ich auf dem Weg hierher den Ausführungen des werten Herrn Gouverneur entnommen. Aber wenn Sie erlauben, so möchte ich doch in Zweifel ziehen, dass Sie nicht wenigstens in einem kleinen Eckchen Ihres Herzens, irgendwo in einem jener Winkel, in die man so selten schaut wie hinter eine Anrichte aus schwerem Holz, den Wunsch mit sich herumtragen, berühmt zu werden. Wissen Sie, es soll ja der Schluss von einem Einzelding auf ein anderes angeblich keine zwingende Gültigkeit besitzen. Doch wenn ich einmal von mir selbst ausgehen darf: Ich reise nun, das hat der Herr Gouverneur ganz recht gesagt, seit Längerem schon auf der Suche nach den besten Ingredienzien für mein Tonikum um die Welt. Und sicherlich ging es mir dabei nicht selten so, wie es auch Ihnen ergangen sein mag: Dass ich nämlich gar nicht genau zu sagen vermochte, wonach ich eigentlich suche und ob ich diese Suche jemals zu einem Ende und damit zum Erfolg führen würde. Aber nun, da ich ein ausgewogenes Grundrezept beisammen habe und nur noch die Feinheiten fehlen, bis ich dieses besondere Wasser auf den Markt bringen kann, nun also, das muss ich Ihnen in aller Aufrichtigkeit sagen, würde es mir wie eine Machete in die

Brust fahren, wenn ich erführe, dass diese meine Rezeptur von einem anderen ebenfalls entwickelt und der Öffentlichkeit präsentiert worden ist. Sollte es also so sein, wie Sie sagen, dass nämlich Mister Darwin auch an jenem Braten riecht, wenngleich er Ihres Wissens nach das Messer zum Anschneiden desselben noch nicht ergriffen hat, so kann ich Ihnen nur dringend das raten, was Ihnen bereits der Herr Gouverneur empfohlen hat: Schicken Sie den Brief an ein Journal und nicht an eine Privatperson, wie qualifiziert auch immer sie in Ihren Augen sein mag! Denn wenn ich eines nicht glaube, dann ist es, dass Sie allen Ernstes vorhaben, unbekannt zu bleiben, zu sterben, ohne dass jemand von Ihnen und Ihrer Entdeckung Notiz genommen hat.«

Der Bärtige seufzte.

»Nun ja«, sagte er. »Wie viele haben nicht schon behauptet, es sei nicht die Suche nach Antworten die treibende Kraft der Wissenschaft, sondern das Streben nach Ruhm und Anerkennung? Weshalb sie sich dann auch über jeden Funken Neid, der ihnen entgegenschlägt, nur umso mehr freuen. Genießt man doch die wahre Anerkennung erst dann, wenn man sich vor Neidern kaum mehr retten kann.«

Er unterbrach seine Ausführungen und blickte auf die Möwen, die, seitdem die Matrosen ihren Lunch beendet hatten, nicht mehr laut kreischend über dem Deck der *Koningin* kreisten, sondern auf der Reling hockten.

»Es ist doch eine sonderbare Sache mit dem Menschen«, setzte er schließlich wieder an. »Er scheint das einzige Tier zu sein, das der eigenen Existenz auf den Grund zu gehen vermag. Zugleich ist er das einzige Lebewesen, dem es nach Ruhm verlangt. Schauen Sie sich nur die Möwen auf dem Schiff an. Alles, was sie wollen, ist, hier und da einen Brocken

Futter zu erhaschen, ein Nest zu bauen, ihre Jungen großzuziehen. Mehr nicht. Dem Menschen hingegen reicht dies nicht. Nein, er möchte nicht nur Häuser bauen und Kinder kriegen, er will auch – vielleicht sogar vor allem – dies: Ruhm und Ehre.«

Der Blässliche und der Gouverneur standen am Quai und lauschten den Worten des Bärtigen so aufmerksam wie der Predigt eines Pfarrers von der Kanzel. Sie hörten zu, begriffen aber nicht alles von dem, was er sagte, bis zu dem Moment, als er den Blick hinauf zur Spitze des Vulkans wandern ließ, dessen Kraterrand inzwischen vollständig unter einem Hut aus wabernden Wolken verschwunden war.

»Kennen Sie den großen Lord Byron?«, fragte der Bärtige und lachte, während er die Frage stellte. »Natürlich kennen Sie ihn.«

Der Blässliche nickte.

»Dann kennen Sie ja auch sicherlich jenen Vers aus dem ersten Gesang seines *Don Juan*: ›Was ist das Ziel des Ruhmes? Anzufüllen den kleinren Teil unsichrer Chronikseiten, zu eines Berges Haupt, das Nebel hüllen, hinan zu klimmen; hierum pred'gen, streiten und schreiben sie und ...«

Er hatte den Vers noch nicht zu Ende gebracht, da begann die Schiffsglocke zu läuten. Der Maat in seiner ockergelben Hose schwang den Klöppel. Plötzlich waren auch die Matrosen wieder zu sehen. Der Quai geriet in Bewegung.

Der Gouverneur packte den Bärtigen bei den Schultern und sah ihm in die Augen.

»Mister Wallace«, sagte er, und es lag Panik in seiner Stimme. »Bei aller Bescheidenheit, die Sie an den Tag legen: Wenn Sie, soweit ich Ihre Erklärung recht verstehe, den lieben Herrgott um seine Rolle als Schöpfer bringen, so halten

Sie sich doch wenigstens in einem Punkte an die Heilige Schrift und folgen Sie den Worten jenes Evangeliums, in dem es heißt, man solle sein Licht nicht unter den Scheffel stellen. Tun Sie mir also einen Gefallen! Nein, tun Sie *sich* einen Gefallen. Schicken Sie Ihre Theorie an ein Journal! Man muss doch zu Lebzeiten dafür sorgen, unsterblich zu werden.«

Das helle Läuten der Schiffsglocke gellte in den Ohren. Der Bärtige drehte sich wieder in Richtung seiner Hütte um und schüttelte den Kopf. Der Brief an Darwin sei bereits fertig, murmelte er, der Umschlag beschriftet, nur eintüten müsse er ihn noch und dem Boten übergeben.

»Warten Sie noch eine Sekunde!«, rief nun der Blässliche. »Gehen Sie nur rasch zu Ihrer Hütte. Aber nehmen Sie Ihre Feder zur Hand und ergänzen Sie eine knappe Bitte um sofortige Weiterleitung zur Veröffentlichung. Zwei, drei Worte nur, verstehen Sie? Eine kleine Handbewegung nur, die Ihr Schicksal…«

Der Bärtige wand sich aus dem festen Griff des Gouverneurs. Aus dem Augenwinkel sah er, wie der Krummnasige über ein wackeliges Trittbrett von Bord ging.

»Genau!«, rief der Gouverneur. »So machen Sie es, und Ihr Name wird auf ewig mit unserer Insel verbunden sein. Gehen Sie nur! Rennen Sie nur rasch, aber kommen Sie danach ebenso schnell wieder zu uns zurück, damit wir diesen Augenblick begießen können. Wenn ich recht informiert bin, so hat die *Koningin* eine Ladung frischen Wacholderschnapses mitgebracht. Den wollen wir dann mit Mister Bonds Wunderwasser verkosten. Und wenn wir einmal dabei sind, erlauben Sie doch sicherlich, dass wir diesen einmaligen Moment im Bilde festhalten. Mister Bond besitzt nämlich eine dieser neuen Gerätschaften, einen dieser Photoapparate, mit denen die

Geschichte nicht mehr nur auf jenen unsicheren Chronikseiten festgehalten wird, von denen Sie gerade sprachen, sondern unverfälscht dokumentiert werden kann.«

Der Bärtige nickte so, als habe er verstanden. Während er davonlief, hörte er den Gouverneur noch rufen: »Und vergessen Sie nicht, den Brief zu ändern, Mister Wallace! Vergessen Sie es nicht! Ansonsten wird es womöglich durch eine wunderbare Hand geschehen. Denken Sie daran, was ich Ihnen neulich berichtete. Sie wissen schon, was ich meine.«

Der Gouverneur und der Blässliche sahen dem Bärtigen hinterher. Als er unter dem Sonnentuch vor seiner Hütte verschwand, pfiff der Gouverneur zwei Lakaien herbei. Er trug einem der beiden auf, die in der Piroge verstaute Holzkiste von Mister Bond an Land zu holen; man wolle nun die Photokamera in Position bringen. Dem anderen befahl er, einen Stuhl zu beschaffen; man könne doch die beiden Herren, Mister Bond und Mister Wallace, oder wenigstens einen von ihnen auf einem Stuhl drapieren; ja, so stelle er sich das vor. Und nun, husch, husch, und schnell, schnell, bevor Mister Wallace wiederkommt!

Einige Minuten vergingen, dann schrillte die Schiffsglocke ein weiteres Mal, so laut wie nur irgend möglich. Der kleine Maat schlug den Klöppel mit hochrotem Kopf gegen das Metall.

Der Briefbote flitzte (so sah es der Blässliche aus dem Augenwinkel, während er die Kamera justierte) von der Hütte des Bärtigen zum Schiff und sprang im letzten Augenblick an Bord, gerade noch rechtzeitig, bevor die Taue vom Quai gelöst wurden.

Dicker, schwarzer Qualm stieg aus dem Schornstein der *Koningin*. Die Schaufelräder begannen zu rotieren. Langsam und ächzend drehte sie sich vom Anleger weg in Richtung der offenen See.

Der Bärtige stand vor seiner Hütte und sah den Lachmöwen zu, die nun, da das Schiff ratterte, von der Reling aufflogen und über der Mole kreisten. Die Vögel kreischten, während der Dampfer Kurs von der Insel weg hielt.

Eines Tages, so dachte er plötzlich, mochte es auf dieser Insel nichts mehr geben. Keine Menschen, keine Vögel, nicht einmal mehr ein einzelnes Schwein. Allenfalls die Wellen würden noch an den Strand schlagen.

Über dem Meer, durch den Schein der Sonne nur als schwacher, halbkreisförmiger Schemen zu erkennen, ging der Mond auf. Wer weiß, vielleicht würden auch Mond und Sonne irgendwann vergangen sein und nichts mehr, nichts mehr würde durch sie erleuchtet werden. Alles würde im Dunkeln liegen.

So stand er da und blickte dem Dampfer hinterher, der immer kleiner und kleiner wurde, bis er schließlich ganz am Horizont verschwand, so als hätte es ihn nie gegeben.

Die Arbeit an diesem Roman wurde gefördert durch
den Freistaat Thüringen sowie durch die
Sparkassenstiftung Erfurt.

Sollte diese Publikation Links auf Webseiten Dritter enthalten,
so übernehmen wir für deren Inhalte keine Haftung,
da wir uns diese nicht zu eigen machen, sondern lediglich auf
deren Stand zum Zeitpunkt der Erstveröffentlichung verweisen.

Penguin Random House Verlagsgruppe FSC® N001967

1. Auflage
Genehmigte Taschenbuchausgabe Mai 2021
by btb Verlag in der Penguin Random House Verlagsgruppe GmbH,
Neumarkter Str. 28, 81673 München
Copyright der Originalausgabe © 2019 Schöffling & Co.
Verlagsbuchhandlung GmbH, Frankfurt am Main
Lizenzausgabe mit freundlicher Genehmigung.
Covergestaltung: semper smile, München
nach einem Entwurf von Schöffling & Co. unter Verwendung einer
Illustration des Calodema Wallacei
Druck und Bindung: GGP Media GmbH, Pößneck
mb · Herstellung: sc
Printed in Germany
ISBN 978-3-442-71964-8

www.btb-verlag.de
www.facebook.com/btbverlag

Gabriele Tergit

Effingers
Roman

912 Seiten, btb 71972

Die Wiederentdeckung eines Jahrhundertromans

»Effingers« ist ein Familienroman – eine Chronik der Familie Effinger über vier Generationen hinweg. Außer dass sie Juden sind, unterscheidet sich ihr Schicksal in nichts von dem anderer gutsituierter gebildeter Bürger im Berlin der Jahrhundertwende. Alle fahren sie im sich immer wiederholenden Lebenskarussell, das sich durch Glück, Schmerz, Leichtsinn, Erfolg und Scheitern dreht. Erst als der Nationalsozialismus sich breitmacht, wird aus dem deutschen Schicksal der Effingers ein jüdisches.

»Sogstoff! Lesen! Wirklich!«
Volker Weidermann, Das literarische Quartett

»Tergit schreibt leicht, musikalisch, mit einem guten Gehör dafür, wie die Leute so reden, und einem feinen, zutiefst humanistischen Witz.«
DIE ZEIT

btb

Christoph Peters

Selfie mit Sheikh
Erzählungen

256 Seiten, btb 71834

Was fasziniert uns am modernen islamischen Orient – und was erschreckt uns? Wie sehr verstehen wir ihn – und wie sehr bleibt er fremd? Können wir uns auf ihn einlassen – oder bleiben wir gefangen in Vorurteilen? In immer neuen Facetten umkreisen Christoph Peters' Erzählungen diese Fragen. Sie spielen teils in Deutschland, teils in den Ländern im Nahen und Mittleren Osten, die er selbst intensiv bereist hat. Christoph Peters, unter anderem ausgezeichnet mit dem Hölderlin-Preis 2016, lässt uns eintauchen in eine manchmal unergründliche, manchmal verstörende, aber auch komische und überraschend vertraute Welt jenseits des Abendlands.

»Der Leser wird mitgezogen vom Staunen des Reisenden, seinem Unbehagen, seinem Versagen, zu verstörenden Ausflügen in die Gegenwart.«
Jutta Duhm-Heitzmann, WDR 3

»Detailliert erzählt und dazu mit reichlich Situationskomik garniert.«
Stephanie Rupp, Nürnberger Nachrichten

btb

Juli Zeh

Neujahr
Roman

192 Seiten, btb 71896

Ein Familienurlaub auf Lanzarote, der zum Albtraum wird

Lanzarote, am Neujahrsmorgen: Henning sitzt auf dem Fahrrad und will den Steilaufstieg nach Femés bezwingen. Während er gegen Wind und Steigung kämpft, lässt er seine Lebenssituation Revue passsieren. Eigentlich ist alles in bester Ordnung. Er hat zwei gesunde Kinder und einen passablen Job. Mit seiner Frau Theresa praktiziert er ein modernes. Aber Henning geht es schlecht. Er lebt in einem Zustand permanenter Überforderung. Familienernährer, Ehemann, Vater – in keiner Rolle findet er sich wieder. Seit Geburt seiner Tochter leidet er unter Angstzuständen und Panikattacken, die ihn regelmäßig heimsuchen wie ein Dämon.

Als Henning schließlich völlig erschöpft den Pass erreicht, trifft ihn die Erkenntnis wie ein Schlag: Er war als Kind schon einmal hier in Femés. Damals hatte sich etwas Schreckliches zugetragen – etwas so Schreckliches, dass er es bis heute verdrängt hat, weggesperrt irgendwo in den Tiefen seines Wesens. Jetzt aber stürzen die Erinnerungen auf ihn ein, und er begreift: Was seinerzeit geschah, verfolgt ihn bis heute.

»… vielleicht Juli Zehs bislang bestes Buch.«
Karin Janker, Süddeutsche Zeitung

btb